高職英文

李冠潔 著

一定要會的單字片語文法

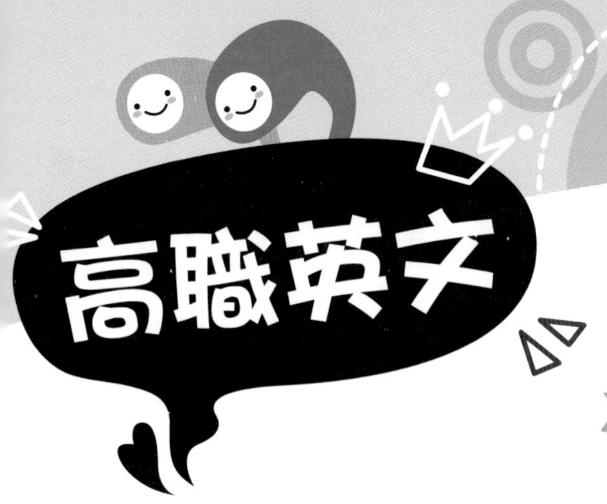

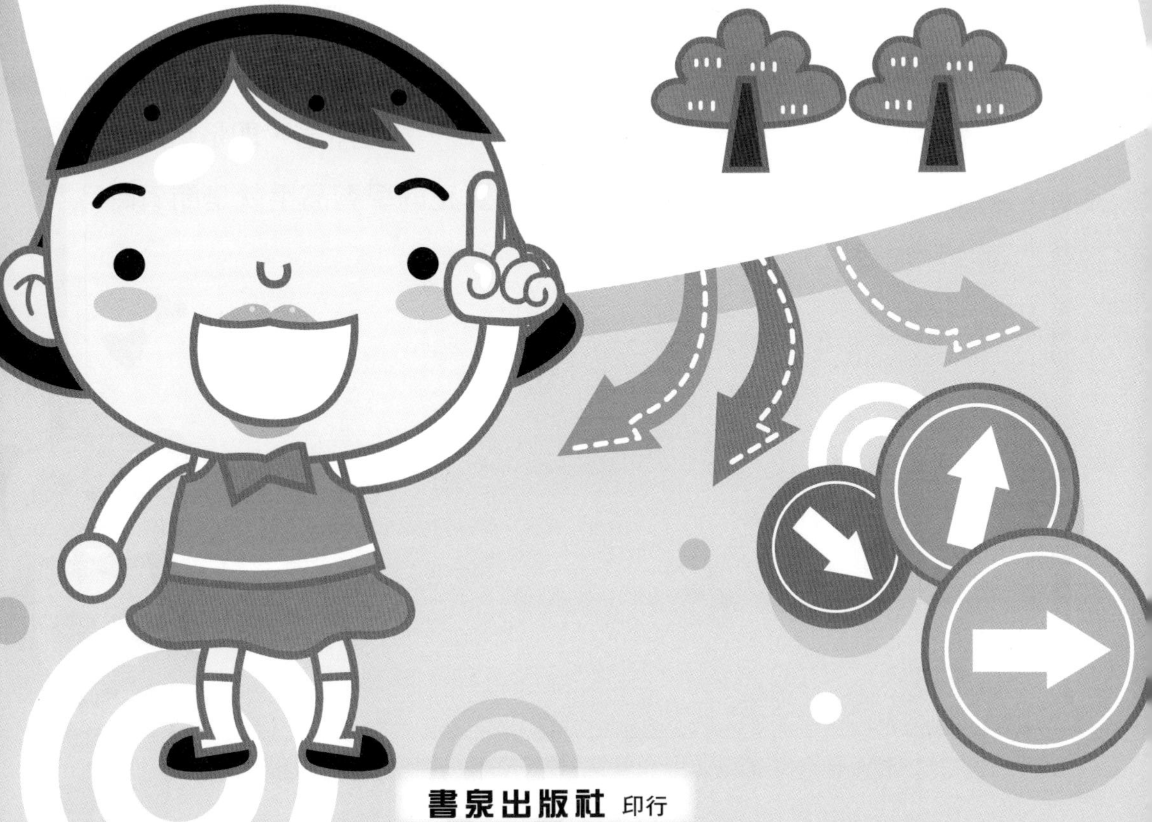

書泉出版社 印行

Preface 作者序

當個真正的學習高手

全民英檢已成為入學以及就業必須條件之一，如何在短時間內精通英文基礎——單字片語文法，是英檢得高分的最好策略。

為了減輕考生的壓力，幫助考生在短時間內，掌握英文考試重點，筆者特地將單字分門別類、將片語重新排列、並將文法做成表格式重點整理，如此一來，學生只要掌握本書，便可輕鬆掌握英檢中級的英文重點，不必費心看二十多本書。

本書單字、文法皆附練習題，題題皆具代表性，題題都是重點，只要多加練習便必有所成，如果題目做錯，要思考原因，並回頭看課文說明，如此一來，英文自然能進步。

本書是一本能節省時間、金錢的好書，掌握本書，即是幫助高職生掌握快速熟讀英檢中級的訣竅；真正的學習高手就是節省時間、增加效率、掌握重點。

Contents 目錄

Contents 目錄

第一單元：名詞

• **ability** [əˋbɪlətɪ] (n.) 能力；才能

Mike earned his position with his **ability**.
▶ 麥克用實力贏得了職位。

• **accordance** [əˋkɔrdəns] (n.) 一致；和諧

The results of the exam and the time we spent on studying are in **accordance**. ▶ 考試的結果和我們讀書所花費的時間成正比。

• **accountant** [əˋkaʊntənt] (n.) 會計師

Her father was a math teacher for thirteen years before becoming an **accountant**. ▶ 她的爸爸在成為會計師之前當了十三年的數學老師。

• **advertisement** [ˏædvɚˋtaɪzmənt] (n.) 廣告

The funnest thing to do is to making **advertisements** for products.
▶ 最有趣的事就是為產品做廣告。

• **advice** [ədˋvaɪs] (n.) 建議

I'm sorry I can't give you any **advice** at this moment.
▶ 抱歉，我現在無法給你任何建議。

• **aid** [ed] (n.) 救援；(v.) 有助於；救助；支援

People came in **aid** of the homeless.
▶ 人們為了幫助那些無家可歸的人而來到這裡。

• **ambulance** [ˋæmbjələns] (n.) 救護車

If the **ambulance** hadn't arrived in time, he might have died in the car accident. ▶ 如果救護車當時沒有及時趕到，他或許就死於這場車禍了。

• **anger** [ˋæŋgɚ] (n.) 怒氣；(v.) 發怒

He used the word "nasty," showing his **anger** to the employees.
▶ 他使用了「極差」這個形容詞，以表現他對職員們的憤怒。

• **anthem** [ˋænθəm] (n.) 頌歌；讚美詩；聖歌

The American national **anthem** is "The Star Spangled Banner."
▶ 美國的國歌是「星條旗之歌」。

• **assistant** [əˋsɪstənt] (n.) 助理；幫手

Mr. Clinton had stayed in London with his two **assistants** for three days. ▶ 柯林頓先生和他的兩位助理已經在倫敦逗留了三天。

- **atmosphere** [ˋætməsˏfɪr] (n.) 氣氛；大氣

The working **atmosphere** is very good. It's really great working here. ▶ 這裡的工作氣氛非常好，能在這邊上班真的是很棒的事。
Karen made great progress under the good learning **atmosphere**. ▶ 凱倫在良好的學習氛圍中進步很大。

- **attempt** [əˋtɛmpt] (n.) 企圖；嘗試；(v.) 嘗試

Her first **attempt** on making a cheesecake seemed to have failed. ▶ 她第一次嘗試做乳酪蛋糕似乎失敗了。

- **beginning** [bɪˋgɪnɪŋ] (n.) 開始；起點

I want to know the story from **beginning** to end. ▶ 我想知道這件事情的始末。

- **birthday** [ˋbɝθˏde] (n.) 生日

On her **birthday**, Lily asked her brother for a new MP3 player. ▶ 生日當天，莉莉向哥哥要了一部新的 MP3 播放機。

- **boxing** [ˋbɑksɪŋ] (n.) 拳擊

It's hard for me to watch **boxing** because it's such a brutal sport. ▶ 我很難收看拳擊，因為那是種暴力運動。

- **branch** [bræntʃ] (n.) 分公司；分部

The United States government has three **branches**: judicial, executive, and legislative. ▶ 美國政府有三個分支部門：司法部、行政部和立法部。

- **building** [ˋbɪldɪŋ] (n.) 建築

There is a park adjacent to our company **building**. ▶ 我們公司建築物的旁邊就有一座公園。

- **business** [ˋbɪznɪs] (n.) 生意；交易

They put the **business** deal through. ▶ 他們順利完成了交易。
Business is not just about selling things to make money. ▶ 做生意不是僅靠賣東西賺錢這麼簡單。

- **camera** [ˋkæmərə] (n.) 照相機

Do you know anyone who can lend me a **camera**? ▶ 你知不知道有誰能借我一臺照相機？

- **capability** [ˏkepəˋbɪlətɪ] (n.) 能力；潛能

Such difficult cases are far beyond my **capabilities**. ▶ 這種難辦的案件遠遠超出了我的能力範圍。

- **career** [kəˋrɪr] (n.) 職業；經歷；(adj.) 職業的

John puts his **career** first; he seldom goes home to have dinner with his family. ▶ 約翰將事業擺在第一位，他很少回家和家人吃飯。

- **castle** [ˋkæsl̩] (n.) 城堡

We had to give up the **castle** to the enemy.
▶ 我們只能把城堡拱手讓給敵人。

- **cavity** [ˋkævətɪ] (n.) 洞穴；蛀洞

Unfortunately, the dentist found **cavity** in one of her teeth.
▶ 不幸地，牙醫發現她有顆蛀牙。

- **cellphone** [ˋsɛlfon] (n.) 手機

I hope that everyone here will buy a **cell phone** that is made in Taiwan.
▶ 我希望這裡的每個人都能買一支臺灣製造的手機。

- **ceremony** [ˋsɛrəˏmonɪ] (n.) 儀式；典禮

Tony organized the wonderful **ceremony**; he worked very hard for this. ▶ 東尼籌備了這個出色的典禮，他為此非常辛勤工作。

- **chairman** [ˋtʃɛrmən] (n.) 主席；議長

News came that **Chairman** Li would attend the party. ▶ 消息指出，李主席將出席這個晚會。

- **chance** [tʃæns] (n.)機會；運氣；(v.) 偶然發生；冒…的險

I have had enough of his rudeness, but I decided to give him another **chance**. ▶ 我受夠了他的無禮，但我決定再給他一次機會。

- **chaos** [ˋkeɑs] (n.) 混亂；混沌

The economic crisis left the company in **chaos**.
▶ 經濟危機使得公司一片混亂。

- **chapter** [ˋtʃæptɚ] (n.) 章

The first **chapter** of this book is written by one of my friends. ▶ 這本書的第一章是我的一位朋友寫的。

- **character** [ˋkærɪktɚ] (n.) 性格；品質；角色

They are very much alike in **character**.
▶ 他們兩人的個性很像。

- **chemical** [ˋkɛmɪkl̩] (n.) 化學製品；化學藥品

The smell of the **chemicals** turned the worker's stomach.
▶ 化學藥品的味道讓這個工人反胃。

- **chess** [tʃɛs] (n.) 西洋棋

You always get the better of me at **chess**.
▶ 你下棋總是贏我。

childhood [ˋtʃaɪldˏhʊd] (n.) 童年

He has changed a lot since I last met him during **childhood**. ▶ 自我童年時期最後一次見到他，他的轉變很大。

chopsticks [ˋtʃɑpˏstɪks] (n.) 筷子

I have trouble using **chopsticks** correctly.
▶ 我很難正確地使用筷子。

cinema [ˋsɪnəmə] (n.) 電影院

Mary consented to go to the **cinema** with me tonight.
▶ 瑪麗答應今晚和我一起去看電影。

client [ˋklaɪənt] (n.) 顧客；客戶

John dropped by our **client's** place yesterday.
▶ 昨天約翰去拜訪了我們的客戶。

clothes [kloz] (n.) 衣服

On such a cold morning, parents should make their kids wear more **clothes**. ▶ 在這麼寒冷的早晨，父母應該叫孩子們多穿衣服。

coach [kotʃ] (n.) 教練；家庭教師

The **coach** told the players to win the game at all costs. ▶ 教練告訴球員們要不計代價贏得球賽。

colleague [ˋkɑlig] (n.) 同事

It is always embarrassing to break up with a **colleague**.
▶ 與同事分手的下場總是很尷尬。

colony [ˋkɑlənɪ] (n.) 僑民；殖民地；聚居地

America started out as an European **colony** in the sixteenth century.
▶ 美國在十六世紀是歐洲的殖民地。

command [kəˋmænd] (n.) 命令；指揮；控制；(v.) 命令；指揮；控制

General White was in **command** of the army and everyone respected him. ▶ 整支軍隊由懷特將軍統帥，大家都很尊敬他。

company [ˋkʌmpənɪ] (n.) 公司；同伴

You have been working hard in our **company**.
▶ 你在我們公司工作得很努力。

complaint [kəmˋplent] (n.) 抱怨；怨言

Because of customer **complaints**, tissue papers are becoming softer.
▶ 由於客戶的抱怨，衛生紙變得更柔軟了。

compromise [ˋkɑmprəˏmaɪz] (n.) 妥協；讓步；和解；(v.) 妥協；和解

This is the last **compromise** I will make to you, 300 dollars, take it or leave it.
▶ 這是我最後一次和你妥協了，三百美元，要不要買隨便你。

- **concert** [ˋkɑnsɚt] (n.) 音樂會

The piano for the **concert** must be sent here before five o'clock today.
▶ 音樂會上要用的鋼琴必須在今天五點以前送達此地。

- **conference** [ˋkɑnfərəns] (n.) 會議；商議

My boss, Mr. Lee, will fly to Shanghai to attend a **conference** tomorrow. ▶ 明天我的老闆李先生將會飛去上海參加會議。

- **consequence** [ˋkɑnsəˏkwɛns] (n.) 結果

As a **consequence** of being lazy, John failed the exam.
▶ 由於懶惰，約翰這次考試不及格。

- **consideration** [kənˏsɪdəˋreʃən] (n.) 體貼；考慮；顧慮

When we make an important decision, we should take everyone into **consideration**. ▶ 當我們做重大決定時，應該考慮到所有人的情況。

- **contest** [ˋkɑntɛst] (n.) 競賽；競爭；爭論

My son was proud to tell me he received first prize in the English **contest**. ▶ 我兒子自豪地告訴我，他在英語比賽中得了第一名。

- **contribution** [ˏkɑntrəˋbjuʃən] (n.) 貢獻；捐獻；投稿

Long after his death, his **contributions** are still remembered.
▶ 他過世許久後，人們依然記得他的貢獻。

- **control** [kənˋtrol] (n.) 控制；支配；(v.) 控制；抑制

John is glad that he has **control** over his pocket money. ▶ 約翰很高興能夠支配自己的零用錢。

- **copy** [ˋkɑpɪ] (n.) 複製品；副本；(v.) 複製；抄寫；抄襲

I don't think the English books would sell well; they are just **copies** of dictionaries.
▶ 我認為這些英語書不會賣得太好，因為它們僅僅是字典的複製品。

- **corporation** [ˏkɔrpəˋreʃən] (n.) 法人；股份(有限)公司

Though Vincent is the CEO of a transnational **corporation**, he never buys a first-class ticket when traveling by air.
▶ 雖然文森貴為跨國公司的執行長，但他搭飛機時從來不買頭等艙機票。

• **cosmopolitan** [ˏkɑzmə`pɑlətn̩] (n.) 世界主義者；(adj.) 世界主義的；世界性的

It's easier for you to find a job in Shanghai, a **cosmopolitan** city which witnessed the economic boom these years. ▶ 近年來，上海這座國際大都市見證了經濟繁榮，因此在這裡會比較容易找到工作。

• **cough** [kɔf] (n.) 咳嗽；(v.) 咳嗽

Cough medicine is very common in drugstores.
▶ 咳嗽藥是藥房裡的常見藥品。

• **coupon** [`kupɑn] (n.) 優惠券；配給券

Giving out **coupons** to customers is one of the best promoting methods.
▶ 向顧客發放優惠券是最好的促銷手段之一。

• **course** [kors] (n.) 課程；路線；過程

Our final examination will be held next week to test how well we have learnt from this **course**.
▶ 期末考會在下週舉行，目的是檢驗我們把這門課學得如何。

• **crash** [kræʃ] (n.) 相撞；墜毀；(v.) 撞擊；碰撞；撞壞

If she hasn't told me about the car **crash**, I would have never known.
▶ 若不是她告訴我撞車的事，我永遠都不會知道。

• **credit** [`krɛdɪt] (n.) 榮譽；讚揚；貸方；信用

She had never given **credit** to her sister's efforts until they had a fight last night. ▶ 直到昨晚和姊姊爭吵過後，她才終於認同了姊姊的努力。

• **crowd** [kraʊd] (n.) 人群；大眾

The **crowd** broke down into two groups.
▶ 人群分成了兩組。

• **cue** [kju] (n.) 暗示；提示；(v.) 給…暗示

Jack doesn't know how to do the work. He has to take **cues** from his classmates. ▶ 傑克不知道怎麼做這項工作，他必須等候同學們的提示。

• **cupboard** [`kʌbɚd] (n.) 碗櫃；櫥櫃

I can't find the bowl, it is neither in the **cupboards** nor in the drawers.
▶ 我在櫥櫃和抽屜裡都找不到那個碗。

• **curtain** [`kɝtn̩] (n.) 簾子

Most of the **curtains** in this room have been washed.
▶ 這個房間裡的大多數窗簾都洗過了。

• **customer** [`kʌstəmɚ] (n.) 顧客，客戶

Gary helped the manager answer the **customers'** letters.
▶ 蓋瑞幫經理回信給顧客。

- **date** [det] (n.) 日期；約會；(v.) 註明…的日期；和…約會

Being a very busy nurse, Susan decided to go on a blind **date**. ▶ 身為忙碌的護士，蘇珊決定嘗試相親。

- **death** [dɛθ] (n.) 死亡；結束

The **death** of Tony is a great loss to us. ▶ 東尼的死是我們的一大損失。
He has been begging since his daughter's **death**. ▶ 自從他女兒過世後，他就一直在乞討。

- **deed** [did] (n.) 功績；行為

Doing one good **deed** is not enough to be called a good man. ▶ 只做一件好事，不足以被稱作一個好人。

- **degree** [dɪˋgri] (n.) 度；程度

Mary believes what I'm saying, but only to some **degree**. ▶ 瑪麗相信我說的話，但是只到某種程度。

- **density** [ˋdɛnsətɪ] (n.) 濃度；密度

Taiwan has the seventh highest population **density** in the world. ▶ 臺灣是世界上人口密度第七高的國家。

- **dentist** [ˋdɛntɪst] (n.) 牙科醫生

Janet went to the **dentist** yesterday, but she is going again tomorrow. ▶ 珍妮昨天已經去過牙醫那裡了，但她打算明天再去一次。

- **description** [dɪˋskrɪpʃən] (n.) 描寫；形容；種類

Our boss gave a good **description** of the accident. ▶ 我們的老闆把意外的經過描述的很好。

- **designer** [dɪˋzaɪnɚ] (n.) 設計者；時裝設計師

Fashion **designers** must keep themselves up to date. ▶ 時裝設計師必須緊跟潮流。

- **detail** [ˋditel] (n.) 細節；詳情；瑣事

Lucy continued to check the account **details** after a long break. ▶ 休息了很長時間後，露西才繼續核對帳目。

- **determination** [dɪˏtɝməˋneʃən] (n.) 決定；決心；確定

You know, it takes strong **determination** and perseverance to become successful. ▶ 你要知道，要成功需要很大的決心和毅力。

- **diamond** [ˋdaɪəmənd] (n.) 鑽石

They broke in and made off with all the **diamonds**. ▶ 他們闖入這裡，並搶走了全部的鑽石。

- **difference** [`dɪfərəns] (n.) 差別；差異

Whether Tom is here or not makes no **difference** to our work.
▶ 湯姆是否在這裡對我們的工作都沒有差。

- **director** [də`rɛktɚ] (n.) 主管；主任；(電影)導演

The **director** has the talent of keeping his cool head during emergencies. ▶ 主管有在緊急情況下保持冷靜的天賦。

- **dirt** [dɝt] (n.) 污泥；灰塵

After many years, rocks broke down into **dirts**.
▶ 經過許多年後，岩石分解成為泥土。

- **disability** [͵dɪsə`bɪlətɪ] (n.) 無能；殘障

Many people admire her for overcoming her **disabilities** and achieving what she had. ▶ 許多人佩服她能夠克服殘疾並達成目標。

- **discussion** [dɪ`skʌʃən] (n.) 討論

The teacher broke up the class into several groups for **discussion**. ▶ 老師將班級分為幾個小組進行討論。

- **disease** [dɪ`ziz] (n.) 疾病；弊害

The scientist found the cause of the **diseases** at the cost of his health.
▶ 科學家以自己的健康為代價發現了引起疾病的原因。

- **documentary** [͵dɑkjə`mɛntərɪ] (n.) 紀錄片；(電視)紀錄節目

Last night, the local station aired a wonderful **documentary** on the life of John F. Kennedy.
▶ 昨晚，當地電視臺播放了關於約翰甘迺迪生平的精彩紀實節目。

- **edge** [ɛdʒ] (n.) 邊緣；刀刃；刀口

Because of the accident, the company was at the **edge** of bankruptcy.
▶ 因為這個意外，公司在破產邊緣。

- **education** [͵ɛdʒʊ`keʃən] (n.) 教育；訓練；教育學

Because he understood the importance of **education**, he worked really hard this semester.
▶ 因為他明白了教育的重要性，所以他這學期很努力學習。

- **email** [`imel] (n.) 電子郵件

Had you read your **emails**, you would have known the conference was today. ▶ 如果你看過電子郵件，你就會知道會議是在今天了。

emergency [ɪ`mɝdʒənsɪ] (n.) 緊急情況；突發事件

I insist that you let me in, because it is an **emergency**. ▶ 因為是突發狀況，因此我堅持要求你讓我進去。

employee [ˏɛmplɔɪ`i] (n.) 員工，雇員

The manager asked the **employees** to get together to discuss the project. ▶ 經理請員工集合討論這個計畫。

engineer [ˏɛndʒə`nɪr] (n.) 工程師；技師

Having worked for 20 years, Bob is now the top **engineer** in our company. ▶ 鮑伯有著二十年的工作經歷，他現在是我們公司裡的頂尖工程師。

enemy [`ɛnəmɪ] (n.) 敵人

The hero was brought down by several **enemies**. ▶ 英雄被幾個敵人擊敗了。

environmentalist [ɪnˏvaɪrən`mɛntl̩ɪst] (n.) 環境保護論者；環境論者

Environmentalists respect plants so much that they have pushed laws that would protect plants. ▶ 環境保護論者非常重視植物，以至於他們會去推動那些能夠保護植物的法律。

example [ɪg`zæmpl̩] (n.) 例子；榜樣

When it comes to diligence, Jeff is always a good **example**. ▶ 說到勤奮，傑夫總是大家的好榜樣。

excuse [ɪk`skjuz] (n.) 藉口；理由；辯解；(v.) 原諒；辯解

"I am sorry for being late, but the traffic was very heavy this morning." "I won't accept your **excuse**. This is not the first time that you're late." ▶ 「對不起我遲到了，但今早塞車塞得很嚴重。」「我不接受你的藉口，你已經不是第一次遲到了。」

existence [ɪg`zɪstəns] (n.) 生存；存在；生活(方式)

The year-long argument on the **existence** of Bigfoot hasn't come to an end. ▶ 那個持續了一整年關於大腳怪是否存在的爭論還沒有結束。

experiment [ɪk`spɛrəmənt] (n.) 實驗；試驗；(v.) 試驗

I finished the **experiment** by building on old **experiments**. ▶ 我以過去的實驗為基礎來完成了這個實驗。

expert [`ɛkspɝt] (n.) 專家；能手

When it comes to history, Jack is the **expert**. ▶ 說到歷史，傑克可是專家。

- **extreme** [ɪk`strim] (n.) 極端；(adj.) 極端的；非常的

Tim's views often goes to the **extremes**.
▶ 提姆的看法常常很極端。

- **fable** [`febḷ] (n.) 寓言；神話傳說

The book begins with a **fable**.
▶ 這本書以一則寓言故事作為開端。

- **factory** [`fæktərɪ] (n.) 工廠

The boss asked John to go to the **factory** with him instead of me.
▶ 老闆叫約翰，而不是叫我，陪他去工廠。

- **failure** [`feljɚ] (n.) 失敗(者)；不及格者

As the saying goes, **failure** is the mother of success.
▶ 俗話說：「失敗為成功之母。」

- **film** [fɪlm] (n.) 電影；軟片

The **film** won't come on until eight o'clock.
▶ 那部電影八點才會開始。

- **flash** [flæʃ] (n.) 閃光；(思想)閃現；(v.) 使閃光；(想法)掠過

She came up with the idea of her novel by a **flash** of the mind. ▶ 她靈機一動便想到了她的小說的題材。

- **footstep** [`fʊt͵stɛp] (n.) 腳步

Roy wanted to follow in the **footsteps** of his successful father.
▶ 羅伊想要跟隨他成功的父親的腳步。

- **fridge** [frɪdʒ] (n.) 電冰箱

The poor man had no food in his **fridge** to eat. ▶ 那個貧窮男人的冰箱內沒有食物吃。

- **friendship** [`frɛndʃɪp] (n.) 友誼；友善

Tom and Jane had known each other for ten years to the day, so they've decided to celebrate the great **friendship**. ▶ 至今，湯姆和珍已經認識滿十年了，因此他們決定慶祝這份偉大的友誼。

- **future** [`fjutʃɚ] (n.) 未來；將來；(adj.) 未來的

It's time for us to consider the **future** of our company. ▶ 是時候好好考慮我們公司的未來了。

- **galaxy** [`gæləksɪ] (n.) 銀河

How many stars are there in our **galaxy**?
▶ 銀河系裡有幾顆恆星呢？

- **gentleman** [`dʒɛntḷmən] (n.) 紳士

A **gentleman** would never let a girl pay her own way.
▶ 紳士絕不會讓女士自己出錢。

gift [gɪft] (n.) 禮物；天賦

It's very nice of our manager to send our **gifts** to employees on their birthdays.
▶ 我們的經理人很好，在每位職員生日的時候他總會送上一件禮物。

goods [gʊdz] (n.) 商品；貨物

The shop is closing up, but I still haven't bought all the **goods** I need.
▶ 商店就要關門了，但是我還沒有採購完我需要的東西。

graduation [ˏgrædʒuˋeʃən] (n.) 畢業

Bob started to run his own business after **graduation**.
▶ 畢業後鮑伯開始經營自己的生意。

group [grup] (n.) 類；群

John started to regret not having joined our **group**. ▶ 約翰開始後悔沒有加入我們的團隊。

half [hæf] (n.) 一半；二分之一；(adj.) 一半的；二分之一的

The student has been reading an English novel for an hour and a **half**.
▶ 這位學生已經看了一個半小時的英文小說。

health [hɛlθ] (n.) 健康狀況；健康

Broccolis is good for your **health**.
▶ 花椰菜有益身體健康。

Having good **health** is important to whatever you want to achieve in your life. ▶ 不管你未來想達到什麼目標，擁有健康的身體都是很重要的。

history [ˋhɪstərɪ] (n.) 歷史

Most people know more or less about **history**.
▶ 大多數人多多少少懂一點歷史。

homework [ˋhomˏwɝk] (n.) 家庭作業

All but three of the girls had finished their **homework**. ▶ 除了三位女生以外，其餘的學生都完成了作業。

hospital [ˋhɑspɪtḷ] (n.) 醫院

I will come and visit you at the **hospital** in any case.
▶ 我無論如何都會來醫院探望你。

hour [aʊr] (n.) 小時；時間

After waiting for five **hours**, I decided to leave. ▶ 在等了五個小時之後，我決定離開。

humor [ˋhjumɚ] (n.) 幽默(感)；情緒

Tom has a very good sense of **humor** and everyone likes him.
▶ 湯姆是個非常有幽默感的人，大家都很喜歡他。

- **hunt** [hʌnt] (n.) 打獵；搜索；(v.) 狩獵；搜索；打獵

I have been on a job **hunt** for three months, but I came to nothing.
▶ 我已經花了三個月的時間找工作，但依然毫無成果。

- **inch** [ɪntʃ] (n.) 英寸

After the summer vacation, John had grown two **inches** taller.
▶ 暑假過後，約翰長高了兩英寸。

- **information** [ˏɪnfɚ`meʃən] (n.) 報告；消息；情報

The boss asked Tom, but did not get any **information** out of him.
▶ 老闆詢問了湯姆，但沒有從他那裡得到任何消息。

- **injury** [`ɪndʒərɪ] (n.) 損害；傷害

Broken toys became one of the main cause of child **injury** at home.
▶ 破損的玩具成為兒童在家受傷的主因之一。

- **insomnia** [ɪn`sɑmnɪə] (n.) 不眠症

My mother is concerned about my career and is getting **insomnia**.
▶ 我的母親為我的事業感到擔憂，就快失眠了。

- **issue** [`ɪʃjʊ] (n.) 問題；爭論；發行(物)；(v.) 發行；出版

I proposed for the **issue** to be brought forward at the next meeting.
▶ 我建議在下次會議上把這個問題提出來討論。

- **interest** [`ɪntərɪst] (n.) 興趣；趣味；(v.) 使感興趣

You've no **interest** in going to the movie with us, have you? ▶ 你有沒有興趣和我們一道去看電影？
Any policy of the company must be concerned with the **interest** of the workers. ▶ 公司的所有政策都必須關注工人的利益。

- **intern** [`ɪntɝn] (n.) 實習醫師；實習生

Lincoln won himself of the opportunity to be an **intern** at UBS this summer. ▶ 林肯為自己贏得了這個夏天在瑞士銀行實習的機會。

- **invitation** [ˏɪnvə`teʃən] (n.) 邀請；請帖

The **invitation** to the graduation party was sent to each and every one of the students. ▶ 畢業派對的請帖發給了每一位學生。

- **joint** [dʒɔɪnt] (n.) 接頭；接縫；(adj.) 共同的

Through **joint** efforts, our business boomed in the past few years. ▶ 透過共同努力，過去幾年我們生意興隆。

- **judgment** [ˋdʒʌdʒmənt] (n.) 審判；判斷；意見

In my **judgment**, it is going to rain.
▶ 在我看來，要下雨。

- **jungle** [ˋdʒʌŋgl̩] (n.) 叢林；密林

Jack is walking alone in the middle of the **jungle**.
▶ 傑克獨自走在叢林中。

- **ketchup** [ˋkɛtʃəp] (n.) 番茄醬

Heather loves to eat everything with **ketchup** because **ketchup** is her favorite sauce.
▶ 希瑟喜歡把所有食物都配上番茄醬，因為番茄醬是她最喜歡的醬料。

- **labor** [ˋlebɚ] (n.) 勞動，勞力；(v.)努力；勞動；分娩

Providing **labor** force at a low price, China is becoming the world's factory. ▶ 由於能夠提供廉價勞動力，中國正逐步成為世界工廠。

- **lady** [ˋledɪ] (n.) 女士；夫人；貴婦人

Out of all the flowers, most young **ladies** like roses the best. ▶ 所有花之中，大部分年輕女士最喜歡玫瑰。

- **length** [lɛŋkθ] (n.) 長度；全程；一段

Jerry went to great **lengths** to finish the report on time.
▶ 傑瑞竭盡全力來按時完成報告。

- **liar** [ˋlaɪɚ] (n.) 說謊者

She believes that you are a **liar**, and a thief.
▶ 她認為你是個愛說謊的人，而且是個小偷。

- **lifetime** [ˋlaɪf͵taɪm] (n.) 一生；壽命；(adj.) 一生的；終身的

He was born poor and poor he stayed throughout his **lifetime** until the day he died. ▶ 他出生很窮，過了一輩子的窮苦生活直到他死的那天。

- **line** [laɪn] (n.) 線路；線條；路線；(v.) 畫線；排隊

The **line** is always busy when Mike tries to call his manager.
▶ 每次麥克試圖打電話給他的經理時，他總是忙線中。

- **luck** [lʌk] (n.) 運氣；好運；命運

We hope that the little boy has **luck** in finding his mother. ▶ 我們希望小男孩能夠有幸找到母親。

- **luggage** [ˋlʌgɪdʒ] (n.) 行李

The **luggage** is too heavy, could you please help me move it?
▶ 行李太重了，可以請您幫我搬嗎？

majority [məˋdʒɔrətɪ] (n.)多數；大半；成年

The **majority** of the public wished they were the wealthiest people on the planet. ▶ 大多數民眾都希望他們是這個星球上最富有的人。

manager [ˋmænɪdʒɚ] (n.) 主任；經理

Sam talks as though he is the **manager**.
▶ 山姆以經理的口吻說話。

manner [ˋmænɚ] (n.) 方式；禮貌；習慣

In a **manner**, the boss's wife is actually the one in control of the firm. ▶ 在某種程度上，老闆的妻子才是實際管理公司的人。

manufacturer [ˌmænjəˋfæktʃərɚ] (n.) 製造業者，廠商

Many **manufacturers** were inclined to moving their plants to China. ▶ 許多製造商傾向於把工廠搬到中國。

market [ˋmɑrkɪt] (n.) 市場；(v.) 銷售

A new company will enter the **market** on July 1st.
▶ 七月一日將有一家新公司上市。

meat [mit] (n.) 肉

It looks like the dog is hungry. Really? Then you'd better get it some **meat**. ▶ 這隻狗看起來餓了。是嗎？那你最好拿點肉給牠吃。

meeting [ˋmitɪŋ] (n.) 會議；集會

The **meeting** must be over now, it's late.
▶ 很晚了，會議一定已經結束了。

memory [ˋmɛmərɪ] (n.) 記憶；記憶力；紀念；記憶體

The magnificent scenery right here will remain in everyone's **memory**.
▶ 此處的壯麗景色將永遠留在每個人的記憶中。

mercy [ˋmɝsɪ] (n.) 慈悲；寬容

The barbecue is at the **mercy** of the weather.
▶ 能不能去烤肉完全取決於天氣。

mess [mɛs] (n.) 混亂；髒亂的東西；(v.) 弄髒；弄亂

If you enter that room right now, you will find it in a **mess**. ▶ 如果你現在進去那個房間，你會發現裡面一團亂。

method [ˋmɛθəd] (n.) 方法

As to how to avoid mistakes, everyone has his own **method**.
▶ 關於如何避免失誤，每個人都有自己的一套方法。

- **message** [`mɛsɪdʒ] (n.) 信息；電報

Mary got down the **message** on a piece of paper.
▶ 瑪麗把留言記在一張紙上。

- **millionaire** [ˏmɪljən`ɛr] (n.) 百萬富翁；巨富

To become a **millionaire** has been Tom's dream since he graduated from school. ▶ 自從湯姆從學校畢業後，一直夢想成為百萬富翁。

- **miss** [mɪs] (v.) 想念；錯過；失敗；(n.) 失敗；失誤

You shouldn't have **missed** class yesterday, we had a pop quiz.
▶ 你昨天不應該缺席的，那堂課舉行了臨時測驗。

- **moment** [`momənt] (n.) 瞬間；時機；時刻

Tom is sent to LA for the **moment** for business. ▶ 湯姆因為工作暫時被派遣到洛杉磯去了。

- **mood** [mud] (n.) 心情；情緒

But for the good weather, I would not have been in such a great **mood**.
▶ 要不是天氣很好，我的心情才不會這麼好呢。

- **muscle** [`mʌsl̩] (n.) 肌肉；體力

It takes time to build up **muscles**.
▶ 把肌肉鍛鍊起來需要時間。

- **mystery** [`mɪstərɪ] (n.) 謎；神祕；祕密

Why the manager asked him to do this task is still a **mystery** to Jason.
▶ 對傑森來說，經理為什麼叫他做這份工作仍然是個謎。

- **nail** [nel] (n.) 釘；釘子；(v.) 釘；將…釘牢

My dress was caught by a **nail** when I was closing the door.
▶ 關門時，我的裙子鉤到了釘子。

- **nation** [`neʃən] (n.) 國家；民族；國民

Now that you've been to America, please tell us something about the **nation**. ▶ 既然你去過美國，請為我們介紹一下那個國家吧。

- **neighbor** [`nebɚ] (n.) 鄰居；鄰近的人

My **neighbor** will look after my dog when I'm away. ▶ 我不在的時候鄰居將會替我照顧狗。

- **neighborhood** [`nebɚˏhud] (n.) 附近；鄰近地區

The gunshot broke the peace of the **neighborhood**.
▶ 那聲槍響破壞了附近的寧靜。

- **newspaper** [`njuzˏpepɚ] (n.) 報紙；新聞用紙

I have been reading the **newspaper** for twenty minutes.
▶ 我已經看了二十分鐘的報紙了。

● **notice** [ˋnotɪs] (n.) 公告；通知；(v.) 通知；提到；注意到

He went out without a **notice**, thus making his mother angry.
▶ 他沒通知任何人就出門去了，因此讓他的母親很生氣。

● **novel** [ˋnɑvl̩] (n.) (長篇)小說

This **novel** is much about adventure.
▶ 這是一本關於冒險的小說。

● **nursery** [ˋnɝsərɪ] (n.) 托兒所；育兒室

The **nursery** teachers are taking care of the children.
▶ 托兒所的老師們正在照顧孩子們。

● **opportunity** [ˏɑpɚˋtjunətɪ] (n.) 機會

This is a good **opportunity** I have been waiting for.
▶ 這是我一直在等待的好機會。

● **opposition** [ˏɑpəˋzɪʃən] (n.) 反抗；反對；對立

Linda brushed aside the voices of **opposition** and continued with her research. ▶ 琳達不顧反對的聲音，繼續進行她的研究。

● **orchid** [ˋɔrkɪd] (n.) (植物)蘭科；蘭花

He had never seen a flower as beautiful as the **orchid** in the conservatory. ▶ 他從未見過像溫室裡的蘭花一樣美麗的花。

● **ounce** [aʊns] (n.) 盎司；英兩

The price of gold has been raising, reaching 1594 dollars per **ounce** now. ▶ 黃金的價格持續上揚，目前已經達到每盎司一千五百九十四美元。

● **painkiller** [ˋpenˏkɪlɚ] (n.) 止痛藥

I have had enough of this headache, I am going to take some **painkiller**.
▶ 我受夠頭痛了，我打算吃幾片止痛藥。

● **pardon** [ˋpɑrdn̩] (n.) 原諒；赦免；寬恕；(v.) 原諒；赦免

I beg your **pardon**, I did not catch what you were saying. Could you please repeat? ▶ 對不起，我沒聽到您說什麼，可以請您再說一次嗎？

● **pastime** [ˋpæsˏtaɪm] (n.) 消遣；娛樂

Some of America's favorite **pastimes** are golf, tennis and swimming. ▶ 一些美國人最喜愛的消遣為高爾夫、網球和游泳。
To cook delicious food in my own kitchen was my favorite **pastime** for a long time.
▶ 很久以來，在自己的廚房烹飪美味佳肴就是我最喜歡的消遣。

● **pasture** [ˋpæstʃɚ] (n.) 牧草；牧草地

The **pasture** does not look as green as it did yesterday.
▶ 牧草地看起來沒有昨天綠。

perspective [pɚˋspɛktɪv] (n.) 看法；展望；透視圖

Just look at the event from another **perspective** and you will see that the victim is not a victim at all.
▶ 從另一個角度來看這件事，你就會看出那名受害者根本沒有受害。

piece [pis] (n.) 片斷；篇；件

After the earthquake, houses and schools were in **pieces**.
▶ 地震過後，房屋和學校成了碎片。

pleasure [ˋplɛʒɚ] (n.) 高興；娛樂；滿足；樂趣

I take great **pleasure** in working at this company. ▶ 我為能在這家公司工作感到非常高興。

position [pəˋzɪʃən] (n.) 位置；職位；立場

You must not leave the **position** without reason.
▶ 你不可以沒有原因就離職。

powder [ˋpaʊdɚ] (n.) 粉末；藥粉

This **powder** is made from sea fish.
▶ 這種粉末是用海魚做的。

practice [ˋpræktɪs] (n.) 練習；(v.) 練習；訓練；開業

The teacher often encourage us by saying "**practice** makes perfect."
▶ 老師常常以「熟能生巧」來鼓勵我們。

president [ˋprɛzədənt] (n.) 總統；董事長；校長

The police cleared the way for the **president**.
▶ 員警為總統開出了一條路。

principle [ˋprɪnsəpḷ] (n.) 原則；主義；根源

The basic **principle** of this game is not to tell anyone which cards you get. ▶ 這個遊戲的基本規則，就是不告訴別人你拿到了哪些牌。

prison [ˋprɪzṇ] (n.) 監獄；拘留所

He spent two months in **prison** before breaking out.
▶ 他越獄前在監獄裡待了兩個月。

prize [praɪz] (n.) 獎賞；獎品；(v.) 重視，珍視；估價

As long as you try really hard, I am sure you will win the **prize**. ▶ 只要你非常努力，我確信你能得獎。

- **product** [ˋprɑdəkt] (n.) 產品；結果；成果

Tom has been working on their **product**.
▶ 湯姆一直在改進他們的產品。

- **production** [prəˋdʌkʃən] (n.) 生產；產量；作品；製作

The factory has doubled its **production** since last year. ▶ 去年開始，這家工廠的產量增加了一倍。

- **professor** [prəˋfɛsɚ] (n.) 教授

Tom went off with the **professor** in a hurry.
▶ 湯姆跟著教授匆忙地離開了。

- **profit** [ˋprɑfɪt] (n.) 利益；收益；利潤；(v.) 有益於

If you want to venture the company's **profit** into this investment, the board would not agree. ▶ 如果你想把公司的利潤拿來壓在這筆有風險的投資上，董事會是不會同意的。

- **project** [ˋprɑdʒɛkt] (n.) 計畫；企劃

The **project** will be over very soon.
▶ 這個計畫馬上就要結束了。

- **promotion** [prəˋmoʃən] (n.) 推銷；促銷；增進；提升

Alice works very hard, hoping to get a **promotion** in the future.
▶ 愛麗絲希望將來能夠升職，所以她十分努力地工作。

- **proposal** [prəˋpozḷ] (n.) 計畫；建議

My boss asked me to finish the **proposal** for the new project sooner.
▶ 老闆請我早點完成新計畫的企劃書。

- **pudding** [ˋpʊdɪŋ] (n.) 布丁

I felt like having a cup of **pudding** after dinner.
▶ 晚餐過後，我想要來一杯布丁。

- **pursuit** [pɚˋsut] (n.) 追擊；追趕；追求

Jack was running in **pursuit** of the football. ▶ 傑克奔跑著追趕足球。

- **quality** [ˋkwɑlətɪ] (n.)品質；特性

If the **quality** of your samples doesn't measure up, you should remake them. ▶ 如果你那些樣本的品質不符合要求，你應該重做一批。

- **quota** [ˋkwotə] (n.) 配額；限額

We had to give Michelle up because we didn't have enough **quota**.
▶ 因為名額不足的關係，我們必須放棄蜜雪兒。

- **race** [res] (n.) 賽跑；競賽；(v.) 和…競賽；賽跑

Adam ran as quickly as Tom in the **race**.
▶ 亞當和湯姆在賽跑中跑得一樣快。

- **reform** [rɪ`fɔrm] (n.) 改善；改革；(v.) 改進；改革

The production **reform** will be discussed in the meeting next week.
▶ 生產改革之事將會在下週的會議上討論。

- **regulation** [ˏrɛgjə`leʃən] (n.) 條例；規則；規定；管理

In keeping with the school **regulations**, Tom should be expelled.
▶ 根據校規，湯姆應該被開除。

- **relative** [`rɛlətɪv] (n.) 親戚；親屬；(adj.) 相關的

I didn't give you the job because you're my **relative**, but because you have the ability.
▶ 我給你這份工作並不是因為你是我的親戚，而是因為你有能力。

- **request** [rɪ`kwɛst] (n.) 請求，要求；需求；(v.) 請求；要求

In answer to the company's **request**, we will work overtime this Saturday.
▶ 我們將於這個週六加班以回覆公司的要求。

- **research** [(n.) `risɝtʃ (v.)rɪ`sɝtʃ] (n.) (學術)研討；探討；(v.) 研究；探索；調查

They will do a **research** before production.
▶ 他們在生產前會先進行研究。

- **resort** [rɪ`zɔrt] (n.) 憑藉；手段；(v.) 求助；憑藉

The company's last **resort** was getting help from the government.
▶ 這家公司最後的手段就是請求政府的援助。

- **restaurant** [`rɛstərənt] (n.) 餐廳；飯館

Have you had dinner in that **restaurant** which they said was good? ▶ 你有沒有在他們覺得不錯的那家餐聽用過餐？

- **résumé** [ˏrɛzjʊ`me] (n.) 摘要；簡歷

Peter sent his **résumé** to ABB in hope to get an intern opportunity.
▶ 彼得把他的簡歷寄到了ABB公司，希望能得到實習的機會。

- **retrospect** [`rɛtrəˏspɛkt] (n.) 回顧，追憶

In **retrospect**, most of the time was wasted in search for a better job.
▶ 回顧往事，大多數時間都被浪費在尋找更好的工作上。

- **risk** [rɪsk] (n.) 冒險；風險；(v.) 冒危險

You know, there are no business without **risks**. ▶ 你知道嗎，世界上沒有零風險的買賣。

- **rival** [ˋraɪvl̩] (n.) 對手；競爭者

The two bosses have been **rivals** since last year. ▶ 去年開始那兩位老闆就成了競爭對手。

- **robber** [ˋrɑbɚ] (n.) 搶劫者；強盜

After being beaten up by **robbers**, Bruce was all black and blue.
▶ 被搶匪們痛打一頓後，布魯斯全身青一塊紫一塊的。

- **role** [rol] (n.) 角色

Tom is very good at playing the **role** of King Lear.
▶ 湯姆很擅長扮演李爾王的角色。

- **routine** [ruˋtin] (n.) 日常工作；(adj.) 日常的；例行的

The girls have been practicing their new cheerleading **routine** for weeks.
▶ 這些女孩子已經練習新的啦啦隊編舞好幾個禮拜了。

- **salesman** [ˋselzmən] (n.) 銷售人員

To a **salesman**, dealing with different people is all in one day's work. ▶ 對銷售人員來說，一天內就需要和很多不同的人打交道。

- **sample** [ˋsæmpl̩] (n.) 樣品；例子；試用品

Our manager liked these **samples** very much.
▶ 我們經理非常喜歡這些樣品。

- **scandal** [ˋskændl̩] (n.) 醜聞；丟臉；誹謗

As soon as the **scandal** came out, the press was all over it. ▶ 這則醜聞一曝光，媒體便完全圍繞著它。

- **scarcely** [ˋskɛrslɪ] (adv.) 幾乎不；大概不

There's **scarcely** any rice left in the granary. ▶ 糧倉裡幾乎沒有米了。

- **scene** [sin] (n.) (戲劇的)一場；(舞臺)布景；景色

The **scene** of action was in Athens, Greece.
▶ 事發地點位於希臘的雅典。

- **schedule** [ˋskɛdʒʊl] (n.) 計畫表；排程表；(v.) 將…列入計畫

Bob likes to keep everything ahead of the **schedule**.
▶ 鮑伯喜歡提前完成每一件事情。

- **score** [skor] (n.) 比數；分數；(v.) 記(分)；使得分

Students should attend every class to get high **scores**. ▶ 學生為了得高分應該每節課都去上。

• **secret** [`sikrɪt] (n.) 祕密；祕訣；(adj.) 祕密的

I hope I had kept his **secret**.
▶ 我真希望當時保守了他的祕密。

• **secretary** [`sɛkrə͵tɛrɪ] (n.) 祕書

As a **secretary**, Miss Black did very well.
▶ 身為祕書，布萊克小姐非常稱職。

• **security** [sɪ`kjurətɪ] (n.) 安全；防備；防護

Many banks have **security** on guard.
▶ 許多銀行都有值班的警衛。

• **semester** [sə`mɛstɚ] (n.) 學期

You wouldn't have failed the final exam if you hadn't skipped so many classes this **semester**.
▶ 如果你這學期不翹那麼多課，你期末考試就不會不及格了。

• **sensitivity** [͵sɛnsə`tɪvətɪ] (n.) 敏感性；感受性

Ella's **sensitivity** helped her make a lot of good deals. ▶ 艾拉的敏銳的個性幫助她完成很多樁大買賣。

• **shape** [ʃep] (n.) 外形；形狀

Please make sure all machines are in **shape**.
▶ 請確認所有機器都狀況良好。

• **sign** [saɪn] (n.) 標誌；符號；記號；(v.) 簽名

He smoked in the park, without noticing the **sign** that said "no smoking."
▶ 他在公園裡抽煙，沒有注意到那個標示著「不可吸煙」的牌子。

• **singing** [`sɪŋɪŋ] (n.) 歌唱；歌聲

John's **singing** was bad enough to turn one's stomach. ▶ 約翰唱歌的難聽程度足以讓人倒胃口。

• **situation** [͵sɪtʃu`eʃən] (n.) 情形；情況

The **situation** should have never came out. ▶ 這種情況不該發生。

• **skyscraper** [`skaɪ͵skrepɚ] (n.) 摩天大樓

With **skyscrapers** all around, we could only see a small piece of the sky from the office.
▶ 由於被摩天大樓環繞，我們從辦公室只能看到一小片天空。

• **sleep** [slip] (n.) 睡眠；(v.) 睡；睡覺

Mike asked for an window seat to get some **sleep**. ▶ 麥克要了一個靠窗的座位以便睡覺。

• **smoking** [`smokɪŋ] (n.) 吸煙

Smoking does no good to your health. ▶ 吸煙對健康沒好處。

- **solution** [sə`luʃən] (n.) 解決辦法

Helen finally came up with a **solution** to the problem. ▶ 海倫終於想出一個解決問題的辦法。

- **source** [sors] (n.) 來源；出處

Many clean energy **sources** are being used in place of fossil fuel.
▶ 人們正使用許多清潔能源來代替礦物燃料。

- **specialist** [`spɛʃəlɪst] (n.) 專門醫師；專家

There must be some **specialists** around. Let's find them and ask.
▶ 這附近肯定有幾位專家，我們去找他們詢問吧。

- **sponsor** [`spɑnsɚ] (n.) 發起人；資助者；(v.) 主辦；贊助

Coca-cola has the naming right to football game because it is the only **sponsor**. ▶ 可口可樂有這場足球賽的命名權，因為它是唯一贊助商。

- **stack** [stæk] (n.) 疊；堆

I guess Tom is very busy these days, because there are always **stacks** of files on his desk.
▶ 我猜湯姆最近一定很忙，因為他桌上的檔案夾總是堆積如山。

- **standard** [`stændɚd] (n.) 標準；規格

Your product met with our **standards**.
▶ 你們的產品符合我們的標準。

- **style** [staɪl] (n.) 風格；型；式樣；種類

I will never give up, it's not my **style**.
▶ 我永遠不會放棄，那不是我的風格。

- **subordinate** [sə`bɔrdnɪt] (n.) 部屬[下]；下級；(adj.) 次要的；下級的

Believing in your **subordinates** is the key to becoming a successful boss. ▶ 要成為一名成功的老闆，關鍵是要信任你的下屬。

- **successor** [sək`sɛsɚ] (n.) 繼承者

Mr. William chose Tom to be his **successor**. ▶ 威廉先生選擇了湯姆作為他的繼承人。

- **suit** [sut] (n.) 一套衣服；請求；(v.) 適合於；適當

It's appropriate to wear business **suit** when attending an interview.
▶ 參加面試時穿著西裝是適當的。

- **supermarket** [`supɚ͵mɑrkɪt] (n.) 超級市場

Our **supermarket** stays open all year round.
▶ 我們的超市全年開放。

- **surprise** [sɚˋpraɪz] (n.) 驚奇；驚人之事；(v.) 使驚奇；突襲

It was a **surprise** that he finished the job in two days. ▶ 令人驚訝的是，他在兩天內就完成了這項工作。

- **suspect** [səˋspɛkt] (n.) 嫌疑犯；(v.) 懷疑；猜想

Nobody will be allowed to leave this room until we make sure that there are no **suspects** among you. ▶ 在我們確定你們之中沒有嫌疑犯之前，誰都不許離開這個房間。

- **suspense** [səˋspɛns] (n.) 焦慮；懸疑

She sat on the edge of her seat as she watched the final part of the **suspense** film. ▶ 她聚精會神的觀看懸疑片的最終部分。

- **target** [ˋtɑrgɪt] (n.) 靶子；對象；目標

To enter a new market is our **target** for the next few years. ▶ 我們未來幾年的計畫是進入一個嶄新的市場。

- **task** [tæsk] (n.) 任務；作業

The most important **task** should be done first. ▶ 最重要的任務應最先完成。

- **temple** [ˋtɛmpḷ] (n.) 神殿；廟

That ancient **temple** looks well cared for. ▶ 那座古廟看起來保存得很好。

- **tennis** [ˋtɛnɪs] (n.) 網球

Mary only goes to the **tennis** club every so often. ▶ 瑪麗偶爾會去網球俱樂部。

- **textbook** [ˋtɛkst͵bʊk] (n.) 教科書

Tom brought out his **textbooks** and notebooks, and started to do homework. ▶ 湯姆拿出課本和筆記，開始做作業。

- **tire** [taɪr] (n.) 輪胎；(v.) 使疲倦；使厭煩

I would have gone to the library if my **tire** hadn't gone flat. ▶ 若不是輪胎沒氣，我就會去圖書館了。

- **tomato** [təˋmeto] (n.) 番茄

To make that soup, three **tomatoes** will do. ▶ 煮那種湯，三顆番茄就夠用了。

- **tongue** [tʌŋ] (n.) 舌頭；舌狀物

Todd stuck his **tongue** out at his crying baby brother jokingly. ▶ 陶德開玩笑地對哭鬧的小弟弟吐舌頭。

- **training** [ˋtrenɪŋ] (n.) 訓練

He asked me if I had received computer **training** in the company. ▶ 他問我在公司裡有沒有接受過電腦培訓。

- **tuition** [tju`ɪʃən] (n.) 學費

You can earn your college **tuition** by having a part-time job.
▶ 你可以藉著兼職工作來賺取大學學費。

- **uniform** [`junə,fɔrm] (n.) 軍服；制服；(adj.) 相同的；一致的

She is worried that her son will be reproached for not wearing proper **uniform**. ▶ 她擔心她兒子會因為沒穿適當的制服而受到責備。

- **vacation** [ve`keʃən] (n.) 假期；節日

This is going to be a boring summer **vacation**.
▶ 這將會是一個無聊的暑假。

- **view** [vju] (n.) 看；觀點；計畫；(v.) 觀看；觀察

I have nothing in **view** for tomorrow.
▶ 我明天沒有預定任何計畫。

- **volleyball** [`valɪ,bɔl] (n.) 排球

Instead of playing **volleyball**, Jason stayed at home. ▶ 傑森沒有去打排球，而是待在家裡。

- **wallet** [`walɪt] (n.) 錢包

Her **wallet** seems to be thicker than her day planner.
▶ 她的錢包似乎比她的行事曆還厚。

- **weather** [`wɛðɚ] (n.) 天氣

The cold **weather** stopped at the beginning of April.
▶ 寒冷的天氣在四月初便停止了。

- **web** [wɛb] (n.) 網；網路；蜘蛛網

The idea of doing business on the **web** came out in 1990's.
▶ 在網路上做生意的想法是在一九九〇年形成的。

- **wedding** [`wɛdɪŋ] (n.) 婚禮

All of my friends are coming to attend my **wedding** tomorrow.
▶ 明天我所有的朋友都會來參加我的婚禮。

- **weekend** [`wik`ɛnd] (n.) 週末

I saw them walking arm in arm last **weekend**. ▶ 上個週末我見到他們手挽手走著。

- **whale** [hwel] (n.) 鯨

An elephant is big, but a **whale** is even bigger.
▶ 大象很大，但是鯨魚更大。

- **yoga** [`jogə] (n.) 瑜珈

Maria has stopped going to **yoga** classes ever since she broke her leg.
▶ 自從腿斷了以後，瑪麗亞就沒有再去上瑜珈課。

第二單元：動詞

abandon [ə`bændən] (v.) 放棄；遺棄

John **abandoned** himself to drinking.
▶ 約翰沉溺於酗酒之中。

accelerate [æk`sɛlə͵ret] (v.) 加速；促進

The country has **accelerated** its speed on economic reforms.
▶ 國家已經加快經濟改革。

accept [ək`sɛpt] (v.) 接受；認可；答應

No woman were **accepted** into the company before.
▶ 這家公司以往從不接納女性。

address [ə`drɛs] (v.) 向…發表演說；(n.) 地址

Before **addressing** the audience, John waited in the rest room alone.
▶ 在發表演說之前，約翰一個人待在休息室等待。

annoy [ə`nɔɪ] (v.) 使苦惱；騷擾

Her little brother **annoys** the neighbors every day with his loud music. ▶ 每天她的弟弟都用吵鬧的音樂打擾鄰居們。

appall [ə`pɔl] (v.) 使驚駭；使心驚膽戰

Paul was **appalled** to find that the airline had lost his luggage.
▶ 保羅驚恐的發現，航空公司弄丟了他的行李。

appear [ə`pɪr] (v.) 出現；看似

Lucy had already been working when the boss **appeared**.
▶ 當老闆出現時，露西已經在工作了。

argue [`ɑrgjʊ] (v.) 爭論；辯論；說服

Tom won't stop **arguing** until he has his way of. ▶ 直到大家按照湯姆的意思去做，他才停止爭論。

arrive [ə`raɪv] (v.) 到達

The train will be **arriving** in a few hours. ▶ 火車將在幾小時後抵達。

ascribe [ə`skraɪb] (v.) 把…歸於；把…歸功於

Jane **ascribes** her success to working hard in college. ▶ 珍把她的成功歸功於在大學期間的努力。

attend [ə`tɛnd] (v.) 出席；參加

If you don't want to **attend** the party, just turn them down. ▶ 如果你不想參加那個派對，就拒絕他們。

• **begin** [bɪ`gɪn] (v.) 開始，著手；開始做

They usually **begin** their class with a song.
▶ 他們通常以一首歌開始他們的課。

• **behave** [bɪ`hev] (v.) 表現舉止；守規矩

William has been told by many people that he should **behave** politely. ▶ 很多人都和威廉說過，他應該表現得有禮貌。

• **believe** [bɪ`liv] (v.) 相信，信任；認為

I'm not sure whether you should **believe** him or not.
▶ 我不確定你該不該相信他。

• **betray** [bɪ`tre] (v.) 背叛；出賣

She wondered if she could trust him this time, since she had been **betrayed** once before.
▶ 因為她曾被背叛過一次，她不知道這次該不該相信他。

• **better** [`bɛtɚ] (v.) 改善；勝過；變得更好；(adj.) 較好的；更好的

His work has **bettered** with the help of his friends. ▶ 在朋友的幫助之下，他的工作變好了。

• **bite** [baɪt] (v.) 叮；咬；(n.) 咬傷；咬

Sarah had to **bite** her tongue to stop herself from telling the secret.
▶ 莎拉必須忍著不說出祕密。

• **block** [blɑk] (v.) 阻塞，堵住；限制；封鎖

Don't block the traffic.
▶ 不要阻塞交通。

• **bloom** [blum] (v.) 開花

When wildflowers **bloom** in Texas, that's the time to travel there.
▶ 德州的野花開花時，就是適合旅遊的季節。

• **boast** [bost] (v.) 自吹自擂

What you said just now is common sense, don't **boast** about yourself anymore. ▶ 你剛才說的那些是常識，不要再自吹自擂了。

• **borrow** [`baro] (v.) 借；借入；借用

Being in debt for too long, Jack could not **borrow** any more money from his friends. ▶ 因為欠債太久，傑克已經不能再從朋友那邊借錢了。

• **bother** [`bɑðɚ] (v.) 煩擾；打擾

I knew he was just bluffing, so I didn't even **bother** to give him a reply. ▶ 我知道他只是在虛張聲勢，所以我連回覆他的麻煩都省了。

- **bounce** [baʊns] (v.) 彈起；彈回

In soccer, you can **bounce** the ball with any part of your body except your hands.
▶ 在足球運動中，你可以用除了手以外的任何身體部位去彈球。

- **bring** [brɪŋ] (v.) 帶來；拿來；提出；導致

Books have **brought** knowledge into being.
▶ 書籍為人們帶來了知識。

- **build** [bɪld] (v.) 修建；建造

A new dormitory will have been **built** by August.
▶ 八月前，一棟新的宿舍將會落成。

- **bump** [bʌmp] (v.) 衝撞，撞擊；撞；碰；(n.) 重擊；碰撞

I am really so sorry to have **bumped** into you.
▶ 不小心撞到您，真的很抱歉。

- **bundle** [ˋbʌndl] (vt.) 捆；把…紮成一包；(n.) 捆

I asked my mother to help me **bundle** up the books.
▶ 我請媽媽協助我捆綁書籍。

- **buy** [baɪ] (v.) 買；購買

We have **bought** some drinks for the picnic.
▶ 我們為野餐買了一些飲料。

- **call** [kɔl] (v.) 叫；叫喊；打電話；稱呼；(n.) 呼叫；喊叫；電話

The crazy man **calls** himself by the name of God.
▶ 那名瘋子以上帝自稱。

- **calm** [kɑm] (v.) 冷靜；安靜；(n.) 鎮靜；安靜；(adj.) 冷靜的；安靜的

When Tom gets angry, he usually tries to **calm** down.
▶ 湯姆生氣時會設法平靜下來。

- **cancel** [ˋkænsḷ] (v.) 刪去；取消

The football game next week has been **canceled**.
▶ 下個禮拜的足球賽被取消了。

- **care** [kɛr] (v.) 介意；關心；喜歡；想要；(n.) 照料；憂慮

I really **care** for English novels.
▶ 我真的很喜歡看英文小說。

- **catch** [kætʃ] (v.) 接住；捉住；了解；(n.) 抓住；捕捉

A car with colorful painting on it could **catch** eyes on the street.
▶ 車身帶有彩色噴漆的汽車在大街上能吸引目光。

- **cause** [kɔz] (vt.) 引起；導致；(n.) 原因；理由

The pollution caused by factories has **caught** the people's attention. ▶ 工廠所造成的污染引起了人們的注意。

• **challenge** [`tʃælɪndʒ] (v.) 向…挑戰；(n.) 挑戰

Sony will put Play Station 3 on sale in autumn in order to **challenge** Xbox360 made by Microsoft.
▶ 索尼將在秋季推出PS3 來挑戰微軟遊戲機 Xbox 360。

• **cheat** [tʃit] (v.) 欺騙；詐騙；作弊；(n.) 騙子；欺騙

The people grew angry when they realized they had been **cheated**.
▶ 當人們意識到被騙了之後變得十分憤怒。

• **check** [tʃɛk] (v.) 檢查

I will have to **check** the file again before I send it to my boss.
▶ 把檔案送去給老闆之前，我還得再檢查一遍。

• **choose** [tʃuz] (v.) 選擇；選舉；挑選

She cannot **choose** but leave her puppy at home. ▶ 她別無選擇，只能把小狗留在家裡。

• **clean** [klin] (v.) 打掃乾淨；清潔；弄乾淨；(n.) 打掃；(adj.) 乾淨的，清潔的

Mary was busy **cleaning** her room when I called. ▶ 我打電話給瑪麗時，她正忙著打掃房間。

• **clear** [klɪr] (v.) 清理；使乾淨；(adj.) 清楚的；清白的

I will **clear** the garbage away right now.
▶ 我現在馬上就把垃圾清理掉。

• **climb** [klaɪm] (v.) 爬；攀登；(n.) 攀登

Though very tired, Bill **climbed** up to the top of the hill bit by bit.
▶ 雖然十分疲倦，比爾還是一點一點地爬到了山頂。

• **coincide** [ˌkoɪn`saɪd] (v.)一致；相同；同時發生

Most of my ideas **coincide** with Tom's.
▶ 我大部分觀點都和湯姆相同。

• **collaborate** [kə`læbəˌret] (v.) 合作；通敵

The soldier **collaborated** with the enemy.
▶ 這名士兵與敵方勾結。

• **combine** [kəm`baɪn] (v.)結合；化合；聯合

You should **combine** the two chemicals first. ▶ 你應該先把兩種化學藥品混合在一起。

• **comment** [`kamɛnt] (v.) 評論；解釋；(n.) 評論，批評

The boss did not **comment** on Andy's rude behavior.
▶ 老闆對安迪的粗魯行徑不予置評。

- **communicate** [kə`mjunə͵ket] (v.) 傳達；傳播；通訊；溝通

Businessmen are used to **communicating** with each other using emails. ▶ 商人之間習慣用電子郵件相互聯繫。

- **compensate** [`kɑmpən͵set] (v.) 賠償；補償；支付報酬

Nothing could **compensate** for his wife's death.
▶ 沒有什麼可以彌補他妻子的死亡。

- **complain** [kəm`plen] (v.) 抱怨；訴說；控告

Some clients came to Mr. Brown to **complain** about the cars he sold to them. ▶ 一些客人向布朗先生抱怨他出售給他們的汽車。

- **conceive** [kən`siv] (v.) 想像；認為；懷孕

I simply can't **conceive** of a family of four living in such a small room.
▶ 我無法想像一家四口如何能夠住在這麼小的房間裡。

- **concern** [kən`sɝn] (v.) 關心；與…有關；(n.) 關心的事；憂慮

John is very much **concerned** about his wife's health.
▶ 約翰十分擔心妻子的健康。

- **condemn** [kən`dɛm] (v.) 譴責；責難；判罪

I heard that your boss never **condemn** his employees, is that true? ▶ 聽說你們公司老闆從來不責備下屬，真的嗎？

- **confirm** [kən`fɝm] (v.) 確認；證實

David wrote me to **confirm** the place of the meeting.
▶ 大衛寫信給我，以確定會議地點。

- **consent** [kən`sɛnt] (v.) 同意；答應；(n.) 同意；許可

The board **consented** to the manager's new plan.
▶ 董事會同意了經理的新計畫。

- **consider** [kən`sɪdɚ] (v.) 考慮；視為

Karen is **considering** working in Africa.
▶ 凱倫正在考慮是否要去非洲工作。

- **continue** [kən`tɪnjʊ] (v.) 繼續；持續；延續

Bob had to **continue** his work for money.
▶ 為了賺錢，鮑伯不得不繼續工作。

- **contribute** [kən`trɪbjʊt] (v.) 捐助；貢獻；捐獻

Because we are a family, I will **contribute** as much as I can. ▶ 因為我們是一家人，所以我會盡量貢獻。

- **correspond** [ˏkɔrəˋspɑnd] (vi.) 符合；一致；相當

What John did **corresponded** with what he said.
▶ 約翰做的事情與他所言相符。

- **cost** [kɔst] (v.) 花費；(n.) 費用；代價

What a wonderful suit! I can't believe it only **cost** 100 dollars.
▶ 這套西裝真棒！我不敢相信它竟然只賣一百美元。

- **count** [kaʊnt] (v.) 數；計算；認為；有價值；(n.) 計數；總數

We can **count** on our friends when we're in trouble.
▶ 遇到困難時我們可以依靠朋友。

- **cross** [krɔs] (v.) 穿過；橫穿；(n.) 十字架

Look first, and then **cross** the road.
▶ 先看清楚，再過馬路。

- **damage** [ˋdæmɪdʒ] (v.) 損害；(n.) 損害；賠償金

Several computers in our office were severely **damaged**. ▶ 我們辦公室內的幾臺電腦遭到嚴重破壞。

- **dare** [dɛr] (v.) 膽敢；(aux.v.) 敢；膽敢

Do you **dare** to stay in the office alone on a stormy night? ▶ 在颳著暴風雨的夜晚你敢獨自待在辦公室嗎？

- **dawn** [dɔn] (v.) 破曉；漸漸明白；(n.) 黎明

It **dawned** on us that Jane had set us all up. ▶ 我們逐漸明白，是珍設局欺騙了大家。

- **deal** [dil] (v.) 分發；處理；對待；(n.) 買賣；交易

Mr. Williamson will send an engineer to **deal** with the problem within three days.
▶ 威廉森先生會在三天內派一名工程師來處理這個問題。

- **decide** [dɪˋsaɪd] (v.) 決定；解決

Jim **decided** to take a chance on the new job.
▶ 吉姆決定在新工作上碰碰運氣。

- **decode** [diˋkod] (v.) 解碼

The allied troops broke off the enemy's military action by **decoding** their messages. ▶ 盟軍藉著破解敵方訊息，中止了敵軍的軍事行動。

- **decorate** [ˋdɛkəˏret] (v.) 修飾；裝飾

Clean the room first, and then **decorate** it.
▶ 先打掃房間，然後再裝飾。

- **dedicate** [ˋdɛdəˏket] (v.) 奉獻；獻(身)；致力於

The investigation is being led by a highly **dedicated** police officer.
▶ 這項調查正由一位高度敬業的警官在進行。

- **deduce** [dɪˋdjus] (v.) 推論；推理；追溯

The manager will never give you a direct answer; you have to **deduce** from his words.
▶ 經理永遠不會給你一個直接的答案，你必須從他的話語中推斷。

- **defend** [dɪˋfɛnd] (v.) 防衛；保護；為…辯護；進行辯護

Our nation collaborated with the neighboring country to **defend** the attack. ▶ 我們的國家和鄰國聯合起來抵禦攻擊。

- **defy** [dɪˋfaɪ] (v.) 公然反抗；蔑視

If you **defy** the company rules, you may be dismissed. ▶ 如果你違抗公司的規定，可能會遭到遣散。

- **deliver** [dɪˋlɪvɚ] (v.) 遞送；運送；投遞；傳送

According to the notice, our five thousand hats will be **delivered** today. ▶ 根據通知，我們那五千頂帽子今天將會被運送出去。

- **demand** [dɪˋmænd] (v.) 要求；需要；(n.) 需求；請求

The manager **demanded** him to work overnight tonight.
▶ 經理要求他今晚加班。

- **deserve** [dɪˋzɝv] (v.) 應得；值得；應受賞(罰)

Tom **deserves** the position, he has been working so long. ▶ 那個職位是湯姆應得的，他已經工作很久了。

- **design** [dɪˋzaɪn] (v.) 設計；計畫；(n.) 設計；圖案；花樣

His talent in **designing** is his strong point.
▶ 設計方面的天賦是他的優勢。

- **develop** [dɪˋvɛləp] (v.) 發展；發育

Our company has **developed** a new business named online consulting.
▶ 我們公司發展了一種叫做線上諮詢的新業務。

- **devote** [dɪˋvot] (v.) 將…奉獻給

I have **devoted** my body and soul to the job. ▶ 我全心全意投入這項工作。

- **die** [daɪ] (v.) 死於；死；凋謝

More than one hundred people **died** in yesterday's volcanic eruption.
▶ 超過一百人死於昨天的火山爆發。

- **dim** [dɪm] (v.) 使暗淡；模糊；(adj.) 暗淡的；模糊的

As the movie begun, the lights in the theater **dimmed** and the audience fell silent. ▶ 當電影開始時，劇院裡的燈光變暗了，觀眾們也安靜下來。

- **direct** [də`rɛkt] (v.)指示，命令；導演；(adj.) 筆直的；直接的

If I was to **direct** a play, I would arrange a rehearsing schedule first.
▶ 如果要我導演戲劇，我會先制定一份排練時間表。

- **disappear** [ˏdɪsə`pɪr] (v.) 消失；不見

Two of the tallest buildings in New York **disappeared** after 911.
▶ 兩棟座落於紐約的最高建築物在九一一事件後便消失了。

- **discover** [dɪs`kʌvɚ] (v.) 發現；發覺

Her parents were extremely sad to **discover** that she had not been attending her classes.
▶ 發現她沒有去上課，她的父母非常傷心。

- **disembark** [ˏdɪsɪm`bɑrk] (v.) 下車；下飛機；上岸

She ran to her family with tears of joy in her eyes as she **disembarked** from the plane. ▶ 當她從飛機上下來時，開心地含著淚跑向家人。

- **dismiss** [dɪs`mɪs] (v.) 解散；解僱

Susan did not sleep well for she is in fear of being **dismissed**.
▶ 蘇珊因為害怕被解僱而睡不好。

- **draw** [drɔ] (v.) 畫(圖、線)

The painting had been authenticated. It was **drawn** by Picasso.
▶ 這幅畫被鑑定為真品，他是由畢卡索所畫的。

- **dress** [drɛs] (v.) 給…穿衣；打扮；(n.) 衣服；女裝

Mary is **dressed** in purple from top to toe.
▶ 瑪麗穿了一身紫色的衣服。

- **drive** [draɪv] (v.) 駕駛(汽車)；驅趕；逼迫；(n.) 駕車旅行；車程

Linda's stupid behavior **drove** me crazy.
▶ 琳達愚蠢的行為使我抓狂。

- **earn** [ɝn] (v.) 賺得；贏得；使得到

Jack sold all the stocks he had and **earned** a lot of money.
▶ 傑克賣掉了他所持有的全部股票，賺了一大筆錢。

- **embarrass** [ɪm`bærəs] (v.) 使…困窘[尷尬]

Lisa was **embarrassed** by the importunate client.
▶ 那位難纏的客人使莉莎很尷尬。

- **encourage** [ɪn`kɝɪdʒ] (v.) 鼓勵；激發；助長

Tom's mother **encouraged** him by saying that he is as smart as Edison. ▶ 湯姆的媽媽透過稱讚他和愛迪生一樣聰明來鼓勵他。

- **end** [ɛnd] (v.) 結束；終止；(n.) 結束；盡頭

To steal other company's idea is very foolish and you may **end** up paying the price.
▶ 竊取別家公司的創意是相當愚蠢的行為，而且你可能會為此付出代價。

- **enroll** [ɪn`rol] (v.) 登記；入會；徵(兵)；註冊；入學

If you want to **enroll** in a noted university, you would have to work harder. ▶ 如果你想進名校，你就得更加努力。

- **exercise** [`ɛksɚ͵saɪz] (v.) 鍛鍊；運動；練習；(n.) 運動；練習

Has Beatrice been **exercising** in the gym for the past few months? ▶ 碧翠絲過去幾個月有去健身房運動嗎？

- **exhaust** [ɪg`zɔst] (v.) 使筋疲力盡；(n.) 排出

Mary was **exhausted** after a day's work as the receptionist. ▶ 擔任了一天的接待員，瑪麗感到筋疲力竭。

- **expect** [ɪk`spɛkt] (v.) 預料；期待；預期

We will finish the project in time as you have **expected**. ▶ 我們會像您期望的那樣及時完成這個計畫。

- **expel** [ɪk`spɛl] (v.) 驅逐；趕走；開除；排出

Peter was **expelled** by the principal one week ago.
▶ 彼得在一週前被校長開除了。

- **experience** [ɪk`spɪrɪəs] (v.) 經歷，體驗；(n.) 經歷，閱歷

Many people travel because they want to understand and **experience** other cultures. ▶ 很多人是為了了解和感受他國文化而旅遊。

- **explain** [ɪk`splen] (v.) 解釋；說明

The data was well **explained** on the charts.
▶ 圖表很好的解釋了資料的部分。

- **extinguish** [ɪk`stɪŋgwɪʃ] (v.) 熄滅；使消失

The fire burning the bush was **extinguished** by a passing pedestrian.
▶ 燒著的樹叢被經過的路人熄滅了。

- **face** [fes] (v.) 面臨；面向；使面對；(n.) 臉；面容

Gary **faced** new problems after having changed his job. ▶ 蓋瑞換了工作後，面臨了新的問題。

- **fail** [fel] (v.) 失敗；不及格；(n.) 不及格

Mary attempted to save the cat, but she **failed.** ▶ 瑪麗想要救那隻貓，但是沒有成功。

- **fake** [fek] (v.) 偽造；捏造；(n.)偽造物；(adj.) 假的；冒充的

My sister **faked** the whole story. ▶ 整個故事都是我姊姊捏造的。

- **fall** [fɔl] (v.) 落下；跌落；成為；(n.) 落下；跌倒

Lily has **fallen** in love with her manager. ▶ 莉莉愛上了她的經理。

- **feed** [fid] (v.) 餵；飼養；撫養

Who is going to **feed** the dog for us when we leave the country? ▶ 我們出國時誰會來幫我們餵狗？

- **feel** [fil] (v.) 感覺；覺得

She **felt** a bit better after rest. ▶ 休息後她感覺舒服點了。

- **fight** [faɪt] (v.) 打仗；奮鬥；爭吵；(n.) 打架；搏鬥；戰鬥

Don't try to **fight** against government because you won't win. ▶ 不要嘗試反抗政府，因為你不會贏的。

- **finish** [`fɪnɪʃ] (v.) 結束；用完；耗盡；終止；(n.) 結束

John said that he would **finish** the work in any case. ▶ 約翰說他無論如何都會完成這項工作。

- **fix** [fɪks] (v.) 使固定；釘牢；修理；(n.) 方位

The picture has been **fixed** onto the wall. ▶ 畫已經固定在牆上了。

- **flourish** [`flɝɪʃ] (v.) 茂盛；興旺；(n.) 揮舞；炫耀

With the help of the government, our company is **flourishing.** ▶ 在政府的幫助之下，我們公司變得繁榮興旺。

- **follow** [`fɑlo] (v.) 跟隨；遵循；理解

The kid **followed** at the heels of his parents. ▶ 小孩緊跟在父母身後。

• **fool** [ful] (v.) 愚弄；欺騙；玩弄；(n.) 傻瓜

Lucy was **fooled** into believing he had completed his work.
▶ 露西受到了欺騙，以為他已經完成了工作。

• **force** [fors] (v.) 迫使；強迫；(n.)力量；武力；力氣

Tom was **forced** to resign due to his old age.
▶ 湯姆由於年事已高，被迫辭職。

• **forge** [fɔrdʒ] (v.) 鍛造；偽造

Lisa regrets having **forged** her driver's license. Now she is responsible for a highway accident.
▶ 莉莎後悔當初偽造了駕照；如今她要為這起高速公路上的車禍負責。

• **forget** [fɚˋgɛt] (v.) 忘記；忽略

Cecilia would have won first prize if she hadn't **forgotten** her lines.
▶ 要不是忘了臺詞，賽希莉雅本來會得第一名。

• **forgive** [fɚˋgɪv] (v.) 原諒；寬恕

For all that Jim has done wrong, his friends decided to **forgive** him.
▶ 雖然吉姆做錯了很多事，他的朋友們還是決定原諒他。

• **found** [faʊnd] (v.) (find 的過去式和過去分詞) 找到；(設法)得到；發現

Products made in China can be **found** all over the world.
▶ 世界各地都有中國製造的產品。

• **gain** [gen] (v.) 得到；增加；獲利；(n.) 利潤；收穫

How much weight have you **gained** since you left?
▶ 自從你離開後，你的體重增加多少？

• **get** [gɛt] (v.) 獲得；收到；生病；拿到；抓住；變得

We must **get** back to work.
▶ 我們該回去上班了。

• **give** [gɪv] (v.) 給；授予；捐贈；發表

I'm going to **give** the report to the boss.
▶ 我正要把報告呈交給老闆。

• **greet** [grit] (v.) 問候；歡迎

The crowd warmly **greeted** the president.
▶ 群眾熱烈地歡迎總統。

• **grieve** [griv] (v.) 使悲傷；使傷心

It is a waste of time **grieving** over your failure; be tough and move on.
▶ 為過去的失敗傷心很浪費時間，應該堅強點，繼續努力。

- **groan** [gron] (v.) 呻吟；抱怨；(n.) 呻吟聲；抱怨(聲)

Everyone in my company is **groaning** about the decision made by the vice-president. ▶ 全公司上下都在抱怨副總裁做出的決定。

- **guarantee** [ˌgærənˋti] (v.) 保證；擔保；(n.) 保證；保證書

All I need is for my boss to **guarantee** that I will receive a pay raise.
▶ 我只是需要老闆保證為我加薪。

- **guess** [gɛs] (v.) 猜測；推測；(n.)猜測；推測

We can't **guess** what John is driving at. ▶ 我們猜不出約翰想表達的重點是什麼。

- **guide** [gaɪd] (v.) 引導；管理；(n.) 嚮導；指導者

With Kim **guiding** me, I don't feel lost anymore. ▶ 有金在身邊指導我，我不再感到困惑。

- **happen** [ˋhæpən] (v.) 發生；碰巧

The car accident **happened** just round the corner.
▶ 車禍就在這附近發生。

- **hate** [het] (v.) 憎恨；討厭做；(n.)憎恨

Linda **hated** wasting time; she tried to do something useful. ▶ 琳達討厭浪費時間，她試著做些有意義的事。

- **haunt** [hɔnt] (v.) (回憶)縈繞在…心頭；(鬼)常出沒於；使困擾

A year has passed, but Molly is still **haunted** by her last romance.
▶ 一年過去了，過往的那段戀情還困擾著莫莉。

- **hear** [hɪr] (v.) 聽見；聽說

Lucy burst into tears on **hearing** the news.
▶ 露西聽到那則新聞後大哭起來。

- **hit** [hɪt] (v.) 打(擊)；擊中；碰撞；(n.) 打擊；擊中

I was once **hit** by a car when I was a child.
▶ 我小時候曾經被車撞過。

- **hold** [hold] (v.) 拿著；保持；占據；舉行；(n.) 把握；掌握

Hold on please, Mr. Brown will come back soon. ▶ 請等一下，布朗先生馬上就會回來。

- **hurt** [hɝt] (v.) 傷害；(使)傷心；(n.) 傷害

Jason didn't mean to **hurt** your feelings.
▶ 傑森不是故意要讓你難過的。

- **identify** [aɪˋdɛntəˏfaɪ] (v.) 確認；鑑定；視為同一

Although the fingerprint was blurred, the computer **identified** its owner. ▶ 雖然指紋很模糊，但是電腦辨識出了它的主人。

- **imagine** [ɪˋmædʒɪn] (v.) 想像；料想；猜想

The scenery I saw in Guilin was the best I had ever **imagined**. ▶ 我在桂林看到的景色比我想像得還要美。

- **imprison** [ɪmˋprɪzn̩] (v.) 監禁；禁錮

A few thieves escaped through the back door, but one was caught and **imprisoned**. ▶ 有幾名小偷從後門逃脫，但有一名被逮捕入獄了。

- **improve** [ɪmˋpruv] (v.) 改進；改善；進步

Working in this company, he did **improve** a lot. ▶ 在這家公司工作，他確實進步了不少。

We were trying to **improving** our product, but did not succeed.
▶ 我們試圖改良產品，但沒有成功。

- **including** [ɪnˋkludɪŋ] (v.) (include 的現在分詞)包括；(prep.) 包括；包含

Including the two employees that are on a business trip, there are altogether 25 employees in this office. ▶ 包括兩位出差員工，這間辦公室裡一共有二十五名職員。

- **increase** [(v.)ɪnˋkris,(n.)ˋɪnkris] (v.) 增大；增加；(n.) 增大；增加

Workers complained that the pay has never been **increased**.
▶ 工人們抱怨工資從未增加。

- **inhabit** [ɪnˋhæbɪt] (v.) 居住於；棲息於

Most deserts are not fit for people to **inhabit**.
▶ 大多數沙漠都不適合人們居住。

- **inspire** [ɪnˋspaɪr] (v.) 鼓舞；激勵；引起

I like to read celebrities' biographies because they **inspire** me on how to succeed. ▶ 我喜歡閱讀名人傳記，因為它們能夠激勵我邁向成功。

- **institute** [ˋɪnstəˏtjut] (v.) 設立；制定；任命；(n.) 協會；學院；研究所

President Grant **instituted** the first public school system in the United States. ▶ 格蘭特總統在美國建立了最早的公立學校的體制。

- **integrate** [ˋɪntəˏgret] (v.) 統合；使成一體；使合併

Why shouldn't we **integrate** the two best teams into one?
▶ 我們何不把最好的兩支團隊整合成一個團體？

- **interview** [`ɪntə-ˏvju] (v.) 接見；訪問；面試；(n.) 接見；面試

How do you feel about being **interviewed** on TV? ▶ 你對於在電視上接受採訪的感覺如何？

- **introduce** [ˏɪntrə`djus] (v.) 介紹；提出；引進

I **introduced** the book to Tom in brief.
▶ 我為湯姆簡要的介紹了這本書。

- **investigate** [ɪn`vɛstəˏget] (v.) 調查；研究

Given very few details, the police could only **investigate** the case in a general way.
▶ 因為知道的細節不多，員警只能用一般的方法來調查此案件。

- **join** [dʒɔɪn] (v.) 連結；參加

John let Tim **join** the team.
▶ 約翰讓提姆加入球隊。

- **judge** [dʒʌdʒ] (v.) 審判；判決；裁決；判斷；(n.) 法官

I'll give you all the facts, so that you can **judge** for yourself.
▶ 我會告訴你全部的事實，這樣你就能自己作出判斷。

- **knock** [nɑk] (v.) 敲；擊；碰撞；打；(n.) 敲；擊；打

Please note that our boss doesn't like his employees entering the room without **knocking** on the door first.
▶ 請注意，我們老闆不喜歡他的員工不先敲門就進房間。

- **land** [lænd] (v.) 登陸；降落；(n.) 陸地；田地

The boss's airplane **landed** at the airport this morning.
▶ 老闆的飛機今早在機場著陸了。

- **laugh** [læf] (v.) 以笑表示；笑；嘲笑

I cannot help but **laugh** after hearing the joke.
▶ 聽到笑話後，我不禁笑了出來。

- **leap** [lip] (v.) 跳；跳躍；(n.) 跳；跳躍；躍升

The barking dog **leaped** at the meowing cat that was running toward the fence. ▶ 狗吠著向那隻一邊喵喵叫一邊跑向籬笆的貓撲過去。

- **leave** [liv] (v.) 離開；留下；出發；(n.) 離去

All the while they were **left** in the dark.
▶ 他們一直被蒙在鼓裡。

lend [lɛnd] (v.) 借…給…

In no case should you **lend** him the money.
▶ 無論如何你都不應該借錢給他。

lie [laɪ] (v.) 說謊；欺騙；放置；躺；(n.) 謊話

Not only did Bill **lie** to his family, but also he cheated his country.
▶ 比爾不僅欺騙自己的家人，還欺騙了整個國家。

lock [lɑk] (v.) 鎖上；鎖住；緊閉；(n.) 鎖

Only after I have **locked** the door did I realize that I had forgotten to take the keys. ▶ 我剛鎖上門才意識到自己忘記帶鑰匙了。

look [lʊk] (v.) 看；看起來；(n.) 面容；表情

John doesn't **look** like his father in any way.
▶ 約翰長得一點都不像他爸爸。

lose [luz] (v.) 遺失；浪費；錯過；受損失；失敗

So far, Mary still can't find her **lost** dog. ▶ 目前瑪麗還是找不到她走失的小狗。

lower [`loɚ] (v.) 降低；減弱；降落；(adj.) 較低的

When they began to talk about the secret plan, they **lowered** their voices. ▶ 當他們在討論祕密計畫時降低了音量。

marry [`mærɪ] (v.) 結婚

At last, Phoebe **married** the man whom she met at a coffee shop.
▶ 最後，菲比嫁給了在咖啡店遇到的那名男子。

master [`mæstɚ] (v.) 控制；精通；(n.) 主人；能手；碩士；(adj.) 熟練的

Because she has been helping her grandmother cook, she has **mastered** the skills of a cook.
▶ 因為一直協助奶奶做飯，她熟練的掌握了當廚師的技巧。

match [mætʃ] (v.) 使競爭；相配；(n.) 比賽；對手

If I can't find a dress to **match** my new shoes, I won't go to the party with you. ▶ 如果找不到可以搭配新鞋的裙子，我就不和你去參加派對了。

- **matter** [`mætɚ] (v.) 有關係；要緊；(n.) 事情；問題；主題

Frank doesn't care about how much her earns from the job, what **matters** to him is what he could learn. ▶ 法蘭克並不關心他賺多少薪水，他在意的是自己能從這份工作中學到些什麼。

- **meet** [mit] (v.) 遇見；會見；滿足；開會

We have a complete set of PDA samples; you can find one that **meets** your needs. ▶ 我們有一系列完整的掌上型電腦樣品，您可以在其中找到符合您需要的一款。

- **mind** [maɪnd] (v.) 注意；照料；看管；關心；(n.) 頭腦；智力

Would you **mind** my using your computer for some work? ▶ 你介意我用你的電腦做一些工作嗎？

- **misunderstand** [͵mɪsʌndɚ`stænd] (v.) 誤會；曲解

Not knowing the fact, Lucy **misunderstood** her boss. ▶ 由於不知道真相，露西誤會了她老闆的意思。

- **need** [nid] (v.) 需要；必要；(n.) 需求；要求

It is very important to know what the customers **need**. ▶ 了解顧客需求是非常重要的。

- **nod** [nɑd] (v.) 點頭；打瞌睡；(n.) 點頭

The new boss greeted Tom by **nodding** his head. ▶ 新老闆對湯姆點了點頭，作為打招呼的方式。

- **obey** [ə`be] (v.) 聽從；服從；聽話

The teacher had told you not to do so, but you didn't **obey** her. ▶ 老師告訴過你不要這樣做了，但是你不聽。

- **offer** [`ɔfɚ] (v.) 提供；提議；(n.) 提供；提議；出價

All I need is a job that can **offer** me enough money to survive. ▶ 我需要的僅僅是一份能夠讓我有足夠的錢生活的工作。

- **overcome** [͵ovɚ`kʌm] (v.) 克服；戰勝；得勝

Mary made her way by **overcoming** difficulties. ▶ 瑪麗藉著克服困難獲得了成功。

- **overwork** [`ovɚ`wɝk] (v.) 使過勞；工作過度；(n.) 過勞；額外工作

Jane **overworked**; she fell asleep at the table. ▶ 珍因為過度勞累，在餐桌上睡著了。

- **pace** [pes] (v.) 踱步於；慢慢地走；(n.) 一步；步伐

The director **paced** back and forth in the office. ▶ 主管在辦公室裡來回踱步。

pack [pæk] (v.) 將…裝入；包裝

She is leaving town again so she started **packing** her belongings.
▶ 她又要離開這個小鎮了，所以她開始打包物品。

paint [pent] (v.) 畫；描寫；油漆；(n.)顏料；油漆

He's **painting** the wall.
▶ 他正在油漆牆壁。
The **paint** had been used up, let's buy some more.
▶ 油漆用完了，我們再買一些吧。

pass [pæs] (v.) 傳遞；經過；通過；(n.)通行證

Would you please **pass** me the report? ▶ 你可以幫我把那邊的報告遞給我嗎？

perform [pə`fɔrm] (v.) 完成；做；演出；(機器)運轉

The club members would have been **performing** in the south for two weeks. ▶ 俱樂部成員本來將要在南方表演兩個禮拜。

persuade [pə`swed] (v.) 說服；勸服

He promised to **persuade** Tom into joining our group. ▶ 他答應會說服湯姆加入我們的團隊。

please [pliz] (v.) 使高興；願意；喜歡；(adv.)(用於請求或命令)請

Come to the party with us if you **please**. ▶ 如果你願意的話，就和我們一塊參加派對吧。

praise [prez] (v.) 讚美，稱讚；(n.) 稱讚；讚揚

I was disappointed with my drama performance until the teacher came to **praise** me.
▶ 在老師前來讚美我之前，我一直對自己的戲劇表演很失望。

prepare [prɪ`pɛr] (v.) 準備，預備，籌備

I am busy **preparing** for the coming exam.
▶ 我正忙於準備即將來臨的考試。

prescribe [prɪ`skraɪb] (v.) 指示；開(藥方)

Despite the pills which her doctor **prescribed**, Jessie still can't sleep well. ▶ 儘管吃了醫生開的藥片，但潔西還是睡不好。

print [prɪnt] (v.) 出版；發行；印刷；(n.)印刷

She **printed** so many pages before she realized she did not have enough ink. ▶ 在她意識到墨水不足以前，她已經列印出好多頁了。

- **produce** [prə`djus] (v.) 製造；生產；產生；創作

Do you believe that nearly twenty percent of the oxygen in the atmosphere is **produced** in the Amazon Rain Forest?
▶ 你相信大氣層中將近百分之二十的氧氣是從亞馬遜雨林中產生的嗎？

- **promise** [`pramɪs] (v.) 答應；允諾；保證；(n.) 諾言；承諾

They **promised** to pay the compensation soon.
▶ 他們答應近期內支付賠償金。

- **promote** [prə`mot] (v.) 晉升；發揚；促進；創立

As a qualified employee, he got **promoted** pretty quickly. ▶ 身為一名有能力的員工，他升遷很快。

- **propose** [prə`poz] (v.) 提出；計畫；建議；求婚

We decided to carry out the new marketing plan **proposed** by the manager. ▶ 我們決定執行由經理提議的新行銷計畫。

- **prove** [pruv] (v.) 證明；證實；檢驗

John had **proved** that such method won't do.
▶ 約翰已經證明這種方法行不通。

- **provide** [prə`vaɪd] (v.) 供應；提供；準備；撫養

Many banks **provide** royal road for VIPs. ▶ 許多銀行會為貴賓提供辦理業務的快捷方式。

- **punish** [`pʌnɪʃ] (v.) 處罰；懲罰

Because of being late, Black was **punished**.
▶ 因為遲到，布萊克受到了懲罰。

- **purchase** [`pɝtʃəs] (v.) 購買；獲得；(n.) 購買；所購之物

Doris **purchased** a silver laptop in the mall two blocks from here.
▶ 多莉絲在距離這裡兩個街區外的商場買了一臺銀色的筆記型電腦。

- **quiet** [`kwaɪət] (v.) 使安靜；安慰；使平息；(adj.) 寧靜的；平靜的

It is hard to get the students to **quiet** down.
▶ 要讓學生們安靜下來很難。

- **quit** [kwɪt] (v.) 停止；辭職；離開；放棄

I should have continued with my first idea, but I **quit**.
▶ 我應該繼續發展我的第一個想法，但我放棄了。

- **raise** [rez] (v.) 舉起；增加；撫養；喚醒；(n.)提高；加薪

She never knew how to **raise** a child until her daughter was born.
▶ 直到她的女兒生出來，她才知道如何撫養孩子。

- **rank** [ræŋk] (v.) 排列；把…分級；(n.) 地位；等級

Nissan Motor **ranked** 4th in the world's car market. ▶ 日產汽車在世界汽車市場上排名第四。

- **reach** [ritʃ] (v.) 延伸；抵達；達到；努力爭取；(n.) 可及的範圍

Only after I had **reached** the airport did I realize that I had forgotten to take my purse with me. ▶ 我到了機場後才發現自己忘了帶錢包。

- **read** [rid] (v.) 閱讀；讀到

I will have **read** all the reports by tomorrow.
▶ 到明天我就會讀完所有的報告了。

- **readjust** [͵riə`dʒʌst] (v.) 重新調整 [整理]

We needed to **readjust** our policy to suit the new situation.
▶ 我們需要重新調整政策來適應新的情況。

- **realize** [`riə͵laɪz] (v.) 認識到；了解；實現

I **realized** there must be something wrong when I saw him smiling in such a strange way.
▶ 看到他笑得那麼詭異，我意識到一定有什麼事不對勁。

- **reason** [`rizn̩] (v.) 推理，推論；(n.) 推理；動機；理由

It is almost impossible to **reason** with higher authorities.
▶ 和上級理論是不太可能的。

- **reassure** [͵riə`ʃur] (v.) 再保證；使放心

She **reassured** her concerned parents that she would return as soon as her work was completed.
▶ 她再次向擔心的雙親保證，一完成工作她就會盡快回來。

- **recall** [rɪ`kɔl] (v.) 回憶；回想；召回；(n.) 回想；召回

In case you **recall** anything, I will be staying at your brother's apartment.
▶ 萬一你想起什麼的話，我就住在你哥哥的公寓那邊。

- **receive** [rɪ`siv] (v.) 得到；收到；接受；接待

I haven't **received** a letter from my friend Jimmy for months. ▶ 我已經好幾個月沒收到我朋友吉米的來信了。

refuse [rɪ`fjuz] (v.) 拒絕，不肯

The dog **refused** to let go of my pants.
▶ 那隻狗不肯放開我的褲子。

regain [rɪ`gen] (v.) 收復；取回；返回；恢復

Toyota is trying to **regain** customers' trust by degrees. ▶ 豐田正在努力逐漸重拾顧客的信心。

regard [rɪ`gɑrd] (v.) 把…看作；注意；注重；尊重；(n.) 注重；尊重；尊敬

John is a workaholic; he **regards** work as his only recreation.
▶ 約翰是工作狂，他把工作當成唯一的消遣。

regret [rɪ`grɛt] (v.) 懊悔；遺憾；抱歉；(n.) 悔恨；遺憾

Bob **regrets** not having seen his former teacher. ▶ 鮑伯對於沒有看到他以前的老師感到遺憾。

reject [rɪ`dʒɛkt] (v.) 拒絕；駁回

John was **rejected** by the army because he was under age.
▶ 約翰因為尚未成年而被軍隊拒絕。

release [rɪ`lis] (v.) 釋放；鬆開；發表；(n.) 釋放；發表；發行；新聞稿

Westlife **released** their brand new album "Mandy" last week. ▶ 西城男孩上週推出了全新專輯《曼蒂》。

remain [rɪ`men] (v.) 保持；繼續存在；停留

Had the students **remained** seated, the principal wouldn't have punished them. ▶ 要是學生們好好坐著，校長根本不會懲罰他們。

remember [rɪ`mɛmbɚ] (v.) 記得；想起；記住

Do you still **remember** working with me at GM? ▶ 你還記得我們曾在通用公司一起工作過嗎？
If you can't **remember** when to jump, just take your cue from the other dancers.
▶ 如果你記不住什麼時候該跳躍的話，就等其他舞者的指示吧。

remind [rɪ`maɪnd] (v.) 提醒；使記起；使想起

The picture **reminded** the farmer of his motherland.
▶ 這幅畫使農夫想起了他的故鄉。

repair [rɪ`pɛr] (v.) 修補；修理；(n.) 修補；修理

I am in charge of **repairing** your air conditioner.
▶ 我負責修理你的空調設備。

- **reproach** [rɪˋprotʃ] (v.) 斥責；責備；(n.) 責備；責備的話

Natasha needs to be **reproached** for disobeying her parents. ▶ 娜塔莎因為忤逆父母而有必要受到責備。

- **resign** [rɪˋzaɪn] (v.) 放棄；辭去；辭職

As long as he's still in the company, I will **resign**. ▶ 只要他還待在這個公司，我就會辭職。

- **respect** [rɪˋspɛkt] (v.) 尊敬；尊重；重視；(n.) 尊敬；尊重；重視；注意

As far as I know, workers here all **respect** their boss. ▶ 據我所知，這裡所有的工人都尊敬他們的老闆。

- **result** [rɪˋzʌlt] (v.) 起因於；產生；導致；(n.) 結果

The earthquake **resulted** in thousands of deaths.
▶ 這次地震造成數千人死亡。
Don't mind it, **result** will change everything.
▶ 不要在意它，結果會改變一切的。

- **return** [rɪˋtɝn] (v.) 回答；報答；歸還；(n.) 回答；報答

You may use my mouse, but you must **return** it before dark.
▶ 你可以用我的滑鼠，但必須在天黑前還我。

- **review** [rɪˋvju] (v.) 回顧；複習；(n.) 回顧；複習；評論

When the teacher **reviewed** Jim's scores, he knew that he had a poor chance of getting into college.
▶ 老師看了吉姆的成績之後，就知道他考上大學的機會不大。

- **ring** [rɪŋ] (v.) (鈴)響；搖(鈴)；按(鈴)；(n.) 按鈴；鈴聲；鐘聲

The teacher dashed off to the classroom when the bell **rang**.
▶ 老師在鈴聲響起時急忙趕往教室。

- **rise** [raɪz] (v.) 上漲；上升；增加；反抗；(n.) 上升；提升；上漲；增加

The people **rose** up to bring the tyrant down.
▶ 人們起義反抗，要推翻暴君。

- **rob** [rɑb] (v.) 搶劫；剝奪

Nobody can **rob** me of my right to work and speak. ▶ 誰也不能剝奪我工作和說話的權利。

- **ruin** [ˋruɪn] (v.) 毀滅；使墮落；(n.) 廢墟；遺跡

The economic crisis **ruined** the whole country.
▶ 經濟危機摧毀了整個國家。

- **rush** [rʌʃ] (v.) 趕忙；催促；(n.) 匆忙；繁忙；(adj.) 緊急的；匆忙的

John, who was hit by a car on his way to work, was **rushed** to the hospital. ▶ 在上班途中被車撞到的約翰被迅速送往了醫院。

- **satisfy** [`sætɪs͵faɪ] (v.) 使滿意；使滿足；令人滿意；令人滿足

We try to **satisfy** our customers in various ways. ▶ 我們嘗試用不同的方法來滿足我們的顧客。

- **save** [sev] (v.) 救；節省；保留；儲蓄

We will have a discussion on how to **save** time. ▶ 我們將針對如何節省時間進行一次討論。

- **scare** [skɛr] (v.) 驚嚇；受驚

He's a man of the world, nothing can **scare** him. ▶ 他是見過世面的人，什麼事都嚇不倒他。

- **seek** [sik] (v.) 尋找，追求；搜索；調查

GM is **seeking** a helping hand from the bank.
▶ 通用汽車正在向銀行尋求援助。

- **separate** [(v.)`sɛpə͵ret ,(adj.)`sɛprɪt] (v.) 分隔；分割；分開；(adj.) 個別的；分開的

Mendel had been **separating** the yellow peas from the green ones for decades. ▶ 幾十年來孟德爾一直在從事將黃豌豆與綠豌豆分開的工作。

- **share** [ʃɛr] (v.) 分享；共有；均分；(n.) 一份；參與

We decided not to stay there, because we didn't **share** opinions in common with the other people.
▶ 因為和其他人意見不同，我們決定離開這裡。

- **shock** [ʃɑk] (v.) 使震動；使震驚；(n.) 衝擊；震動

The new product **shocked** the whole IT industry. ▶ 這款新產品讓整個資訊產業為之震驚。

- **shoot** [ʃut] (v.) 發射；射出

Although having aimed carefully with his gun, Peter **shot** nothing.
▶ 雖然彼得小心翼翼地用槍瞄準了目標，但什麼都沒有打到。

- **shout** [ʃaʊt] (v.) 呼喊；呼叫；(n.) 呼喊；呼叫

Someone in the company **shouted** for help, but nothing happened. ▶ 公司裡有人呼救，但什麼事都沒發生。

- **skip** [skɪp] (v.) 遺漏，略過；曠(課)；(n.) 輕跳

I never **skip** my morning cup of coffee because it gives me extra energy. ▶ 我從不漏喝早上那一杯咖啡，因為它能給我額外的能量。

- **smell** [smɛl] (v.) 聞，嗅；嗅出；(n.) 嗅覺；氣味

I could **smell** a rat in the way Tom was speaking. ▶ 我從湯姆講話的方式可以感覺到事有蹊蹺。

- **soar** [sor] (v.) 高漲；高飛；翱翔

China's house price **soars** in line with its economic growth.
▶ 中國的房價隨著經濟發展飆升。

- **soothe** [suð] (v.) 使減輕(痛苦)；安慰；使緩和

Due to the awful accident, all the students were given a candy bar to **soothe** their nerves.
▶ 由於這場可怕的事故，所有學生都分到一塊糖果來緩和緊張的神經。

- **specialize** [ˋspɛʃəl͵aɪz] (v.) 使專門化；專攻

The boss said all the employees in the factory must be **specialized**.
▶ 老闆說工廠裡的所有員工都需經過專業化。

- **spend** [spɛnd] (v.) 花(錢)；花(時間)；花費；浪費

I enjoyed the time I **spent** with him last summer.
▶ 我去年夏天和他共度的時光很愉快。

- **spoil** [spɔɪl] (v.) 損壞；弄糟；腐敗；寵壞；(n.) 掠奪品

Don't **spoil** your child.
▶ 不要寵壞孩子。

- **spring** [sprɪŋ] (v.) 使彈起；跳，跳躍；湧出；(n.) 春天

She **sprang** into a taxi, praying that she would make her flight in time.
▶ 她跳進一輛計程車，祈禱能夠及時趕上飛機。

- **stare** [stɛr] (v.) 凝視，注視

Staring into the darkness, I can't see what is in the room. ▶ 望著一片黑暗，我看不到房間內有些什麼。

- **starve** [stɑrv] (v.) 飢餓；渴望

I'm **starving**. Would you like to have dinner with me now? Yes, of course. ▶ 我餓死了。你要不要現在和我一起去吃晚餐？當然好。

- **steal** [stil] (v.) 偷；偷東西；竊取

No one knows who **stole** the confidential document. ▶ 沒有人知道到底是誰偷走了機密檔案。

- **stick** [stɪk] (v.) 刺入，黏住；(n.) 棍；棒

John is a man that always **sticks** to his words.
▶ 約翰是一個堅守承諾的人。

- **stop** [stɑp] (v.) 停止；終止；阻塞；(n.) 停止；車站

Would you please **stop** working in that room? ▶ 可以請你不要在那個房間裡面工作嗎？

- **strike** [straɪk] (v.) 打；撞擊；打擊；敲；(n.) 打擊；罷工

The clock **struck** ten.
▶ 鐘敲十點。

- **strive** [straɪv] (v.) 努力；奮鬥；力爭

He is not a man with great ambition, but at least he **strives** hard to earn money to support his family.
▶ 他不是個有雄心壯志的人，但至少他努力工作來養家糊口。

- **stumble** [ˋstʌmb!] (v.) 絆倒；失足；(n.) 絆倒；失誤

I **stumbled** upon a beautiful vase at the store. ▶ 我在那家商店偶然發現了一個漂亮的花瓶。

- **submit** [səbˋmɪt] (v.) 提交；服從；順服

For the thesis you have **submitted**, I can only give you a C at best.
▶ 你所提交的那篇論文，我最多只能給你丙。

- **subsidize** [ˋsʌbsəˏdaɪz] (v.) 給…津貼；補貼

It is a good for the government to **subsidize** the public's medical bills.
▶ 政府補助公共醫療費用是件好事。

- **succeed** [səkˋsid] (v.) 成功；繼承

Without his help, I would not have **succeeded**. ▶ 如果沒有他的幫助，我是不會成功的。

- **support** [səˋport] (v.) 支持；撫養；資助；(n.) 贊成

Friends are important because they not only accompany us, but also **support** us when we are in trouble.
▶ 朋友很重要，因為他們不僅陪伴我們，還能在遇到麻煩的時候給予支持。

- **suppose** [səˋpoz] (v.) 推測；假設；應該

Every tree and every bush is **supposed** to grow healthily and beautifully. ▶ 每棵樹和灌木都應該健康漂亮的生長。

- **survive** [sɚˋvaɪv] (v.) 比…活得長；倖存；生還

Air is so important that animals cannot **survive** without it.
▶ 空氣對動物很重要，沒有它動物就活不下去。

suspect [(v.) sə`spɛkt, (n.) `sʌspɛkt] (v.) 懷疑；猜疑；(n.) 嫌疑犯

We **suspect** that he wasn't at the scene when the accident occurred.
▶ 我們懷疑意外發生時他不在現場。

symbolize [`sɪmbḷ͵aɪz] (v.) 用符號表示；象徵

Clearer water **symbolizes** cleaner the environments.
▶ 水越清澈，表示環境越清潔。

take [tek] (v.) 拿；拿走；取；占領；獲得；採取

Providing that it is true, which actions will you **take**? ▶ 假設那是真的，你將會採取哪些行動？

talk [tɔk] (v.) 交談；(n.) 談話；話題

Mike made up his mind to **talk** to that pretty girl. ▶ 麥克決定要和那個漂亮的女孩搭訕。

tease [tiz] (v.) 取笑；逗弄；(n.) 嘲弄；取笑

Don't **tease** me about my outfit again; I have been **teased** for more than ten times today.
▶ 別再嘲笑我的服裝了，我今天已經被嘲笑不止十次了。

terminate [`tɝmə͵net] (v.) 結束；終止；結果

He **terminated** the dangerous operation once and for all.
▶ 他把危險的行動徹底的終結了。

testify [`tɛstə͵faɪ] (v.) 證明

Whether the policy was a failure or a success still needs to be **testified**.
▶ 這個政策成功與否還需經過檢驗。

think [θɪŋk] (v.) 想；思索；認為；以為

I am so dirty now. I **think** I need a shower. ▶ 我現在太髒了，我想我需要去沖洗。

thought [θɔt] (v.) think的過去式和過去分詞；(n.) 想法；思想

No one **thought** he would succeed, but he did.
▶ 沒人相信他會成功，但是他做到了。

threaten [`θrɛtṇ] (v.) 威脅；恐嚇

Napoleon tried to keep his **threatened** horse under control. ▶ 拿破崙試圖控制住他那匹受驚的馬。

throw [θro] (v.) 丟

Bert quickly **threw** the letter under his bed as someone opened the door.
▶ 有人開門時，伯特迅速把信丟到了床底下。

- **tidy** [ˋtaɪdɪ] (v.) 使整齊；使整潔；(adj.) 整齊的；整潔的

Knowing that the clients would come, Ken spent a lot of time **tidying** the work place. ▶ 當知道客戶們要來後，肯花了很多時間整理辦公區域。

- **top** [tɑp] (v.) 在…上加蓋；超越；(n.) 頂部；頂端；(adj.) 頂部的

The Alps are **topped** with snow all the year round. ▶ 阿爾卑斯山的頂峰終年被積雪覆蓋。

- **trade** [tred] (v.) 交換；做生意；(n.) 貿易；交易；行業

The two cities have been **trading** for years.
▶ 這兩個城市進行貿易已經許多年。

- **travel** [ˋtrævl̩] (v.) 旅行；傳播；(n.) 旅行

By the time he was thirty, he had **traveled** to most parts of the world.
▶ 到他三十歲的時候已經遊歷了世界上大部分的國家。

- **treasure** [ˋtrɛʒɚ] (v.) 珍藏；珍惜；(n.) 財寶；財富

The girl has been **treasured** by her parents ever since she was born.
▶ 自出生起，這個女孩就被父母視若珍寶。

- **tremble** [ˋtrɛmbl̩] (v.) 發抖；戰慄；(n.) 戰慄；顫抖

Poor John! He couldn't stop **trembling** after seeing the angry manager. ▶ 可憐的約翰！在見到憤怒的經理以後他便無法停止顫抖。

- **turn** [tɝn] (v.) 旋轉，轉動；使變成；依賴；(n.) 轉動；轉機

Chris always **turns** to his teacher for help.
▶ 克里斯總是向他的老師尋求幫助。

- **trust** [trʌst] (v.) 信任；信賴；(n.) 信賴，信任

If you tell it to anyone else, I will never **trust** you again. ▶ 如果你告訴別人，我就再也不相信你了。

- **understand** [ˏʌndɚˋstænd] (v.) 懂得；理解；明白

Don't you **understand** what the boss is saying?
▶ 你不明白老闆想表達什麼嗎？

- **unlock** [ʌnˋlɑk] (v.) 開…的鎖；開啟

After years of careful calculations, the scientist **unlocked** the DNA sequence. ▶ 經過好幾年的嚴謹計算，科學家解開了去氧核糖核酸的序列。

- **usher** [ˋʌʃɚ] (v.) 引導；接待；(n.) 招待員

Everyone is waiting to **usher** in a brand new era.
▶ 大家都等著迎接嶄新的時代。

- **visit** [ˋvɪzɪt] (v.) 參觀；訪問；拜訪；(n.) 遊覽；訪問

Will you be **visiting** the clients again tomorrow?
▶ 你明天還會去拜訪顧客嗎？

- **voice** [vɔɪs] (v.) 表達出；(n.)聲音，呼聲，想法

Chosen to be the class president, Dorothy is responsible for **voicing** the classmates' opinions to the teachers.
▶ 桃樂絲既然被選為班長，就有責任將同學們的意見傳達給老師們。

- **vote** [vot] (v.) 投票；(n.) 投票；選票

John **voted** for Jim in the new chairman election.
▶ 約翰在新主席選舉中投票給吉姆。

- **wait** [wet] (v.) 等

Dodge is **waiting** to have a word with you.
▶ 道奇等著要和你談話。

- **warn** [wɔrn] (v.) 通知；警告

He has been **warned** by many people that he should never open that door. ▶ 很多人都警告他永遠不要去打開那扇門。

- **waste** [west] (v.) 浪費；(n.) 廢物；垃圾

Even though she stayed up at night doing her homework, she was not able to finish it in time, as she had **wasted** too much time during the day. ▶ 即使她昨天通宵做作業，但還是無法及時完成，因為她白天已經浪費了太多時間。

- **water** [ˋwɔtɚ] (v.) 澆水；給…喝水；(n.) 水

These flowers will die soon if you don't **water** them. ▶ 你再不幫花澆水，它們就要枯死了。

- **weigh** [we] (v.) 考慮；斟酌；稱…的重量

Sony is **weighing** the pros and cons of the new laptops. ▶ 索尼正在權衡新型筆記型電腦的優缺點。

● **whisper** [ˋhwɪspɚ] (v.) 低聲說；(n.) 耳語；流言

Several students were **whispering** in the class.
▶ 好幾個學生在課堂上竊竊私語。
John heard a **whisper** about him that the boss is going to fire him.
▶ 約翰聽到有人私下議論說老闆打算解僱他。

● **win** [wɪn] (v.)贏；贏得；獲勝

By the way, did the Lakers **win** the game?
▶ 順便問一句，湖人隊贏球了嗎？

● **wink** [wɪŋk] (v.) 眨(眼)；使眼色；打信號；(n.) 眨眼；一瞬間

I tried to stop Tom from talking by **winking** at him, but he wouldn't take the cue. ▶ 我試圖以眨眼來阻止湯姆發言，但他沒看懂我的暗示。

● **wish** [wɪʃ] (v.) 想要；祝願；希望；(n.) 願望

I am so tired, I **wished** I am sleeping right now!
▶ 我好累，真希望我現在正在睡覺！

● **withhold** [wɪðˋhold] (v.) 不給；保留；忍住

Bob knew who stole the important documents, but he **withheld** the information. ▶ 鮑伯知道誰竊取了那些重要文件，但是他知情不報。

● **witness** [ˋwɪtnɪs] (v.) 目擊；(n.) 目擊者；證人

Let's go to the guard, he might have **witnessed** everything. ▶ 我們去找警衛吧，或許他目睹了一切。

● **wonder** [ˋwʌndɚ] (v.) 想知道；(n.) 奇蹟；驚奇

I was **wondering** if you could check the numbers for me. ▶ 我想知道你是否可以幫我核對這些數字？

● **work** [wɝk] (v.) 工作；(機器)運轉；(n.) 工作；作品

Alice **works** hard because she knows that success is just around the corner.
▶ 愛麗絲勤奮地工作，因為她知道成功就在眼前。

● **worsen** [ˋwɝsn̩] (v.) (使)更壞；惡化

Even though the reputation of the company **worsened**, most people were still willing to buy its products.
▶ 雖然這間公司的聲譽變差了，大部分的人還是願意購買他們的產品。

● **write** [raɪt] (v.) 寫；書寫；寫字；寫信

Mary has been **writing** the novel for six months.
▶ 瑪麗撰寫這部小說已經六個月了。

第三單元：形容詞

- **abundant** [ə`bʌndənt] (adj.) 豐富的；充裕的；盛產的

Western Asia is **abundant** in oil. To some extent, it stores much of the oil in the world. ▶ 西亞盛產石油，從某種程度上來說，它是世界油庫。

- **additional** [ə`dɪʃənl̩] (adj.) 附加的；額外的

If we don't finish our math homework on time, we'll have to do an **additional** one hundred problems.
▶ 如果我們不能按時完成數學作業，我們將必須再多做一百道題目。

- **adequate** [`ædəkwɪt] (adj.) 適當的；足夠的

There is no **adequate** drinking water in many parts of the third world.
▶ 很多第三世界地區都缺乏足夠的飲用水。

- **ambiguous** [æm`bɪgjʊəs] (adj.) 含糊不清的；意思不明確的

The contract is too **ambiguous** to be understood. ▶ 這份合約的用詞太過模稜兩可，很難理解。

- **anonymous** [ə`nɑnəməs] (adj.) 匿名的；作者不詳的

Being the idol of teenagers, she is used to receiving **anonymous** love letters. ▶ 身為青少年的偶像，她很習慣收到匿名情書。

- **antique** [æn`tik] (adj.) 古董的；古老的；(n.) 古物；古董

The CEO of this enterprise is thrifty, and he drives an **antique** car.
▶ 這家企業的執行長很節儉，他總是開著一輛老爺車。

- **asleep** [ə`slip] (adj.) 睡著的；(adv.) 睡著

Even though everyone was **asleep**, he was still playing his guitar. ▶ 即使大家都睡著了，他還在彈吉他。

- **attentive** [ə`tɛntɪv] (adj.) 留意的，注意的，專注的

She isn't very **attentive** in class because she works late and doesn't get enough sleep at night.
▶ 她上課不太專心，因為她都工作到很晚，導致睡眠不足。

- **available** [ə`veləbḷ] (adj.) 有空的；可用的；可買到的

I am **available** tomorrow afternoon, so feel free to call me if you guys have any plans.
▶ 我明天下午有空，所以你們如果有安排什麼計畫，儘管打電話給我。

- **backup** [`bæk͵ʌp] (adj.) 備用的；後備的；(n.) 備用

What if the plan does not work? Should we have a **backup** plan?
▶ 萬一這個計畫失敗怎麼辦？我們該不該想好備份方案？

- **beautiful** [`bjutəfəl] (adj.) 美麗的

There is a **beautiful** park in front of our house.
▶ 我們家門前有一座美麗的公園。

- **best** [bɛst] (adj.) (good 和 well 的最高級) 最好的；(n.)最好的部分

This is the **best** cake I have ever had.
▶ 這是我吃過最好吃的蛋糕。
Life is short, make the **best** of it.
▶ 人生短暫，請隨遇而安。

- **better** [`bɛtɚ] (adj.) (good 和 well 的比較級) 更好的；較佳的

Jones believed that the company will become **better** in the future.
▶ 瓊斯認為公司未來會更好。

- **boiling** [`bɔɪlɪŋ] (adj.) 沸騰的

You must keep the water **boiling** until the onion is cooked. ▶ 洋蔥煮熟前，你得讓水保持在沸騰的狀態。

- **boring** [`borɪŋ] (adj.) 無聊的

If you find history **boring**, you might not want to take world history next semester.
▶ 如果你覺得歷史無聊的話，下學期就不要去選修世界歷史了。

- **bright** [braɪt] (adj.) 明亮的；有希望的；聰明的

I finally came up with a **bright** idea and solved the problem successfully.
▶ 我終於想出了一個能夠成功解決這個問題的好方法了。

- **brilliant** [`brɪljənt] (adj.)燦爛的；閃耀的；傑出的

The young actor was sure that he would get the part after his **brilliant** audition. ▶ 年輕的男演員確信自己在經過非常成功的試演後，他將能得到那個角色。

- **busy** [`bɪzɪ] (adj.) 忙碌的；熱鬧的

My mother is **busy** preparing dinner because we are going to have guests tonight. ▶ 我的母親忙著準備晚餐，因為今晚有客人來訪。

- **careless** [ˋkɛrlɪs] (adj.) 粗心的，疏忽的

Bob was too **careless** to have left his bag at the company. ▶ 鮑伯把袋子忘在公司了，真是粗心大意。

- **clear** [klɪr] (adj.) 清楚的；清晰的；清澈的

Tom made the details of the project very **clear**.
▶ 湯姆把計畫的細節說明得很清楚。

- **clever** [ˋklɛvɚ] (adj.) 聰明的，機伶的

As **clever** as Louis is, she would never make such a mistake.
▶ 像路易絲這樣聰明的人，不會犯這樣的錯誤。

- **close** [(adj.)klos, (v.,n.)kloz] (adj.) 近的；接近的；(v.) 關閉；結束；靠攏；(n.) 結束

You are getting **closer** to the position you desire.
▶ 你已經越來越接近想要的職位了。

- **comfortable** [ˋkʌmfɚtəbl̩] (adj.) 舒適的；舒服的

Cushioned sofas are more **comfortable** than wooden chairs.
▶ 有墊子的沙發比木製椅子坐起來舒服。

- **coming** [ˋkʌmɪŋ] (adj.) 即將到來的；前途光明的；(n.) 到來

The **coming** holidays made it all the more reasonable for workers to leave work early. ▶ 即將到來的假日讓員工的提早下班變得更情有可原。

- **common** [ˋkɑmən] (adj.) 共同的；公有的；普通的

This type of problem is very **common** in the old machines. ▶ 對於老機器來說，這類問題十分普及。

- **competent** [ˋkɑmpətənt] (adj.) 能幹的；勝任的

The new manager always catches the girls' eyes because he is both **competent** and handsome.
▶ 因為新任經理既能幹又英俊，所以總是吸引女孩子們的目光。

- **comprehensive** [͵kɑmprɪˋhɛnsɪv] (adj.) 周全的；廣泛的

Your plan is **comprehensive**. We will adopt it after the boss reads it.
▶ 你的計畫很周全，等老闆過目後我們就會採用它。

- **convenient** [kənˋvinjənt] (adj.) 方便的

Metro is, of course, faster and more **convenient** than buses.
▶ 地鐵當然比公車來得快又方便。

- **correct** [kə`rɛkt] (adj.) 正確的；適當的；(v.) 改正

Data from the system may not be **correct**.
▶ 系統資料並不一定是正確的。

- **current** [`kɝənt] (adj.) 現在的；現行的；通行的；(n.) 流動；趨勢

Tom is doing well in his **current** company.
▶ 湯姆在現在的公司做得很不錯。

- **dead** [dɛd] (adj.) 死的；無感覺的；(n.) 死者

After breaking up with Tom, Mary is **dead** to all feeling. ▶ 和湯姆分手後，瑪麗對任何事情都毫無感覺。

- **deep** [dip] (adj.) 深的；深厚的；(adv.) 深深地

All the while we were there, Tom had been in **deep** meditation.
▶ 從我們在那邊的期間，湯姆一直處於沉思狀態。

- **delicious** [dɪ`lɪʃəs] (adj.) 美味的；有趣的

Chocolates of that brand tastes extremely **delicious**.
▶ 那個牌子的巧克力美味至極。

- **depressed** [dɪ`prɛst] (adj.) 沮喪的；憂鬱的；蕭條的

Mr. Chang was **depressed** because he lost his documents. ▶ 張先生把文件弄丟了，因此他很沮喪。

- **different** [`dɪfərənt] (adj.) 不同的；不一樣的；各式各樣的

Different nations have **different** customs.
▶ 不同的國家有不同的習俗。

- **diligent** [`dɪlədʒənt] (adj.) 勤勉的；認真的；用心的

Mark is the most **diligent** employee in our company.
▶ 馬克是我們公司內最勤勞的員工。

- **disappointed** [͵dɪsə`pɔɪntɪd] (adj.) 失望的；沮喪的

Helen turned down Tom's proposal, which made him very **disappointed**.
▶ 海倫拒絕了湯姆的求婚，讓他非常失望。

- **dishonest** [dɪs`ɑnɪst] (adj.) 不誠實的

Never keep company with **dishonest** people.
▶ 不要與不誠實的人打交道。

- **due** [dju] (adj.) 應支付的；到期的

Mr. Brown reminded me that my report is **due** by the end of next week. ▶ 布朗先生提醒我，下週結束前就該交報告了。

- **dull** [dʌl] (adj.) 遲鈍的；笨的；乏味的；滯銷的

One cause for the MP3 players' **dull** sales is that it is overpriced.
▶ 這款多媒體播放機之所以會滯銷的一個原因就是定價過高。

- **eccentric** [ɪk`sɛntrɪk] (adj.) 古怪的；反常的；偏心的

Eva is **eccentric** in the eyes of others because she eats paper.
▶ 伊娃在別人眼中是個怪胎，因為她吃紙。

- **eldest** [`ɛldɪst] (adj.) 最年長的

Though they call him "big brother", he is not the **eldest** among them.
▶ 儘管大家稱呼他為大哥，但他並不是他們之中最年長的。

- **elsewhere** [`ɛls͵hwɛr] (adv.) 往別處；在別處；到別處

We should look for new opportunities **elsewhere**. ▶ 我們應該在其他地方尋找新的機會。

- **emotional** [ɪ`moʃənl̩] (adj.) 感情(上)的；容易動感情的

Sometimes having a job can carry one through **emotional** issues.
▶ 有時候擁有一份工作可以幫助一個人度過感情上的難關。

- **enough** [ə`nʌf] (adj.) 足夠的；充足的；(adv.) 足夠地；充分地

The problem is that I don't have **enough** money.
▶ 問題是我沒有足夠的錢。

- **exciting** [ɪk`saɪtɪŋ] (adj.) 令人興奮的

Many boys find computer games **exciting**. ▶ 許多男生認為電腦遊戲很令人興奮。

- **executive** [ɪg`zɛkjutɪv] (adj.) 執行的；(n.) 執行者；行政官

Theodore wants to become a famous chief **executive** officer like his grandfather. ▶ 希歐多爾想要成為和他祖父一樣有名的總裁。

- **expensive** [ɪk`spɛnsɪv] (adj.) 昂貴的

Bruce always boasts of his **expensive** car. ▶ 布魯斯總是向別人誇耀他那臺昂貴的汽車。

- **famous** [`feməs] (adj.) 著名的；出名的

William was one of the most **famous** businessmen of his time. ▶ 威廉是他那個時代最著名的商人之一。

- **fantastic** [fæn`tæstɪk] (adj.) 奇異的；古怪的；極好的

That has got to be the most **fantastic** place I've ever been to in my life. ▶ 那裡一定是我此生到過最美妙的地方。

- **favorable** [`fevərəbḷ] (adj.) 贊成的；有利的；良好的

Our company is in full swing thanks to the **favorable** policy. ▶ 多虧了有利政策的實施，我們公司正在全速發展。

- **favorite** [`fevərɪt] (adj.) 最喜愛的；(n.) 特別喜愛的人[物]

The breast is my **favorite** part of the chicken, but I also like the legs. ▶ 我最喜歡雞肉的雞胸部分，但我也喜歡雞腿。

- **few** [fju] (adj.) 少數的；有些；幾個；(pron.) 少數

There have been **fewer** smokers on the streets ever since people started exercising their rights for clean air. ▶ 自從人們開始行使擁有潔淨空氣的權利後，街上抽煙的人越來越少了。

- **financial** [fə`nænʃəl, faɪ`nænʃəl] (adj.) 財政的；金融的

As far as I know, Shanghai is becoming the **financial** center of China. ▶ 就我所知，上海正逐漸成為中國的金融中心。

- **first** [fɝst] (adj.) 第一的；最早的；(n.) 第一名；(adv.) 首先

It is important to select your **first** job carefully. ▶ 慎選你的第一份工作是十分重要的。

- **fit** [fɪt] (adj.) 適合的；健康的；(v.) 適合；(n.) 適合；合身

Many girls don't eat fried food because they want to keep their bodies **fit**. ▶ 很多女生不吃油炸食品，因為她們想保持身體健康。

- **flat** [flæt] (adj.) 平坦的；單調的；(adv.) 平直地

The reason I was late this morning was because the bus I took had a **flat** tire. ▶ 我今天早上遲到的原因是我搭的那輛公車有一個輪胎沒氣了。

- **fluent** [`fluənt] (adj.) 流利的；流暢的

We wish we were more **fluent** in English. That way, we could have understood the foreign professor's speech. ▶ 但願我們英語能夠更流利，那樣的話我們就能聽懂那位外國教授的演講了。

- **foolish** [`fulɪʃ] (adj.) 愚蠢的；傻的

Though little Tom did not learn as well as his brothers did, he was not considered **foolish** by his parents.
▶ 儘管小湯姆學習方面沒有他的兄弟們好，但他的父母沒有把他當作傻瓜。

- **former** [`fɔrmɚ] (adj.) 從前的；以前的

What has become of the **former** chairman?
▶ 前主席的下場如何？

- **free** [fri] (adj.) 自由的；空閒的；(v.) 釋放；(adv.) 自由地；免費地

Mrs. Smith makes most of her clothes by herself during **free** time.
▶ 史密斯太太大部分的衣服都是在閒暇之餘自己做的。

- **fresh** [frɛʃ] (adj.) (空氣)清新的；新(到)的；新鮮的；涼爽的

Mountain air has always been more **fresh** than city air.
▶ 山上的空氣總是比城市裡的清新。

- **general** [`dʒɛnərəl] (adj.) 普遍的；一般的；總的；(n.) 將軍

What would you do if you are the **general** manager? ▶ 如果你是總經理的話，你會怎麼做？

- **gifted** [`gɪftɪd] (adj.) 有天賦的；有天資的

Tony is a **gifted** businessman. I believe he will become another Bill Gates some day.
▶ 東尼有做商人的天分，我相信某天他會成為另一個比爾・蓋茨。

- **grand** [grænd] (adj.) 雄偉的；堂皇的；極好的；重要的

Toyota's headquarter is **grand** in keeping with the company's fame.
▶ 豐田的宏偉總部與公司的名氣相稱。

- **habitual** [hə`bɪtʃuəl] (adj.) 習慣的；慣常的

Thomas is a **habitual** offender, it's hard for him to wash his hands of stealing. ▶ 湯瑪斯是一名慣犯，要讓他戒掉偷竊的習慣非常困難。

- **hard** [hɑrd] (adj.) 困難的；辛苦的；(adv.) 艱苦地；困苦地

Bob is having a **hard** time with his work.
▶ 鮑伯正在艱辛地完成工作。

- **healthy** [`hɛlθɪ] (adj.) 健全的；健康的

Charlie always goes to bed early, which makes him **healthy**. ▶ 查理一向早睡，這個習慣讓他身體健康。

• **heavy** [ˋhɛvɪ] (adj.) 重的；擁擠的；沉悶的

She hasn't showed up yet. She must be caught up in the **heavy** traffic.
▶ 她還沒到，一定是被擁擠的交通擋在路上了。

• **honest** [ˋɑnɪst] (adj.) 誠實的；正直的；真正的

Don't believe him, he is anything but **honest**.
▶ 不要相信他，他一點都不老實。

• **hopeless** [ˋhoplɪs] (adj.) 絕望的

Never give up no matter how **hopeless** you feel about your business. ▶ 無論你對於自己的事業感到多麼絕望，也永遠別放棄。

• **humid** [ˋhjumɪd] (adj.) 潮溼的

I don't know why the weather is so hot and **humid** today. Let's go somewhere cool and dry to talk.
▶ 我不知道今天的天氣為什麼會如此溼熱。讓我們去乾爽涼快的地方聊天吧。

• **hungry** [ˋhʌŋgrɪ] (adj.) 飢餓的

She felt a bit **hungry** and ate an apple.
▶ 她感到有點餓，於是吃了個蘋果。

• **immune** [ɪˋmjun] (adj.) 免疫的；免於…的；(n.) 免疫者

Our office is **immune** to inefficiency, for we're well managed.
▶ 因為我們的辦公室管理甚佳，所以不會出現效率低的狀況。

• **impolite** [ˏɪmpəˋlaɪt] (adj.) 無禮的

Talking while eating is one of the most **impolite** forms of behavior.
▶ 邊吃東西邊說話是最不禮貌的行為之一。

Being too aggressive and **impolite**, he was rejected by the company during the interview. ▶ 由於表現得過度積極而且沒有禮貌，他在面試中途就被那家公司拒絕了。

• **important** [ɪmˋpɔrtnt] (adj.) 重要的；重大的；有勢力的

It is **important** to have a computer of one's own.
▶ 擁有自己的電腦很重要。

• **inclined** [ɪnˋklaɪnd] (adj.) 傾向的；傾斜的

Lazy people are **inclined** to do things at the last moment. ▶ 懶人傾向於到了最後的時刻才開始做事。

• **inhumane** [ˏɪnhjuˋmen] (adj.) 無人情味的，不人道的

Forcing Lucy to do those work is **inhumane**.
▶ 強迫露西去做那些工作太殘忍了。

• **innovative** [ˋɪnəˏvetɪv] (adj.) 創新的

We are likely to finish the project much earlier because of Tom's **innovative** method.
▶ 因為湯姆的創新方法，我們應該能提早很多時間完成此計畫。

• **instant** [ˋɪnstənt] (adj.) 速食的，即溶的；立即的；(n.) 頃刻；一剎那

Instant food is in great demand because most people is too busy to cook. ▶ 速食的需求量很大，因為大多數的人都沒空煮飯。

• **international** [ˏɪntəˋnæʃənl̩] (adj.) 國際性的；國際間的

I have visited five **international** companies last year.
▶ 去年我參觀了五家國際公司。

• **juicy** [ˋdʒusɪ] (adj.)多汁的

The apples seemed **juicy** and delicious on the tree beside the hill.
▶ 山邊樹上的蘋果看起來多汁又美味。

• **large** [lɑrdʒ] (adj.) 大的；大量的

Bit by bit, the Adams finally built the **large** house. ▶ 逐步地，亞當斯一家終於蓋好了那棟大房子。

• **latest** [ˋletɪst] (adj.) 最新的；最遲的；(adv.) 最晚，最遲

Problems of this type are less common in our **latest** model.
▶ 這種類型的問題在我們最新的模型上非常少見。

• **leisure** [ˋliʒɚ] (adj.) 閒暇的；(n.) 閒暇時間

Badminton and tennis are my favorite sports to play in my **leisure** time.
▶ 我在空閒時最喜歡的運動是羽毛球和網球。

• **less** [lɛs] (adj.) (little 的比較級) 較少的；較小的；(adv.) (little 的比較級) 較少地

There are **less** people on the bus today.
▶ 今天巴士上的人比較少。
Try to smoke **less** and take care of your health.
▶ 試著少抽點煙和注意自己的健康。

- **lonely** [ˋlonlɪ] (adj.) 孤獨的；寂寞的；偏僻的

The old man became quite **lonely** after his dog's death.
▶ 老人的愛犬死後，就變得非常寂寞。

- **loving** [ˋlʌvɪŋ] (adj.) 親愛的

John will be remembered as a **loving** husband and a family man.
▶ 大家會記得約翰是一名有愛心又顧家的好丈夫。

- **low** [lo] (adj.) 低的；低落的；(adv.) 低；便宜地

What's more, the feasibility of the plan is **low**. ▶ 除此之外，這個計畫的可行性很低。

- **military** [ˋmɪlə͵tɛrɪ] (adj.) 軍事的；軍人的；(n.) 軍人；軍隊

The **military** school has a special training program for spoiled children. ▶ 這所軍事學校有針對被寵壞孩子的特殊訓練。

- **minor** [ˋmaɪnɚ] (adj.) 較小的；不重要的；(v.) 輔修；(n.) 輔修科目

Marguerite always makes a big fuss out of **minor** issue.
▶ 瑪格麗特老是小題大作。

- **national** [ˋnæʃənl] (adj.)國家的；國民的；國立的；民族的

America has many beautiful **national** parks, such as Yellow Stone and Yosemite.
▶ 美國有許多美麗的國家公園，如黃石國家公園和優勝美地國家公園。

- **native** [ˋnetɪv] (adj.) 本土的；本國的；土著的；(n.) 土著；當地人

This may be correct grammatically, but a **native** speaker would never say it that way.
▶ 這個句子可能語法上是正確的，但說母語的人絕不會那樣說。

- **natural** [ˋnætʃərəl] (adj.) 自然的；天然的；天生的

It is **natural** for snakes to curl up when they are full.
▶ 吃飽了就蜷起身體是蛇的天性。

- **nervous** [ˋnɝvəs] (adj.) 緊張的；神經質的

Tony got **nervous** when Miss Li read his report. ▶ 當李小姐閱讀東尼的報告時，他變得緊張起來。

- **noisy** [ˋnɔɪzɪ] (adj.) 吵鬧的；嘈雜的

It's too **noisy** here, let's move to another place and continue our conversation. ▶ 這邊太吵了，我們換個地方再繼續談話吧。

- **off** [ɔf] (adj.) 不新鮮的；不上班的；離開大路的；(prep.) 離開…；從…掉下

This salad has gone **off**.
▶ 這沙拉已經不新鮮了。
We are **off** to Tokyo to attend a conference.
▶ 我們正前往東京參加會議。

- **optimistic** [ˌaptəˋmɪstɪk] (adj.) 樂觀的

We all like Joey; she is pretty, **optimistic**, and always working hard. ▶ 喬伊美麗、樂觀且總是努力工作，我們都很喜歡她。

- **ordinary** [ˋɔrdn̩ˌɛrɪ] (adj.) 普通的；平凡的

Alice said that she rather be anything but **ordinary**.
▶ 愛麗絲說她寧可做一個不平凡的人。

- **organized** [ˋɔrgənˌaɪzd] (adj.) 有組織的；有系統的

Kelly is a more **organized** person than her best friend.
▶ 凱莉比她最好的朋友更有組織性。

- **overjoyed** [ˌovəˋdʒɔɪd] (adj.) 狂喜的；極度高興的

Daren, an avid bird watcher, was **overjoyed** to see the rare owl so near to his home. ▶ 戴倫是一名狂熱的鳥類觀察家，當看到一隻罕見的貓頭鷹如此靠近他家，他感到欣喜若狂。

- **pale** [pel] (adj.) 蒼白的；淡色的

After Jim had a word with Jack, Jack's face turned **pale**.
▶ 吉姆和傑克說了幾句話後，傑克的臉蒼白了起來。

- **pleasant** [ˋplɛzn̩t] (adj.) 令人愉快的；舒適的

The restaurant has a **pleasant** design, but when it comes to service, it is not so good.
▶ 這家餐館設計舒適，但是說到服務可就一點都不好了。

- **political** [pəˋlɪtɪkl̩] (adj.) 政治的；政黨的

Iraq has been suffering from unsettled **political** conditions for years.
▶ 伊拉克飽受政局動盪之苦已經好幾年了。

- **popular** [ˋpapjələ] (adj.) 大眾的；受歡迎的；流行的

Computer games are becoming **popular** among young people.
▶ 電腦遊戲越來越受年輕人歡迎。

- **possible** [ˋpasəbl̩] (adj.) 可能的；有可能的

Is it **possible** to get the order within five days?
▶ 有可能在五天內得到這筆訂單嗎？

- **practical** [ˋpræktɪkḷ] (adj.) 實際的；實踐的；實用的

He often plays **practical** jokes in the office.
▶ 他經常在辦公室惡作劇。

- **present** [(adj., n.)ˋprɛzṇt, (v.)prɪˋzɛnt] (adj.) 在場的；出席的；現在的；(n.) 現在；禮物；(v.) 提交；贈送

Having no other choice, he had to leave the **present** company. ▶ 他別無選擇，只能離開現在的公司。

- **priceless** [ˋpraɪslɪs] (adj.)無價的；極貴重的

A good reputation is **priceless** to a company. ▶ 良好的信譽對於公司來說是無價之寶。

- **proficient** [prəˋfɪʃənt] (adj.) 精通的；熟練的

John is **proficient** at communicating with customers.
▶ 約翰擅長和客戶溝通。

- **ready** [ˋrɛdɪ] (adj.) 準備好的；快要⋯的；立刻的

Linda would have been doing her homework for over three hours when lunch is **ready**. ▶ 午餐準備好時，琳達就做超過三個小時的作業了。

- **reasonable** [ˋriznəbḷ] (adj.) 有道理的；合理的

What Lisa's boss asked her to do was quite **reasonable**. ▶ 老闆要求莉莎辦理的事情蠻合情合理的。

- **renewable** [rɪˋnjuəbḷ] (adj.) 可更新的；能再生的

Several types of **renewable** energy are already in place of conventional fossil fuels. ▶ 有幾種可再生能源已被用來代替傳統化石燃料。

- **reputable** [ˋrɛpjətəbḷ] (adj.) 聲譽好的

Marx, a **reputable** computer program designer, is designing a program for Sears, a shopping store.
▶ 馬克斯，是位知名的電腦程式設計師，正在為一家名為希爾斯的購物中心設計新程式。

- **right** [raɪt] (adj.) 正當的；正確的；(n.) 正確；權利；右邊；(adv.)直接地

I think you're **right**.
▶ 我想你是對的。

A family man always goes home **right** after work.
▶ 顧家的男人總是一下班就回家。

- **satisfactory** [͵sætɪs`fæktərɪ] (adj.) 令人滿意的；合乎要求的

Linda changed her job five times in the past four years, yet none of them was **satisfactory** to her.
▶ 琳達在過去的四年內換了五次工作，但是沒一個工作能讓她滿意。

- **scary** [`skɛrɪ] (adj.) 恐怖的；引起驚慌的；膽怯的

Jill, I want to hear a **scary** story.
▶ 吉爾，我想聽恐怖的故事。

- **secondhand** [`sɛkənd`hænd] (adj.) 二手的；舊的；(adv.) 作為舊貨

Mike bought the **secondhand** car for $500.
▶ 麥克用五百美元買了一輛二手車。

- **serious** [`sɪrɪəs] (adj.) 嚴肅的；嚴重的；認真的

Because her cold was getting more **serious**, she had no choice but to ask for a week's leave. ▶ 她因為感冒越來越嚴重，不得不請一個禮拜的病假。

- **silent** [`saɪlənt] (adj.)沉默的；寂靜的；無聲的

Tom knows that he should be **silent** at table.
▶ 湯姆知道在吃飯時應該保持安靜。

- **soothing** [`suðɪŋ] (adj.) 撫慰的

This restaurant has a **soothing** environment which everyone enjoys.
▶ 這家餐廳擁有大家都很享受的舒適環境。

- **special** [`spɛʃəl] (adj.) 特別的；專門的；特殊的

While we were working at company, something **special** happened.
▶ 正當我們在公司工作時，一件特別事情發生了。

- **strange** [strendʒ] (adj.) 奇怪的；不可思議的；陌生的

If you would believe me, I'll tell you the **strangest** thing that happened to me last night.
▶ 如果你願意相信我，我就告訴你昨晚在我身上發生的最離奇事件。

- **strong** [strɔŋ] (adj.) 強的；強壯的；強烈的

I am afraid that there will be **strong** wind tonight.
▶ 我擔心今晚會颳強風。

- **stupid** [`stjupɪd] (adj.) 愚蠢的；遲鈍的；無聊的

My mentor asked me not to make **stupid** mistakes like I did last time.
▶ 我的導師叫我不要犯和上次一樣的愚蠢錯誤。

- **talkative** [`tɔkətɪv] (adj.) 喜歡說話的；健談的

Our teacher becomes very **talkative** when it comes to family matter.
▶ 談到與家庭有關的事，我們老師就會變得滔滔不絕。
He is so **talkative** that he can talk for hours without a rest.
▶ 他是如此的健談，以至於能夠連說幾個小時都不休息。

- **tempting** [`tɛmptɪŋ] (adj.) 誘人的；吸引人的，迷人的

If the reward was not **tempting**, the work wouldn't have been worth one's while.
▶ 若報酬沒有吸引力，這份工作當初就不值得花時間去執行了。

- **terrible** [`tɛrəbl̩] (adj.) 可怕的；極壞的

When you face failure bravely, it is not such a **terrible** thing.
▶ 在你勇敢正視失敗的時候，它就沒有那麼可怕了。

- **thick** [θɪk] (adj.) 厚的；粗的

That book is very **thick**. It has 640 pages.
▶ 那本書很厚。它有六百四十頁。

- **unacceptable** [͵ʌnək`sɛptəbl̩] (adj.) 不能接受的

To beat up another colleague at the office is **unacceptable**.
▶ 毆打辦公室的同事是不被允許的。

- **unbelievable** [͵ʌnbə`livəbl̩] (adj.) 令人難以置信的

It is **unbelievable** that he went to a foreign country all by himself.
▶ 他自己去了國外，真令人難以置信。

- **uncertain** [ʌn`sɝtn̩] (adj.) 不確定的；易變的

We are **uncertain** about whether we can finish the task beforehand.
▶ 我們不確定能否提前完成任務。

- **understandable** [͵ʌndɚ`stændəbl̩] (adj.) 可以理解的；可諒解的

Peter couldn't make himself **understandable** to the foreigner, but he did try hard to speak fluent English.
▶ 彼得無法讓那個外國人明白自己想表達什麼，但他很努力要使自己的英語流利些。

- **unendurable** [ˏʌnɪn`djʊrəbl̩] (adj.) 難忍受的；無法忍受的

William said that living without the internet was **unendurable**.
▶ 威廉說沒有網路的生活令人無法忍受。

- **unhealthy** [ʌn`hɛlθɪ] (adj.) 不健康的；對健康有害的

If you maintain this kind of **unhealthy** lifestyle, you will ruin your health sooner or later.
▶ 如果你維持這種不健康的生活方式，你遲早會毀了你的健康。

- **unknown** [ʌn`non] (adj.) 不詳的，未知的

You shouldn't open emails from **unknown** senders. Many computer viruses are sent through mails. ▶ 你不應該打開那些寄件人不詳的郵件，許多電腦病毒都是透過信件傳播的。

- **unnatural** [ʌn`nætʃərəl] (adj.) 不自然的；做作的

From the **unnatural** smile on her face, the husband could tell what she told him was not true.
▶ 丈夫從太太臉上的假笑能夠判斷出她所言不實。

- **unsure** [ʌn`ʃʊr] (adj.) 沒有把握的；不確定的

The players were **unsure** about whether they would win the match.
▶ 隊員們不確定是否能贏得比賽。

- **unusual** [ʌn`juʒʊəl] (adj.) 不平常的；稀罕的

We thought we were doing something **unusual**, but it wasn't.
▶ 我們以為自己正在做不尋常的事，但事實並不然。

- **upset** [ʌp`sɛt] (adj.) 心煩意亂的；不舒服的；(v.) 使不適；使心煩

Lily doesn't have a will of her own, and it makes her **upset**.
▶ 莉莉沒什麼主見，這讓她很煩惱。

- **useful** [`jusfəl] (adj.) 有用的；有幫助的

The more **useful** information you collect, the more money you will get.
▶ 你收集的有用資訊越多，賺得錢就越多。

- **useless** [`juslɪs] (adj.) 無用的；無價值的；無益的

Why were you repeating **useless** words? ▶ 你為什麼不斷重複那些沒有用的話？

- **usual** [ˋjuʒuəl] (adj.) 通常的；平常的；日常的

In our class, it is **usual** to have some students make a brief English speech in class.
▶ 在我們班上，請一些學生在上課中作簡短的英語演講是常有的事。

- **various** [ˋvɛrɪəs] (adj.) 多樣的；各種各樣的

This school is famous for its quality-oriented education. There are **various** courses for the students to choose from.
▶ 這所學校以注重教學品質聞名，它開設了各種各樣的課程供學生們選擇。

- **vegetarian** [ˏvɛdʒəˋtɛrɪən] (n.) 素食者

The lady hasn't eaten any meat throughout the meal; she is probably a **vegetarian**. ▶ 那位女士用餐期間完全沒有吃肉，很可能是位素食者。

- **versatile** [ˋvɝsətḷ] (adj.) 多方面的；多才多藝的

This is a **versatile** MP4 and the price is not high. ▶ 這是一臺功能齊全的多媒體播放機，而且價錢也不貴。

- **weird** [wɪrd] (adj.) 古怪的

There is a **weird** smell in the air.
▶ 空氣中有種奇怪的味道。

- **whole** [hol] (adj.) 全部的；(n.) 整體；全部

Peter has been watching TV for the **whole** day.
▶ 彼得已經看了一整天的電視了。

- **worse** [wɝs] (adj.) (bad/ill 的比較級)更壞的；(病情)惡化的；(adv.) 更壞地；更糟地

Mary did try her best, but things still got **worse**. ▶ 瑪麗已經盡力了，但是情況仍然變糟。

第四單元：副詞

- **abroad** [ə`brɔd] (adv.) 在[到]國外；在海外

News came that the corrupt government official had been arrested **abroad**.
▶ 消息指出，那位貪污的政府官員已在國外遭到逮捕。

- **actually** [`æktʃuəlɪ] (adv.) 真地；實際上

He told me he wanted to quit his job, but I was surprised when he **actually** did so. ▶ 他告訴過我他想辭職，但在他真的這麼做了之後令我很驚訝。

- **afterward** [`æftɚwɚd] (= afterwards) (adv.) 之後；後來

Physics seems boring at first, but becomes more and more interesting **afterward**. ▶ 物理學最初看起來很無趣，但是會變得越來越有意思。

- **almost** [`ɔl͵most] (adv.) 幾乎；差不多

The noise they made this afternoon **almost** made me mad. ▶ 他們下午所製造的噪音差點激怒了我。

- **already** [ɔl`rɛdɪ] (adv.) 早已；已經

I finally finished the report, by then it was **already** six a.m. ▶ 我終於完成了報告，當時已經早上六點了。

- **behind** [bɪ`haɪnd] (adv.) 遺落在後；在後面；(prep.) 在…的後面；晚於

I left my keys **behind** when I left the company. ▶ 昨天離開公司的時候，我忘記帶鑰匙了。

- **carefully** [`kɛrfəlɪ] (adv.) 細心的；仔細地

I wrote the report **carefully** but there were still many mistakes. ▶ 雖然我小心地寫報告，但仍然有很多錯誤。

- **certainly** [`sɝtṇlɪ] (adv.) 確定地；必定

They will **certainly** be laughing when they see you in that dress. Don't let them see you. ▶ 如果他們看到你穿著那條裙子，一定會嘲笑你的，所以不要讓他們看見你。

- **completely** [kəm`plitlɪ] (adv.) 完全地

These words are **completely** out of his character; no one thinks Tom had said these.
▶ 這些話與他的個性完全不相符，沒有人相信湯姆說了這些話。

- **constantly** [`kɑnstəntlɪ] (adv.) 時常地；不斷地

The noisy parrot is **constantly** talking during people's sleep. ▶ 那隻聒噪的鸚鵡不斷在人們睡覺時說話。

- **directly** [də`rɛktlɪ] (adv.) 直接地；直線地

I will hand your letter **directly** to the manager.
▶ 我將會把你的來信直接交給經理。

- **downstairs** [(adv.,adj.) `daʊn`stɛrz, (n.) daʊn`stɛrz] (adv.) 在樓下；往樓下；(adj.) 樓下的；(n.) 樓下

There were some fightings **downstairs**, just before the gun was fired.
▶ 就在開槍前，樓下有些打鬥。

- **even** [`ivən] (adv.) 甚至；連；(adj.) 平坦的；相等的

The twins look the same. **Even** their mother can't tell them apart.
▶ 那對雙胞胎長得一模一樣，連他們的媽媽都認不出誰是誰。

- **finally** [`faɪnḷɪ] (adv.) 最後；終於

Jonny **finally** had a store of his own.
▶ 強尼終於擁有了自己的店鋪。

- **fluently** [`fluəntlɪ] (adv.) 流利地

Paris spoke Portuguese so **fluently** that we couldn't believe that she was a beginner.
▶ 派瑞絲說葡萄牙語時的流利程度讓我們無法相信她是一名初學者。

- **frankly** [`fræŋklɪ] (adv.) 坦白地；坦白地說

Frankly, you shouldn't have chosen that company.
▶ 坦白說，你不應該選擇那家公司。

- **further** [`fɝðɚ] (adv.) 更遠地；進一步地；(v.) 促進；推動；(adj.) 更遠的

Every time we want to go **further**, unexpected problems occur.
▶ 每當我們想要更進一步，就會發生意想不到的問題。

- **heavily** [`hɛvɪlɪ] (adv.) 濃密地；猛烈地

Because it was snowing **heavily**, Marry called the airline to reconfirm her flight to Boston. ▶ 因為雪下得很大，瑪麗打電話向航空公司確認去波士頓的航班是否被取消。

- **highly** [`haɪlɪ] (adv.) 非常；高度地

Doctors are **highly** respected by people for their contribution.
▶ 醫生因其貢獻而備受尊敬。

- **independently** [ˌɪndɪ`pɛndəntlɪ] (adv.) 獨立地

The teacher always tells the students to try to solve problems **independently**. ▶ 老師總是告訴學生要盡可能獨立解決問題。

- **joyfully** [ˋdʒɔɪfəlɪ] (adv.) 高興地；喜悅地

Boys and girls don't always share the same hobbies, but there are times when they play together **joyfully**. ▸ 男孩和女孩不常擁有相同的嗜好，但他們還是有開心地玩在一起的時候。

- **late** [let] (adv.) 遲到；晚；(adj.) 遲的；晚的

Jane got home **late** because she really enjoyed the party. ▸ 珍在派對上玩得很開心，所以很晚才回家。

- **least** [list] (adv.) (little 的最高級) 最少地；(adj.) (little的最高級) 最少的；(n.) 最少

Those who speaks **least**, knows most. ▸ 話最少的人，往往知道的最多。

- **loudly** [ˋlaʊdlɪ] (adv.) 大聲地；喧鬧地；響亮地

There are so many people talking **loudly** here, I can't hear what you are saying. ▸ 有很多人在這裡大聲談話，我聽不到你在說什麼。

- **mainly** [ˋmenlɪ] (adv.) 主要地；大部分地

China imports vehicles **mainly** from three countries: Japan, Germany and America. ▸ 中國主要從三個國家進口汽車：日本、德國和美國。

- **nearly** [ˋnɪrlɪ] (adv.) 幾乎，將近

Lily has been working for **nearly** an hour. ▸ 莉莉已經工作了將近一小時。

- **newly** [ˋnjulɪ] (adv.) 最近地；新近地

In front of us is a **newly** built tennis court. ▸ 展現在我們面前的是一座新建的網球場。

- **nowadays** [ˋnaʊə͵dez] (adv.) 現今；時下；(n.) 現今；現在

Nowadays personal computers are available all over the world. ▸ 如今，個人電腦在全球各地都能買到。

- **outside** [ˋaʊtˋsaɪd] (adv.) 在外面；在室外；(adj.) 外部的；外面的

It is so cold **outside** that we are in no mood for a picnic. ▸ 外面太冷了，我們都沒有去野餐的興致。

- **perhaps** [pɚˋhæps] (adv.) 可能；或許

Under the circumstance, **perhaps** there's nothing I can do to ask for her forgiveness. ▸ 在這樣的情況下，或許我做什麼都無法得到她的原諒。

- **poorly** [ˋpʊrlɪ] (adv.) 貧乏地；貧窮地；拙劣地

Lily did **poorly** on the exam and the teacher doubted that she had not read the textbook at all.
▶ 莉莉考試成績很糟，老師認為她完全沒有溫習課本。

- **probably** [ˋprɑbəblɪ] (adv.) 大概；很可能；或許

Grandfather will **probably** bore us with his old war stories again.
▶ 祖父八成又要講些無聊的陳年戰爭故事了。

- **quickly** [ˋkwɪklɪ] (adv.) 迅速地；很快地

Many people bought the new product, which **quickly** made it popular nationwide.
▶ 許多人都購買了這項新產品，使它迅速在全國流行起來。

- **quite** [kwaɪt] (adv.) 很；相當；完全

I believe what he said is **quite** so.
▶ 我認為他說的話相當正確。

- **rarely** [ˋrɛrlɪ] (adv.) 罕見地；很少；出色地

He **rarely** passes his exams, but this semester, he passed all of them.
▶ 他很少通過考試，但這學期他通過了所有考試。

- **regularly** [ˋrɛgjələlɪ] (adv.) 定期地；規則地；固定地

The manager works out **regularly** to keep himself healthy.
▶ 經理規律鍛鍊以保持健康。

- **scarcely** [ˋskɛrslɪ] (adv.) 幾乎不；大概不

There's **scarcely** any rice left in the granary.
▶ 糧倉裡幾乎沒有米了。

- **somewhere** [ˋsʌm͵hwɛr] (adv.) 在某處

The book must have been left **somewhere**, let me find it for you.
▶ 那本書一定掉在某處了，讓我來幫忙你找。

- **suddenly** [ˋsʌdn̩lɪ] (adv.) 突然地

Suddenly he felt that someone was stalking him.
▶ 他突然感覺到有人在跟蹤他。

- **thoroughly** [ˋθɝolɪ] (adv.) 徹底地

When driving, people should obey the traffic rules **thoroughly**. ▶ 開車時，人們應該完全遵守交通規則。

- **totally** [ˋtotl̩ɪ] (adv.) 完全地

To tell the truth, I **totally** forgot about the meeting.
▶ 說實話，我完全忘了會議的事情。

- **twice** [twaɪs] (adv.) 兩次；兩倍

Before you hand in the data for your research, think **twice**.
▶ 在你交出研究報告的資料之前，請先謹慎地考慮一遍。

- **undoubtedly** [ʌn`daʊtɪdlɪ] (adv.) 無疑地；的確

Linda's work was **undoubtedly** well done.
▶ 琳達真的把工作完成得很好。

- **well** [wɛl] (adv.) 很好地；充分地；相當地；(adj.) 好的；健康的

Our company's new product sold quite **well** on the market. ▶ 我們公司的新產品在市場上頗暢銷。

- **widely** [`waɪdlɪ] (adv.) 廣泛地；遙遠地

Our products have been **widely** used by older people.
▶ 我們的產品被老年人廣泛使用。

第五單元：考前快速掃瞄

- **aback** [ə`bæk] (adv.) 在…後面；向後地
- **abdicate** [`æbdə͵ket] (v.) 放棄；退位
- **abide** [ə`baɪd] (v.) 堅持；忍受
- **abound** [ə`baʊnd] (v.) 充滿
- **absence** [`æbsn̩s] (n.) 缺席；缺乏
- **absent** [`æbsn̩t] (adj.) 缺席的；缺少的
- **absolutely** [`æbsə͵lutlɪ] (adv.) 絕對地；斷然地
- **absurd** [əb`sɝd] (adj.) 荒謬的；愚蠢的
- **accuracy** [`ækjərəsɪ] (n.) 準確性；精確性
- **accusation** [͵ækjə`zeʃən] (n.) 譴責；指控
- **adhere** [əd`hɪr] (v.) 附著；依附
- **adverb** [`ædvɝb] (n.) 副詞
- **affluence** [`æfluəns] (n.) 豐富；湧到
- **agenda** [ə`dʒɛndə] (n.) 議程
- **aircraft** [`ɛr͵kræft] (n.) 飛機；航空器
- **airmail** [`ɛr͵mel] (v.) 以航空郵寄；(n.) 航空郵件
- **airspace** [`ɛr͵spes] (n.) 領空
- **alcohol** [`ælkə͵hɔl] (n.) 酒精；含酒精的飲料
- **alcoholic** [͵ælkə`hɔlɪk] (n.) 酗酒者；(adj.) 酒精的；酗酒的
- **alleviate** [ə`livɪ͵et] (v.) 緩和；減輕
- **alleviation** [ə͵livɪ`eʃən] (n.) 減輕；緩和
- **ambiguous** [æm`bɪgjuəs] (adj.) 含糊不清的；意思不明確的
- **ambulance** [`æmbjələns] (n.) 救護車
- **ardent** [`ɑrdn̩t] (adj.) 熱心的，熱情的
- **arms** [ɑrmz] (n.) 武器
- **ascribe** [ə`skraɪb] (v.) 把…歸咎於
- **aspire** [ə`spaɪr] (v.) 熱望
- **assent** [ə`sɛnt] (v.) 贊成，同意；(n.) 同意，贊成
- **asset** [`æsɛt] (n.) 資產；有價值的東西
- **backup** [`bæk͵ʌp] (n.) 備用；(adj.) 備用的；預備的
- **badly** [`bædlɪ] (adv.) 嚴重地；拙劣地
- **badminton** [`bædmɪntən] (n.) 羽毛球
- **ballad** [`bæləd] (n.) 民謠
- **balloon** [bə`lun] (n.) 氣球
- **banana** [bə`nænə] (n.) 香蕉
- **bandit** [`bændɪt] (n.) 土匪，強盜
- **barbarian** [bɑr`bɛrɪən] (n.) 未開化的人
- **barren** [`bærən] (n.) 荒地；(adj.) 不能生育的
- **beach** [bitʃ] (n.) 海灘，海濱
- **bearing** [`bɛrɪŋ] (n.) 忍受；結果實
- **become** [bɪ`kʌm] (v.) 變成；適合
- **bicycle** [`baɪsɪkl̩] (n.) 腳踏車，自行車
- **billion** [`bɪljən] (n.) 十億
- **biographer** [baɪ`ɑgrəfɚ] (n.) 傳記作家
- **biography** [baɪ`ɑgrəfɪ] (n.) 傳記

- **birthday** [ˋbɝθ͵de] (n.) 生日
- **blackboard** [ˋblæk͵bord] (n.) 黑板
- **boardroom** [ˋbord͵rum] (n.) 會議室
- **boat** [bot] (n.) 船；(v.) 乘船
- **body** [ˋbɑdɪ] (n.) 身體
- **boil** [bɔɪl] (v.) 燒開；達到沸點
- **born** [bɔrn] (adj.) 出生的
- **borrow** [ˋbɑro] (v.) 借入；借得
- **boss** [bɔs] (n.) 老闆；(v.) 指揮
- **bossy** [ˋbɔsɪ] (adj.) 跋扈的；擺老闆架子的
- **boycott** [ˋbɔɪ͵kɑt] (v.) 抵制
- **brag** [bræg] (v.) 吹噓；(n.) 自誇的話
- **bulletin** [ˋbulətɪn] (v.) 公告；(n.) 告示
- **burger** [ˋbɝgɚ] (n.) 漢堡
- **burglar** [ˋbɝglɚ] (n.) 竊賊
- **butcher** [ˋbutʃɚ] (v.) 屠宰；(n.) 屠夫；劊子手
- **cab** [kæb] (v.) 乘計程車；(n.) 計程車
- **cable** [ˋkebl̩] (n.) 電纜
- **cafeteria** [͵kæfəˋtɪrɪə] (n.) 自助餐館
- **caffeine** [ˋkæfiɪn] (n.) 咖啡因；咖啡鹼
- **calculate** [ˋkælkjə͵let] (v.) 計算；打算
- **calculation** [͵kælkjəˋleʃən] (n.) 計算；盤算
- **calculator** [ˋkælkjə͵letɚ] (n.) 計算機
- **campaign** [kæmˋpen] (v.) 參加運動；(n.) 戰役；運動
- **campus** [ˋkæmpəs] (n.) 校園；(adj.) 校園的
- **candidacy** [ˋkændədəsɪ] (n.) 候選資格
- **candidate** [ˋkændə͵det] (n.) 候選人；應徵者
- **capability** [͵kepəˋbɪlətɪ] (n.) 能力
- **capable** [ˋkepəbl̩] (adj.) 有能力的；能幹的
- **capacity** [kəˋpæsətɪ] (n.) 容量；資格
- **cease** [sis] (v.) 停止
- **celebrate** [ˋsɛlə͵bret] (v.) 慶祝；舉行
- **celebrated** [ˋsɛlə͵bretɪd] (adj.) 著名的；有名的
- **celebration** [͵sɛləˋbreʃən] (n.) 慶祝
- **celebrity** [sɪˋlɛbrətɪ] (n.) 名人；名聲
- **censor** [ˋsɛnsɚ] (v.) 審查；(n.) 審查員；檢查員
- **censorship** [ˋsɛnsɚ͵ʃɪp] (n.) 審查制度
- **centimeter** [ˋsɛntə͵mitɚ] (n.) 公分
- **central** [ˋsɛntrəl] (adj.) 中心的；核心的
- **century** [ˋsɛntʃərɪ] (n.) 世紀；一百年
- **cereal** [ˋsɪrɪəl] (n.) 穀物；(adj.) 穀類的
- **certain** [ˋsɝtn̩] (adj.) 確定的；(pron.) 某些
- **certainly** [ˋsɝtn̩lɪ] (adv.) 當然；必定
- **certificate** [sɚˋtɪfəkɪt] (n.) 證書
- **certify** [ˋsɝtə͵faɪ] (v.) 證明；保證
- **challenge** [ˋtʃælɪndʒ] (v.) 挑戰；(n.) 挑戰；異議
- **champion** [ˋtʃæmpɪən] (n.) 冠軍；

(adj.) 優勝的；冠軍的

- **channel** [`tʃænl̩] (n.) 水道；頻道
- **charity** [`tʃærətɪ] (n.) 慈善；施捨物
- **check** [tʃɛk] (v.) 檢查；(n.) 檢查；支票
- **chemist** [`kɛmɪst] (n.) 化學家；藥商
- **child** [tʃaɪld] (n.) 小孩；兒童
- **childhood** [`tʃaɪld͵hʊd] (n.) 童年
- **childish** [`tʃaɪldɪʃ] (adj.) 幼稚的
- **childlike** [`tʃaɪld͵laɪk] (adj.) 純真的；天真的
- **chocolate** [`tʃɑkəlɪt] (n.) 巧克力
- **chopsticks** [`tʃɑp͵stɪks] (n.) 筷子
- **chorus** [`korəs] (v.) 合唱；(n.) 合唱隊；合唱曲
- **chore** [tʃor] (n.) 雜務
- **Christian** [`krɪstʃən] (n.) 基督教徒；(adj.) 基督教的
- **Christmas** [`krɪsməs] (n.) 耶誕節
- **circulation** [͵sɝkjə`leʃən] (n.) 循環；銷售量
- **circumstance** [`sɝkəm͵stæns] (n.) 情況；境遇
- **cite** [saɪt] (v.) 引用
- **citizen** [`sɪtəzn̩] (n.) 市民
- **citizenship** [`sɪtəzn̩͵ʃɪp] (n.) 公民權
- **classic** [`klæsɪk] (n.) 古典作品；(adj.) 經典的；古典的
- **classical** [`klæsɪkl̩] (adj.) 古典的；傳統的
- **classify** [`klæsə͵faɪ] (v.) 分類；分級
- **clinic** [`klɪnɪk] (n.) 診所
- **clue** [klu] (v.) 提供線索；(n.) 線索
- **coal** [kol] (n.) 煤；木炭
- **coast** [kost] (n.) 海岸
- **code** [kod] (n.) 法典；密碼；(v.) 編碼
- **coherent** [ko`hɪrənt] (adj.) 黏著的；一致的
- **collapse** [kə`læps] (v.) 倒塌；崩潰
- **colleague** [`kɑlig] (n.) 同事；同僚
- **collection** [kə`lɛkʃən] (n.) 收集；積聚
- **collide** [kə`laɪd] (v.) 碰撞；衝突
- **collision** [kə`lɪʒən] (n.) 碰撞；衝突
- **colony** [`kɑlənɪ] (n.) 僑民；聚居地
- **comfortable** [`kʌmfɚtəbl̩] (adj.) 舒適的；安逸的
- **commerce** [`kɑmɝs] (n.) 商業
- **commercial** [kə`mɝʃəl] (n.) 商業廣告；(adj.) 商業的
- **commit** [kə`mɪt] (v.) 犯(罪)
- **committee** [kə`mɪtɪ] (n.) 委員會
- **common** [`kɑmən] (n.) 公用地；(adj.) 普通的；常見的
- **communicate** [kə`mjunə͵ket] (v.) 傳達；傳染
- **communication** [kə͵mjunə`keʃən] (n.) 通信
- **compare** [kəm`pɛr] (v.) 比較
- **comparison** [kəm`pærəsn̩] (n.) 比較

- **competition** [ˏkampəˋtɪʃən] (n.) 競賽；競爭者
- **competitive** [kəmˋpɛtətɪv] (adj.) 競爭的
- **complain** [kəmˋplen] (v.) 抱怨；控告
- **complaint** [kəmˋplent] (n.) 抱怨
- **comply** [kəmˋplaɪ] (v.) 遵從；順從
- **conceive** [kənˋsiv] (v.) 懷(胎)；懷孕；構想
- **concentrate** [ˋkansn̩ˏtret] (v.) 集中；(n.) 濃縮物
- **conductor** [kənˋdʌktɚ] (n.) 指揮；領導者
- **conflict** [(n.) ˋkanflɪkt, (v.) kənˋflɪkt] (n.) 衝突；(v.) 衝突
- **confront** [kənˋfrʌnt] (v.) 面對；比較
- **confuse** [kənˋfjuz] (v.) 使混亂；使困惑
- **confusion** [kənˋfjuʒən] (n.) 混亂；困惑
- **congratulate** [kənˋgrætʃəˏlet] (v.) 祝賀
- **connect** [kəˋnɛkt] (v.) 聯繫；連接
- **connection** [kəˋnɛkʃən] (n.) 關聯；聯絡
- **conquest** [ˋkaŋkwɛst] (n.) 征服；獲得
- **conscious** [ˋkanʃəs] (adj.) 有意識的；有意的
- **consist** [kənˋsɪst] (v.) 組成；在於
- **constant** [ˋkanstənt] (n.) 常數；(adj.) 固定的；忠實的
- **constantly** [ˋkanstəntlɪ] (adv.) 經常地；不斷地
- **constitute** [ˋkanstəˏtjut] (v.) 組成；任命
- **constitution** [ˏkanstəˋtjuʃən] (n.) 憲法；構造
- **constructive** [kənˋstrʌktɪv] (adj.) 建設性的
- **consult** [kənˋsʌlt] (v.) 請教；商議
- **consume** [kənˋsjum] (v.) 耗盡；毀滅
- **consumer** [kənˋsjumɚ] (n.) 消費者
- **contain** [kənˋten] (v.) 包含；容納
- **content** [kənˋtɛnt] (v.) 使滿足；(n.) 滿足；(adj.) 滿意的；滿足的
- **contest** [ˋkantɛst] (n.) 競賽
- **context** [ˋkantɛkst] (n.) 背景；上下文
- **continue** [kənˋtɪnjʊ] (v.) 使繼續；延續
- **contract** [ˋkantrækt] (n.) 合約(書)
- **contrast** [(n.) ˋkantræst, (v.) kənˋtræst] (n.) 對照；(v.) 使對比；形成對照
- **contribution** [ˏkantrəˋbjuʃən] (n.) 貢獻；投稿
- **controversial** [ˏkantrəˋvɝʃəl] (adj.) 有爭議的
- **conversion** [kənˋvɝʃən] (n.) 變換；兌換
- **convince** [kənˋvɪns] (v.) 說服；使相信
- **courteous** [ˋkɝtɪəs] (adj.) 有禮貌的；謙恭的

- **courtesy** [`kɝtəsɪ] (n.) 禮貌
- **creature** [`kritʃɚ] (n.) 生物；傀儡
- **credible** [`krɛdəbḷ] (adj.) 可信賴的；可靠的
- **crisis** [`kraɪsɪs] (n.) 緊急關頭
- **critical** [`krɪtɪkḷ] (adj.) 評論的；決定性的
- **criticism** [`krɪtə,sɪzəm] (n.) 評論
- **criticize** [`krɪtə,saɪz] (v.) 批評
- **currency** [`kɝənsɪ] (n.) 流通；貨幣
- **daily** [`delɪ] (n.) 日報；(adj.) 日常的；(adv.) 每天
- **dairy** [`dɛrɪ] (adj.) 乳製品的；牛奶的
- **danger** [`dendʒɚ] (n.) 危險；威脅
- **dangerous** [`dendʒərəs] (adj.) 危險的
- **darling** [`dɑrlɪŋ] (n.) 親愛的(人)；(adj.) 親愛的
- **data** [`detə] (n.) (datum 的複數) 資料
- **daylight** [`de,laɪt] (n.) 日光
- **deadline** [`dɛd,laɪn] (n.) 最後期限
- **deaf** [dɛf] (adj.) 聾的
- **debate** [dɪ`bet] (v.) 辯論；(n.) 爭論；辯論
- **debt** [dɛt] (n.) 債，債務
- **decease** [dɪ`sis] (v.) 死
- **deceit** [dɪ`sit] (n.) 欺詐；謊言
- **decision** [dɪ`sɪʒən] (n.) 決定
- **decisive** [dɪ`saɪsɪv] (adj.) 決定性的；確定的
- **declare** [dɪ`klɛr] (v.) 宣布；公告；聲明
- **decline** [dɪ`klaɪn] (v.) 謝絕
- **define** [dɪ`faɪn] (v.) 給…下定義
- **definite** [`dɛfənɪt] (adj.) 明確的；確定的
- **definition** [,dɛfə`nɪʃən] (n.) 定義；釋義
- **delight** [dɪ`laɪt] (v.) 使高興；(n.) 高興；樂事
- **dentist** [`dɛntɪst] (n.) 牙科醫生
- **depart** [dɪ`pɑrt] (v.) 離開
- **departure** [dɪ`pɑrtʃɚ] (n.) 離開；出發
- **deposit** [dɪ`pɑzɪt] (n.) 存款；押金；訂金；保證金
- **depress** [dɪ`prɛs] (v.) 使意志消沉；使蕭條
- **deprive** [dɪ`praɪv] (v.) 剝奪；從…奪走
- **destiny** [`dɛstənɪ] (n.) 命運，宿命
- **destroy** [dɪ`strɔɪ] (v.) 毀壞
- **devalue** [di`vælju] (v.)貶值
- **develop** [dɪ`vɛləp] (v.) 發展；形成；顯露
- **devote** [dɪ`vot] (v.) 將…奉獻給
- **devoted** [dɪ`votɪd] (adj.) 獻身的；摯愛的
- **dialect** [`daɪə,lɛkt] (n.) 方言；(adj.) 方言的
- **dialogue** [`daɪə,lɔg] (n.) 對話；對白
- **diary** [`daɪərɪ] (n.) 日記；日誌

- **diet** [ˋdaɪət] (v.) 規定的飲食
- **difficult** [ˋdɪfəˏkʌlt] (adj.) 困難的
- **diploma** [dɪˋplomə] (n.) 畢業證書，文憑
- **directive** [dəˋrɛktɪv] (n.) 指令；(adj.) 指導的
- **disadvantage** [ˏdɪsədˋvæntɪdʒ] (n.) 不利條件；損失
- **disagree** [ˏdɪsəˋgri] (v.) 不一致；不適合
- **disappoint** [ˏdɪsəˋpɔɪnt] (v.) 失望
- **disappointment** [ˏdɪsəˋpɔɪntmənt] (n.) 失望；使失望的人[事]
- **disapprove** [ˏdɪsəˋpruv] (v.) 不贊成，不同意
- **disgust** [dɪsˋgʌst] (v.) 使作嘔；(n.) 厭惡；作嘔
- **disloyal** [dɪsˋlɔɪəl] (adj.) 不忠誠的
- **disobey** [ˏdɪsəˋbe] (v.) 違抗；違反
- **disorder** [dɪsˋɔrdɚ] (n.) 混亂；(v.) 使混亂；使生病
- **displease** [dɪsˋpliz] (v.) 使不高興
- **dispute** [dɪˋspjut] (v.) 爭論；提出異議；(n.) 爭論；爭辯
- **disregard** [ˏdɪsrɪˋgɑrd] (v.) 不理會；(n.) 忽視；不理
- **distant** [ˋdɪstənt] (adj.) 遠的；(關係) 疏遠的
- **distinction** [dɪˋstɪŋkʃən] (n.) 區別
- **distribution** [ˏdɪstrəˋbjuʃən] (n.) 分配；分布(區域)
- **distrust** [dɪsˋtrʌst] (v.) 不信任；(n.) 不信任；猜疑
- **domestic** [dəˋmɛstɪk] (adj.) 家庭的；馴養的；(n.) 僕人
- **double** [ˋdʌbl̩] (adj.) 兩倍的；(adv.) 雙倍地
- **doubt** [daʊt] (v.) 懷疑；(n.) 懷疑；疑慮
- **doubtful** [ˋdaʊtfəl] (adj.) 懷疑的
- **doubtless** [ˋdaʊtlɪs] (adj.) 無疑的；(adv.) 無疑地；大概
- **downhill** [(n.) ˋdaʊnˏhɪl, (adj., adv.) ˋdaʊnˋhɪl] (n.) 下坡；(adj.) 下坡的；(adv.) 向下
- **downpour** [ˋdaʊnˏpor] (n.) 傾盆大雨
- **drama** [ˋdrɑmə] (n.) 戲劇；劇本
- **dreadful** [ˋdrɛdfəl] (adj.) 可怕的
- **drought** [draʊt] (n.) 乾旱
- **drugstore** [ˋdrʌgˏstor] (n.) 藥房
- **eager** [ˋigɚ] (adj.) 渴望的；熱心的
- **early** [ˋɝlɪ] (adj.) 早的；初期的；(adv.) 早；在初期
- **earnest** [ˋɝnɪst] (n.) 認真；(adj.) 認真的；重要的
- **easily** [ˋizɪlɪ] (adv.) 容易地；確實
- **economics** [ˏikəˋnɑmɪks] (n.) 經濟學；經濟狀況
- **economist** [iˋkɑnəmɪst] (n.) 經濟學家

- **education** [ˌɛdʒəˋkeʃən] (n.) 教育(學)
- **effective** [ɪˋfɛktɪv] (adj.) 有效的
- **efficient** [əˋfɪʃənt] (adj.) 有效率的
- **elect** [ɪˋlɛkt] (v.) 選舉；(adj.) 當選的
- **electrify** [ɪˋlɛktrəˌfaɪ] (v.) 使充電；使電氣化
- **embarrassment** [ɪmˋbærəsmənt] (n.) 困窘；拮据
- **embassy** [ˋɛmbəsɪ] (n.) 大使館
- **emphasis** [ˋɛmfəsɪs] (n.) 強調；重讀
- **employee** [ˌɛmplɔɪˋi] (n.) 雇員
- **employer** [ɪmˋplɔɪɚ] (n.) 雇主
- **employment** [ɪmˋplɔɪmənt] (n.) 雇用
- **endless** [ˋɛndlɪs] (adj.) 無盡的；環狀的
- **energetic** [ˌɛnɚˋdʒɛtɪk] (adj.) 精力充沛的，有活力的
- **engineering** [ˌɛndʒəˋnɪrɪŋ] (n.) 工程；工程學
- **enjoyable** [ɪnˋdʒɔɪəbl̩] (adj.) 令人愉快的
- **entertain** [ˌɛntɚˋten] (v.) 娛樂；招待
- **entertainment** [ˌɛntɚˋtenmənt] (n.) 招待；娛樂
- **enthusiasm** [ɪnˋθjuzɪˌæzəm] (n.) 熱情；熱忱
- **envious** [ˋɛnvɪəs] (adj.) 嫉妒的；羨慕的
- **environment** [ɪnˋvaɪrənmənt] (n.) 環境
- **equip** [ɪˋkwɪp] (v.) 裝備；授予
- **equipment** [ɪˋkwɪpmənt] (n.) 裝備
- **equivalent** [ɪˋkwɪvələnt] (n.) 等價物；(adj.) 相等的；等量的
- **errand** [ˋɛrənd] (n.) 差事
- **erupt** [ɪˋrʌpt] (v.) 噴出；爆發
- **especial** [əˋspɛʃəl] (adj.) 特別的；特殊的
- **especially** [əˋspɛʃəlɪ] (adv.) 尤其；特別地
- **establish** [əˋstæblɪʃ] (v.) 設立
- **estate** [əˋstet] (n.) 地產
- **eve** [iv] (n.) 前夕
- **eventual** [ɪˋvɛntʃuəl] (adj.) 最後的；終究的
- **eventually** [ɪˋvɛntʃuəlɪ] (adv.) 最後；終於
- **evident** [ˋɛvədənt] (adj.) 明顯的
- **evolution** [ˌɛvəˋluʃən] (n.) 發展
- **exaggerate** [ɪgˋzædʒəˌret] (v.) 誇大；誇張
- **examine** [ɪgˋzæmɪn] (v.) 檢查；調查
- **excellence** [ˋɛksl̩əns] (n.) 優秀
- **exception** [ɪkˋsɛpʃən] (n.) 例外；異議
- **exchange** [ɪksˋtʃendʒ] (v.) 交換；兌換；(n.) 交換
- **exclaim** [ɪkˋsklem] (v.) 大聲說出；(表示抗議等)大叫
- **exclusive** [ɪkˋsklusɪv] (n.) 獨家新聞；(adj.) 排外的；獨占的

- **exhibit** [ɪgˋzɪbɪt] (v.) 展示；顯示；(n.) 展示品；展示會
- **exhibition** [ˏɛksəˋbɪʃən] (n.) 展覽(會)；表現
- **expansion** [ɪkˋspænʃən] (n.) 擴展；膨脹
- **expense** [ɪkˋspɛns] (n.) 費用
- **expensive** [ɪkˋspɛnsɪv] (adj.) 昂貴的；費用高的
- **explanation** [ˏɛkspləˋneʃən] (n.) 解釋，說明
- **explore** [ɪkˋsplor] (v.) 探測；探討
- **explosion** [ɪkˋsploʒən] (n.) 爆炸；爆發
- **export** [ɪksˋport] (v.) 輸出
- **expose** [ɪkˋspoz] (v.) 使暴露於
- **extend** [ɪkˋstɛnd] (v.) 延伸；伸展；擴大
- **extension** [ɪkˋstɛnʃən] (n.) 伸展；延長(部分)
- **extensive** [ɪkˋstɛnsɪv] (adj.) 廣大的；廣泛的
- **fable** [ˋfebl̩] (n.) 寓言
- **facility** [fəˋsɪlətɪ] (n.) 便利；設備
- **fact** [fækt] (n.) 事實
- **factory** [ˋfæktrɪ, -tərɪ] (n.) 工廠
- **fallacy** [ˋfæləsɪ] (n.) 謬誤；謬論
- **falsify** [ˋfɔlsəˏfaɪ] (v.) 篡改；偽造
- **falter** [ˋfɔltɚ] (v.) 蹣跚；結巴地講出；(n.) 躊躇
- **familiarity** [fəˏmɪlɪˋærətɪ] (n.) 熟悉；親密
- **fanatic** [fəˋnætɪk] (n.) 狂熱者；(adj.) 狂熱的；盲信的
- **fashion** [ˋfæʃən] (v.) 製作；(n.) 式樣；時髦
- **fashionable** [ˋfæʃənəbl̩] (adj.) 流行的；上流社會的
- **fasten** [ˋfæsn̩] (v.) 繫住；扣緊
- **fatal** [ˋfetl̩] (adj.) 命運的
- **favorite** [ˋfevərɪt] (n.) 最喜愛的人[物]；(adj.) 最喜愛的
- **fear** [fɪr] (v.) 懼怕，害怕；(n.) 害怕；擔心
- **fetch** [fɛtʃ] (v.) 拿來，取來
- **flexible** [ˋflɛksəbl̩] (adj.) 易彎曲的；柔順的
- **flock** [flɑk] (v.) 聚集；(n.) (牲畜等的)群；信徒
- **fluent** [ˋfluənt] (adj.) 流利的；流暢的
- **focus** [ˋfokəs] (v.) 使聚焦
- **forerunner** [ˋforˏrʌnɚ] (n.) 先驅
- **forsake** [fɚˋsek] (v.) 遺棄
- **fortune** [ˋfɔrtʃən] (n.) 財產；命運
- **foundation** [faunˋdeʃən] (n.) 基礎；地基；根據
- **fountain** [ˋfauntn̩] (n.) 噴泉；(知識)泉源；根源
- **fragile** [ˋfrædʒəl] (adj.) 易碎的
- **freedom** [ˋfridəm] (n.) 自由(權)

- **freeway** [ˋfri͵we] (n.) 高速公路
- **frequent** [(v.) frɪˋkwɛnt, (adj.) ˋfrikwənt] (v.) 常去；(adj.) 時常發生的
- **friendly** [ˋfrɛndlɪ] (adj.) 友好的；親切的
- **friendship** [ˋfrɛndʃɪp] (n.) 友誼；友情
- **frown** [fraʊn] (v.) 用皺眉頭表示；皺眉頭
- **frustrate** [ˋfrʌstret] (v.) 使遭受挫折
- **function** [ˋfʌŋkʃən] (v.) 起作用
- **fundamental** [͵fʌndəˋmɛntl] (n.) 基本；原則；根本法則；(adj.) 基礎的；根本的
- **furniture** [ˋfɝnɪtʃɚ] (n.) 家具
- **generally** [ˋdʒɛnərəlɪ] (adv.) 普遍地
- **generation** [͵dʒɛnəˋreʃən] (n.) 一代；同時代的人
- **generous** [ˋdʒɛnərəs] (adj.) 慷慨的，大方的；肥沃的
- **genius** [ˋdʒinjəs] (n.) 天資
- **glimpse** [glɪmps] (v.) 瞥見
- **grade** [gred] (v.) 將…分等級；將…分類
- **gradual** [ˋgrædʒʊəl] (adj.) 逐漸的；平緩的
- **grammar** [ˋgræmɚ] (n.) 語法；措辭
- **grasp** [græsp] (v.) 抓牢；抓住；抓
- **great** [gret] (adj.) 巨大的；偉大的
- **hairdresser** [ˋhɛr͵drɛsɚ] (n.) 美髮師
- **handicap** [ˋhændɪ͵kæp] (v.) 妨礙
- **handkerchief** [ˋhæŋkɚtʃɪf] (n.) 手帕
- **harass** [ˋhærəs, həˋræs] (v.) 使煩惱
- **hardware** [ˋhɑrd͵wɛr] (n.) (電腦)硬體；武器
- **harmful** [ˋhɑrmfəl] (adj.) 有害的
- **harmless** [ˋhɑrmlɪs] (adj.) 無害的；無辜的
- **harmony** [ˋhɑrmənɪ] (n.) 和諧；和聲
- **health** [hɛlθ] (n.) 健康(狀況)；(祝健康的)乾杯
- **healthy** [ˋhɛlθɪ] (adj.) 健康的；健全的
- **heat** [hit] (v.) 把…加熱；(n.) 熱度；激烈
- **heel** [hil] (n.) 後腳跟
- **help** [hɛlp] (v.) 幫助；取用(食物等)
- **helpful** [ˋhɛlpfəl] (adj.) 有幫助的
- **herb** [hɝb] (n.) 草本植物；藥草
- **hospitality** [͵hɑspɪˋtælətɪ] (n.) 好客；款待
- **hostage** [ˋhɑstɪdʒ] (n.) 人質
- **humorous** [ˋhjumərəs] (adj.) 幽默的，詼諧的
- **illustrate** [ˋɪləstret] (v.) (用圖)說明；插圖於
- **imperative** [ɪmˋpɛrətɪv] (n.) 命令；義務；(adj.) 必須的；命令的
- **implicit** [ɪmˋplɪsɪt] (adj.) 不講明的；絕對的
- **implore** [ɪmˋplor] (v.) 請求；懇求；哀求

- **impolite** [ˏɪmpə`laɪt] (adj.) 無禮的
- **improve** [ɪm`pruv] (v.) 改進
- **impulse** [`ɪmpʌls] (n.) 衝動
- **inaccuracy** [ɪn`ækjərəsɪ] (n.) 不正確；不準確
- **inappropriate** [ˏɪnə`proprɪɪt] (adj.) 不適當的
- **indicate** [`ɪndəˏket] (v.) 指示
- **indication** [ˏɪndə`keʃən] (n.) 指示；暗示
- **individual** [ˏɪndə`vɪdʒuəl] (n.) 個人；(adj.) 個人的；獨特的
- **infect** [ɪn`fɛkt] (v.) 傳染；使染上
- **infection** [ɪn`fɛkʃən] (n.) 傳染
- **infinity** [ɪn`fɪnətɪ] (n.) 無窮；無限
- **inflation** [ɪn`fleʃən] (n.) 通貨膨脹；誇張
- **inflexible** [ɪn`flɛksəbl̩] (adj.) 不能彎曲的
- **influence** [`ɪnfluəns] (v.) 影響；(n.) 影響(力)；有影響力的人
- **influential** [ˏɪnflu`ɛnʃəl] (adj.) 有影響的
- **innocent** [`ɪnəsn̩t] (adj.) 無罪的；純真的
- **inquiry** [ɪn`kwaɪrɪ] (n.) 詢問；調查
- **instead** [ɪn`stɛd] (adv.) 代替
- **instruct** [ɪn`strʌkt] (v.) 指示；告知
- **instruction** [ɪn`strʌkʃən] (n.) 教授
- **instructive** [ɪn`strʌktɪv] (adj.) 有教育意義的
- **intend** [ɪn`tɛnd] (v.) 想要；打算
- **intensive** [ɪn`tɛnsɪv] (adj.) 加強的；集中的
- **intention** [ɪn`tɛnʃən] (n.) 意圖；目的
- **interior** [ɪn`tɪrɪɚ] (adj.) 內心的
- **international** [ˏɪntɚ`næʃənl̩] (adj.) 國際性的
- **interpret** [ɪn`tɝprɪt] (v.) 解釋；翻譯
- **interrupt** [ˏɪntə`rʌpt] (v.) 打斷；打擾
- **interview** [`ɪntɚˏvju] (v.) 接見；(n.) 接見；面試
- **intrude** [ɪn`trud] (v.) 把…強加(在)；打擾
- **invalid** [`ɪnvəlɪd] (n.) 病弱的人；(adj.) 病弱的
- **inventor** [ɪn`vɛntɚ] (n.) 發明家
- **joint** [dʒɔɪnt] (n.) 接頭；(adj.) 共同的
- **journal** [`dʒɝnl̩] (n.) 日報；日記
- **journalism** [`dʒɝnl̩ˏɪzəm] (n.) 新聞工作；報章雜誌
- **journalist** [`dʒɝnl̩ɪst] (n.) 新聞記者
- **journey** [`dʒɝnɪ] (v.) 旅行；(n.) 旅行；行程
- **kindly** [`kaɪndlɪ] (adj.) 和藹的，親切的；(adv.) 和藹地，親切地
- **kingdom** [`kɪŋdəm] (n.) 王國，領域
- **labor** [`lebɚ] (n.) 勞動；(adj.) 勞工的

- **lack** [læk] (v.) 缺少；缺乏；(n.) 欠缺；需要的東西
- **lament** [lə`mɛnt] (v.) 悲傷；哀悼；(n.) 悲傷
- **lavatory** [`lævə͵torɪ] (n.) 廁所；盥洗室
- **lawsuit** [`lɔ͵sut] (n.) (民事)訴訟
- **leaflet** [`liflɪt] (v.) 發傳單給…；(n.) 傳單；嫩葉
- **length** [lɛŋkθ] (n.) 長度；段
- **liability** [͵laɪə`bɪlətɪ] (n.) 責任
- **liberate** [`lɪbə͵ret] (v.) 解放
- **liberty** [`lɪbɚtɪ] (n.) 自由
- **library** [`laɪ͵brɛrɪ] (n.) 圖書館；藏書
- **license** [`laɪsn̩s] (v.) 准許；(n.) 許可；特許
- **linguist** [`lɪŋgwɪst] (n.) 語言學家；通曉數種語言的人
- **liquid** [`lɪkwɪd] (n.) 液體
- **literal** [`lɪtərəl] (adj.) 照字面的；正確的
- **literature** [`lɪtərətʃɚ] (n.) 文學
- **load** [lod] (v.) 裝載；(n.) 負荷；裝載量
- **loaf** [lof] (n.) (一塊)麵包
- **logical** [`lɑdʒɪkl̩] (adj.) 合乎邏輯的
- **longitude** [`lɑndʒə͵tjud] (n.) 經線，經度
- **magic** [`mædʒɪk] (n.) 魔術
- **magical** [`mædʒɪkl̩] (adj.) 魔術的；不可思議的
- **magician** [mə`dʒɪʃən] (n.) 魔術師；巫師
- **manage** [`mænɪdʒ] (v.) 管理；設法達成
- **manageable** [`mænɪdʒəbl̩] (adj.) 易於管理的
- **management** [`mænɪdʒmənt] (n.) 管理；手腕
- **maximum** [`mæksəməm] (n.) 最大量；(adj.) 最大的
- **mayor** [`meɚ] (n.) 市長
- **meantime** [`min͵taɪm] (n.) 其時；(adv.) 於此時，於此際
- **meanwhile** [`min͵hwaɪl] (n.) 其時；(adv.) 於此時，於此際
- **measure** [`mɛʒɚ] (v.) 測量；量；(n.) 尺寸；拍子
- **measurement** [`mɛʒɚmənt] (n.) 測量法；尺寸
- **merciful** [`mɝsɪfəl] (adj.) 仁慈的，慈悲的
- **metaphor** [`mɛtəfɚ] (n.) 隱喻，暗喻
- **method** [`mɛθəd] (n.) 方法
- **microphone** [`maɪkrə͵fon] (n.) 擴音器；麥克風
- **microscope** [`maɪkrə͵skop] (n.) 顯微鏡
- **midnight** [`mɪd͵naɪt] (n.) 午夜；(adj.) 半夜的；漆黑的
- **milestone** [`maɪl͵ston] (n.) 里程碑；劃時代的重大事件

- **million** [\`mɪljən] (n.) 百萬；(adj.) 百萬的；無數的
- **millionaire** [ˏmɪljən\`ɛr] (n.) 百萬富翁；大富豪
- **miracle** [\`mɪrəkḷ] (n.) 奇蹟
- **mirror** [\`mɪrɚ] (n.) 鏡子；(v.) 反射
- **misbehave** [ˏmɪsbɪ\`hev] (v.) 行為不端
- **misconduct** [(v.) ˏmɪskən\`dʌkt; (n.) mɪs\`kandʌkt] (v.) 處置不當；(n.) 行為不檢
- **misjudge** [mɪs\`dʒʌdʒ] (v.) 對…判斷錯誤；看錯
- **missile** [\`mɪsḷ] (n.) 飛彈
- **moderate** [\`madərɪt] (n.) 溫和主義者；(adj.) 中等的；溫和的
- **modest** [\`madɪst] (adj.) 謙虛的
- **monitor** [\`manətɚ] (v.) 監視；監聽；(n.) 班長；監聽器
- **moral** [\`mɔrəl] (n.) 道德；(adj.) 道德的
- **motivate** [\`motəˏvet] (v.) 給…動機；激發
- **motivation** [ˏmotə\`veʃən] (n.) 動機
- **motor** [\`motɚ] (n.) 發動機
- **mountain** [\`maʊntṇ] (n.) 山
- **mountainous** [\`maʊntənəs] (adj.) 多山的；巨大的
- **mourn** [morn] (v.) 為…哀痛；服喪
- **movement** [\`muvmənt] (n.) 運動
- **multiply** [\`mʌltəˏplaɪ] (v.) 乘；繁殖
- **murder** [\`mɝdɚ] (n.) 謀殺；(v.) 謀殺
- **musical** [\`mjuzɪkḷ] (n.) 歌舞劇；(adj.) 音樂的
- **mutual** [\`mjutʃuəl] (adj.) 共同的；彼此的
- **namely** [\`nemlɪ] (adv.) 即；那就是
- **napkin** [\`næpkɪn] (n.) 餐巾
- **narrow** [\`næro] (v.) 使變窄；縮小(範圍)；(adj.) 狹窄的
- **nationality** [ˏnæʃə\`nælətɪ] (n.) 民族；國籍
- **naturally** [\`nætʃərəlɪ] (adv.) 當然；自然地
- **nature** [\`netʃɚ] (n.) 自然(界)
- **naughty** [\`nɔtɪ] (adj.) 頑皮的；猥褻的
- **necessarily** [\`nɛsəˏsɛrəlɪ] (adv.) 必要地；必然地
- **necessary** [\`nɛsəˏsɛrɪ] (adj.) 必然的；必需的
- **necessity** [nə\`sɛsətɪ] (n.) 必需品；需要
- **negative** [\`nɛgətɪv] (adj.) 負的；消極的
- **neglect** [nɪ\`glɛkt] (v.) 疏忽；(n.) 疏忽；忽略
- **negligible** [\`nɛglədʒəbḷ] (adj.) 微不足道的；不足取的
- **nickname** [\`nɪkˏnem] (n.)綽號
- **nightmare** [\`naɪtˏmɛr] (n.) 惡夢
- **nobility** [no\`bɪlətɪ] (n.) 貴族；高尚
- **noble** [\`nobḷ] (n.) 貴族；(adj.) 高尚的
- **nobody** [\`noˏbadɪ] (n.) 無足輕重的人；

(pron.) 無人；沒有人

- **nominate** [ˋnɑmə͵net] (v.) 任命；提名
- **nomination** [͵nɑməˋneʃən] (n.) 提名
- **nonsense** [ˋnɑnsɛns] (n.) 愚蠢的行為；胡扯
- **nose** [noz] (n.) 鼻
- **notable** [ˋnotəbl̩] (adj.) 著名的
- **notably** [ˋnotəblɪ] (adv.) 顯著地；特別
- **notify** [ˋnotə͵faɪ] (v.) 公布；報告
- **notion** [ˋnoʃən] (n.) 想法
- **notorious** [noˋtorɪəs] (adj.) 惡名昭彰的
- **nuclear** [ˋnjuklɪɚ] (adj.) 核子的
- **obey** [əˋbe] (v.) 聽從；服從
- **objection** [əbˋdʒɛkʃən] (n.) 反對；異議
- **objective** [əbˋdʒɛktɪv] (n.) 目的；(adj.) 客觀的
- **obvious** [ˋɑbvɪəs] (adj.) 明顯的
- **obviously** [ˋɑbvɪəslɪ] (adv.) 明顯地；顯然地
- **occasion** [əˋkeʒən] (v.) 引起；(n.) 時刻；機會
- **occasional** [əˋkeʒənl̩] (adj.) 偶爾的；應景的
- **occupation** [͵ɑkjəˋpeʃən] (n.) 職業；占有期間
- **office** [ˋɔfɪs] (n.) 辦公室；職務
- **officer** [ˋɔfəsɚ] (n.) 公務員
- **official** [əˋfɪʃəl] (n.) 官員；(adj.) 官方的；正式的
- **Olympic** [oˋlɪmpɪk] (n.) (常用複數)奧林匹克運動會
- **onward** [ˋɑnwɚd] (adj.) 前進的；(adv.) 向前地；前進地
- **open-air** [ˋopənˋɛr] (adj.) 戶外的；野外的
- **openly** [ˋopənlɪ] (adv.) 公開地；坦率地
- **open-minded** [ˋopənˋmaɪndɪd] (adj.) 無偏見的
- **operate** [ˋɑpə͵ret] (v.) 操作；動手術；工作
- **operation** [͵ɑpəˋreʃən] (n.) 運轉；(法律)實施
- **opinion** [əˋpɪnjən] (n.) 見解
- **opponent** [əˋponənt] (n.) 敵手；(adj.) 敵對的
- **opportunity** [͵ɑpɚˋtjunətɪ] (n.) 機會；時機
- **oral** [ˋorəl] (n.) 口試；(adj.) 口頭的
- **orange** [ˋɔrɪndʒ] (n.) 橙；(adj.) 橙色的
- **orchestra** [ˋɔrkɪstrə] (n.) 管弦樂隊
- **organ** [ˋɔrgən] (n.) 器官
- **organic** [ɔrˋgænɪk] (adj.) 生物的；有機的
- **organization** [͵ɔrgənəˋzeʃən] (n.) 組織；有機體
- **orient** [ˋorɪənt] (n.) (大寫)亞洲；東方(國家)；(adj.) 東方的
- **oriental** [͵orɪˋɛntl̩] (n.) (大寫)東方人；

(adj.) 東方的

- **original** [ə`rɪdʒən!] (n.) 原文；有創意的人；(adj.) 新穎的；最初的
- **originality** [ə͵rɪdʒə`nælətɪ] (n.) 新穎；創意
- **orphan** [`ɔrfən] (n.) 孤兒；(adj.) 孤兒的
- **outcome** [`aut͵kʌm] (n.) 結局；結果
- **outline** [`aut͵laɪn] (n.) 外形；大綱；(v.) 概述；畫出…的輪廓
- **output** [`aut͵put] (v.) 生產
- **outstanding** [aut`stændɪŋ] (adj.) 傑出的；突出的；(n.) 未清帳款
- **overdue** [`ovə`dju] (adj.) 遲到的；過期未付的
- **overpass** [(v.) ͵ovə`pæs, (n.) `ovə͵pæs] (v.) 越過；(n.) 天橋；高架道
- **oxygen** [`ɑksədʒən] (n.) 氧；氧氣
- **package** [`pækɪdʒ] (v.) 把…打包；(n.) 包裹
- **packing** [`pækɪŋ] (n.) 包裝(物)；填料
- **parade** [pə`red] (n.) 遊行；閱兵場；閱兵(典禮)
- **paradox** [`pærə͵dɑks] (n.) 自相矛盾的人[事]
- **partition** [pɑr`tɪʃən] (n.) 分割；隔板
- **partner** [`pɑrtnə] (n.) 合夥人；配偶
- **passage** [`pæsɪdʒ] (n.) (樂曲、文章)一段；(時間的)推移；通過
- **passenger** [`pæsn̩dʒə] (n.) 乘客；旅客
- **passer-by** [`pæsə`baɪ] (n.) 過路人
- **passionate** [`pæʃənɪt] (adj.) 熱情的
- **passive** [`pæsɪv] (n.) 被動語態；(adj.) 被動的
- **pattern** [`pætən] (n.) 圖案；(v.) 給…加上花樣
- **payable** [`peəb!] (adj.) 應支付的
- **payment** [`pemənt] (n.) 支付；支付的金額
- **peace** [pis] (n.) 和平；治安；寧靜
- **peculiar** [pɪ`kjuljə] (n.) 特權；(adj.) 獨特的；奇怪的
- **penalty** [`pɛn!tɪ] (n.) 處罰；罰球
- **perfect** [(v.) pə`fɛkt, (n.) `pɝfɪkt] (v.) 使完美；(n.) (語法)完成式；(adj.)完美的
- **perfectly** [`pɝfɪktlɪ] (adv.) 完美地；完全地
- **perfection** [pə`fɛkʃən] (n.) 完美；完成；極致；典型
- **perform** [pə`fɔrm] (v.) 完成；(機器)運轉；表演
- **performance** [pə`fɔrməns] (n.) 演出；(機器等的)性能；(人的)行為
- **perish** [`pɛrɪʃ] (v.) 毀壞；消滅
- **permanent** [`pɝmənənt] (adj.) 永恆的；常置的
- **permission** [pə`mɪʃən] (n.) 同意；許可
- **personal** [`pɝsn!] (adj.) 個人的；親自

的；攻擊個人的

- **personally** [`pɝsn̩lɪ] (adv.) 親自地
- **personality** [ˏpɝsn̩`ælətɪ] (n.) 個性；名人；誹謗
- **persuade** [pɚ`swed] (v.) 說服；勸服
- **persuasion** [pɚ`sweʒən] (n.) 勸說；宗派
- **persuasive** [pɚ`swesɪv] (adj.) 有說服力的
- **pessimism** [`pɛsəˏmɪzəm] (n.) 悲觀
- **phrase** [frez] (v.) 用言詞表達；(n.) 片語；警句
- **physical** [`fɪzɪkl̩] (n.) 身體檢查；(adj.) 物質的；肉體的
- **physician** [fə`zɪʃən] (n.) 醫生
- **physics** [`fɪzɪks] (n.) 物理學
- **pick** [pɪk] (v.) 採；(n.) 選擇(權)
- **picnic** [`pɪknɪk] (n.) 野餐；郊遊
- **picture** [`pɪktʃɚ] (v.) 畫；(n.) 圖畫；(生動的)描寫
- **pillar** [`pɪlɚ] (n.) 柱子
- **pioneer** [ˏpaɪə`nɪr] (v.) 開闢；(n.) 先驅；拓荒者
- **pity** [`pɪtɪ] (v.) 憐憫；(n.) 憐憫；憾事
- **place** [ples] (v.) 放；決定(選手)名次；(n.) 名次；場所
- **planet** [`plænɪt] (n.) 行星
- **plant** [plænt] (v.) 栽種；(n.) 植物；工廠
- **polite** [pə`laɪt] (adj.) 有禮貌的；殷勤的；優雅的
- **political** [pə`lɪtɪkl̩] (adj.) 政治(上)的
- **politician** [ˏpɑlə`tɪʃən] (n.) 政治家；政客
- **pollute** [pə`lut] (v.) 污染；玷污
- **pollution** [pə`luʃən] (n.) 污染
- **popular** [`pɑpjəlɚ] (adj.) 大眾的；流行的
- **popularity** [ˏpɑpjə`lærətɪ] (n.) 大眾化
- **popularly** [`pɑpjəlɚlɪ] (adv.) 普及地
- **population** [ˏpɑpjə`leʃən] (n.) 人口
- **portray** [por`tre] (v.) 畫；(用語言)描寫；扮演
- **possession** [pə`zɛʃən] (n.) 所有物；著魔
- **possible** [`pɑsəbl̩] (n.) (adj.) 可能的；尚可的
- **power** [`paʊɚ] (n.) 力(量)
- **powerful** [`paʊɚfəl] (adj.) 有權勢的；強有力的
- **practice** [`præktɪs] (v.) 練習；(n.) 練習；實踐
- **preach** [pritʃ] (v.) 傳道；宣揚；(n.) 訓誡；說教
- **precise** [prɪ`saɪs] (adj.) 正準的；嚴格的
- **precisely** [prɪ`saɪslɪ] (adv.) 準確地
- **prefer** [prɪ`fɝ] (v.) 更喜歡
- **preferable** [`prɛfərəbl̩] (adj.) 更合意的
- **prepare** [prɪ`pɛr] (v.) 準備，籌備

- **prescribe** [prɪ`skraɪb] (v.) 指示；開(藥方)
- **prevail** [prɪ`vel] (v.) 普及；勝過
- **prevalent** [`prɛvələnt] (adj.) 普遍的；流行的
- **previous** [`priviəs] (adj.) 以前的
- **previously** [`priviəslɪ] (adv.) 以前；先前
- **primary** [`praɪ͵mɛrɪ] (n.) (adj.) 主要的
- **principal** [`prɪnsəpḷ] (n.) 校長；(adj.) 重要的；資本的
- **principally** [`prɪnsəpḷɪ] (adv.) 大部分；主要地
- **privacy** [`praɪvəsɪ] (n.) 隱私；隱退
- **private** [`praɪvɪt] (n.) 士兵；(adj.) 私人的；祕密的
- **profession** [prə`fɛʃən] (n.) 職業
- **professional** [prə`fɛʃənḷ] (adj.) 職業(上)的；(n.) 職業選手；專家
- **project** [`prɑdʒɛkt] (n.) 計畫
- **promising** [`prɑmɪsɪŋ] (adj.) 有希望的
- **prompt** [prɑmpt] (adj.) 敏捷的；即時的
- **proper** [`prɑpɚ] (adj.) 適當的，端正的
- **properly** [`prɑpɚlɪ] (adv.) 正確地；適當地
- **public** [`pʌblɪk] (n.) 大眾；(adj.) 公眾的；公務的
- **publication** [͵pʌblɪ`keʃən] (n.) 出版；出版物
- **publish** [`pʌblɪʃ] (v.) 出版；出版…的著作
- **punish** [`pʌnɪʃ] (v.) 處罰，懲罰
- **quantity** [`kwɑntətɪ] (n.) 量
- **quarter** [`kwɔrtɚ] (n.) 四分之一；(美國、加拿大的)25 分硬幣
- **quest** [kwɛst] (v.) 探求；尋求；(n.) 探索；追求
- **question** [`kwɛstʃən] (v.) 詢問；(n.) 詢問；疑問句
- **ransom** [`rænsəm] (v.) 贖回；(n.) 贖金；贖身
- **rare** [rɛr] (adj.) 罕見的；稀薄的；(肉等)半熟的
- **readily** [`rɛdḷɪ] (adv.) 迅速地；容易地
- **ready** [`rɛdɪ] (adj.) 準備好的；立刻的
- **reality** [rɪ`ælətɪ] (n.) 現實
- **realm** [rɛlm] (n.) 國土
- **reasonable** [`riznəbḷ] (adj.) 合理的
- **reasonably** [`riznəblɪ] (adv.) 合理地；相當地
- **rebellion** [rɪ`bɛljən] (n.) 反抗
- **receipt** [rɪ`sit] (n.) 收據；收到的物[款項]
- **receive** [rɪ`siv] (v.) 收到
- **recent** [`risṇt] (adj.) 最近的
- **recently** [`risṇtlɪ] (adv.) 近來；最近
- **reception** [rɪ`sɛpʃən] (n.) 歡迎；(無線電、電視的)接收

- **recipe** [ˋrɛsəpɪ] (n.) 烹調法；祕訣
- **recognize** [ˋrɛkəgˏnaɪz] (v.) 承認；認出
- **recycle** [riˋsaɪkḷ] (v.) 回收再製
- **reduction** [rɪˋdʌkʃən] (n.) 減少；縮小
- **redundancy** [rɪˋdʌndənsɪ] (n.) 過多；多餘物
- **redundant** [rɪˋdʌndənt] (adj.) 多餘的；冗長的
- **refer** [rɪˋfɝ] (v.) 交付；使參考；提及
- **referee** [ˏrɛfəˋri] (v.) 仲裁；(n.) 仲裁人
- **reflect** [rɪˋflɛkt] (v.) 照出；反射
- **reflection** [rɪˋflɛkʃən] (n.) 映像；深思
- **refrain** [rɪˋfren] (v.) 克制；忍住
- **refund** [(v.) rɪˋfʌnd, (n.) ˋriˏfʌnd] (v.) 退還；償還；(n.) 償還；退款
- **register** [ˋrɛdʒɪstɚ] (v.) 註冊；登記
- **regulate** [ˋrɛgjəˏlet] (v.) 控制
- **regulation** [ˏrɛgjəˋleʃən] (n.) 條例；規定
- **relax** [rɪˋlæks] (v.) 放鬆
- **release** [rɪˋlis] (v.) 釋放；(n.) 釋放；發行
- **reliable** [rɪˋlaɪəbḷ] (adj.) 可靠的；確實的
- **reliably** [rɪˋlaɪəblɪ] (adv.) 可靠地；確實地
- **relief** [rɪˋlif] (n.) 安心；救濟金
- **relieve** [rɪˋliv] (v.) 解除；換班
- **religion** [rɪˋlɪdʒən] (n.) 宗教
- **religious** [rɪˋlɪdʒəs] (adj.) 修道的；宗教的
- **remarkable** [rɪˋmɑrkəbḷ] (adj.) 非凡的
- **remarkably** [rɪˋmɑrkəblɪ] (adv.) 非常；明顯地
- **repeat** [rɪˋpit] (v.) 重複；重做
- **repetition** [ˏrɛpɪˋtɪʃən] (n.) 反覆
- **replace** [rɪˋples] (v.) 把…放回(原處)；代替
- **represent** [ˏrɛprɪˋzɛnt] (v.) 代表
- **require** [rɪˋkwaɪr] (v.) 需要；命令
- **rescue** [ˋrɛskjʊ] (v.) 援救；(n.) 援救；解救
- **resemble** [rɪˋzɛmbḷ] (v.) 像；類似
- **resist** [rɪˋzɪst] (v.) 抗拒；忍耐
- **resolution** [ˏrɛzəˋluʃən] (n.) 決心；果斷
- **resort** [rɪˋzɔrt] (v.) 求助
- **resourceful** [rɪˋsorsfəl] (adj.) 資源豐富的
- **respect** [rɪˋspɛkt] (v.) 尊敬
- **respectfully** [rɪˋspɛktfəlɪ] (adv.) 恭敬地
- **respective** [rɪˋspɛktɪv] (adj.) 個別的；各自的
- **responsible** [rɪˋspɑnsəbḷ] (adj.) 負責任的
- **retailer** [ˋritelɚ] (n.) 零售商；傳播者

- **rival** [ˋraɪvl̩] (n.) 對手；競爭者
- **rivalry** [ˋraɪvl̩rɪ] (n.) 競爭
- **robbery** [ˋrɑbərɪ] (n.) 搶劫；搶劫案
- **rotation** [roˋteʃən] (n.) 旋轉
- **roughly** [ˋrʌflɪ] (adv.) 粗魯地；大致上
- **safe** [sef] (n.) 保險箱；(adj.) 安全的
- **safeguard** [ˋsef͵gɑrd] (v.) 保護；(n.) 保護
- **safety** [ˋseftɪ] (n.) 安全
- **salary** [ˋsælərɪ] (n.) 薪資；薪水
- **sandwich** [ˋsændwɪtʃ] (n.) 三明治
- **sanitation** [͵sænəˋteʃən] (n.) 公共衛生；下水道設施
- **satire** [ˋsætaɪr] (n.) 諷刺
- **scene** [sin] (n.) (戲劇的)一場；景色
- **scenery** [ˋsinərɪ] (n.) 風景
- **schedule** [ˋskɛdʒul] (n.) 時間表；表
- **scholar** [ˋskɑlɚ] (n.) 學者；領獎學金的人
- **scholarship** [ˋskɑlɚ͵ʃɪp] (n.) 獎學金
- **score** [skor] (v.) 記(分)；(n.) 比數；分數
- **search** [sɝtʃ] (v.) 搜查，搜尋；調查
- **seasonal** [ˋsizn̩əl] (adj.) 季節的
- **secret** [ˋsikrɪt] (n.) 祕密；(adj.) 祕密的
- **secretly** [ˋsikrɪtlɪ] (adv.) 祕密地；背地裡
- **senior** [ˋsinjɚ] (n.) 年長者；(大學)四年級生；(adj.) 年長的
- **sensation** [sɛnˋseʃən] (n.) 感覺；知覺；激動
- **sense** [sɛns] (n.) 感官；(v.) 感覺到
- **sensitive** [ˋsɛnsətɪv] (adj.) 敏感的
- **separate** [(v.) ˋsɛpə͵ret, (adj.) ˋsɛprɪt] (v.) 分隔；(adj.) 個別的
- **separately** [ˋsɛpərɪtlɪ] (adv.) 分離地；分別地
- **series** [ˋsɪrɪz] (n.) 連續
- **serious** [ˋsɪrɪəs] (adj.) 嚴重的
- **seriously** [ˋsɪrɪəslɪ] (adv.) 嚴肅地；當真地
- **severe** [səˋvɪr] (adj.) 嚴厲的
- **shameful** [ˋʃemfəl] (adj.) 丟臉的；可恥的
- **shepherd** [ˋʃɛpɚd] (n.) 牧羊人
- **shine** [ʃaɪn] (v.) 使發光；(n.) 光亮；擦亮
- **shock** [ʃɑk] (v.) 使震動；(n.) 打擊；震驚
- **shocking** [ˋʃɑkɪŋ] (adj.) 令人震驚的；極壞的
- **signature** [ˋsɪgnətʃɚ] (n.) 簽名；署名
- **significance** [sɪgˋnɪfəkəns] (n.) 重要性；意義
- **significant** [sɪgˋnɪfəkənt] (adj.) 重大的
- **significantly** [sɪgˋnɪfəkəntlɪ] (adv.) 意味深長地
- **silk** [sɪlk] (n.) 蠶絲，絲；絲織品
- **silly** [ˋsɪlɪ] (adj.) 愚蠢的；無聊的

- **similar** [ˋsɪmələ˞] (adj.) 相似的；類似的
- **similarly** [ˋsɪmələ˞lɪ] (adj.) 相似地
- **simple** [ˋsɪmpḷ] (adj.) 簡單的
- **simplicity** [sɪmˋplɪsətɪ] (n.) 簡單
- **simulate** [ˋsɪmjə͵let] (v.) 模擬；假裝
- **sin** [sɪn] (n.) 罪，罪惡
- **sincere** [sɪnˋsɪr] (adj.) 真實的；誠摯的
- **sincerely** [sɪnˋsɪrlɪ] (adv.) 真誠地
- **single** [ˋsɪŋgḷ] (v.) 選出；(adj.) 單一的；單身的
- **singular** [ˋsɪŋgjələ˞] (adj.) 單數的；奇異的
- **singularly** [ˋsɪŋgjələ˞lɪ] (adv.) 奇異地
- **sleep** [slip] (v.) 睡
- **sleepy** [ˋslipɪ] (adj.) 睏倦的；安靜的
- **slender** [ˋslɛndə˞] (adj.) 細長的；微薄的
- **slowly** [ˋslolɪ] (adv.) 慢慢地
- **sneeze** [sniz] (v.) 打噴嚏；(n.) 噴嚏
- **soar** [sor] (v.) 高漲；(n.) 高飛
- **social** [ˋsoʃəl] (adj.) 社會的；群居的
- **society** [səˋsaɪətɪ] (n.) 社會
- **sofa** [ˋsofə] (n.) 沙發
- **softly** [ˋsɔftlɪ] (adv.) 柔軟地；溫柔地
- **software** [ˋsɔft͵wɛr] (n.) 軟體
- **solemn** [ˋsɑləm] (adj.) 莊嚴的；嚴肅的
- **solemnly** [ˋsɑləmlɪ] (adv.) 嚴肅地；莊嚴地
- **solution** [səˋluʃən] (n.) 溶解
- **solve** [sɑlv] (v.) 解決
- **special** [ˋspɛʃəl] (adj.) 特別的；特殊的
- **specially** [ˋspɛʃəlɪ] (adv.) 特別地；專門地
- **specific** [spɪˋsɪfɪk] (adj.) 明確的；特定的
- **specify** [ˋspɛsə͵faɪ] (v.) 指定
- **spectator** [ˋspɛktetə˞] (n.) 觀眾
- **speculate** [ˋspɛkjə͵let] (v.) 沉思
- **speedy** [ˋspidɪ] (adj.) 快的；敏捷的
- **spell** [spɛl] (v.) 拼寫
- **spelling** [ˋspɛlɪŋ] (n.) 拼字；拼法
- **spoon** [spun] (n.) 匙；調羹
- **square** [skwɛr] (n.) 正方形；(adj.) 正方形的；正直的
- **stability** [stəˋbɪlətɪ] (n.) 穩定(性)
- **stable** [ˋstebḷ] (adj.) 穩定的
- **stage** [stedʒ] (v.) 演出；(n.) 舞臺；驛站
- **standard** [ˋstændə˞d] (n.) 標準；規格
- **stare** [stɛr] (v.) 凝視，注視
- **state** [stet] (v.) 陳述；(n.) 國家；(adj.) 國家的
- **stature** [ˋstætʃə˞] (n.) 身高；才幹
- **status** [ˋstetəs] (n.) 身分
- **steak** [stek] (n.) 牛排
- **stopover** [ˋstɑp͵ovə˞] (n.) 中途停留
- **storekeeper** [ˋstor͵kipə˞] (n.) 店主
- **stress** [strɛs] (v.) 強調
- **strong** [strɔŋ] (adj.) 強的；強烈的
- **strongly** [ˋstrɔŋlɪ] (adv.) 強有力的；激

烈地

- **structure** [`strʌktʃɚ] (n.) 結構；(v.) 建築；組織
- **stubborn** [`stʌbɚn] (adj.) 頑固的；堅決的
- **student** [`stjudn̩t] (n.) 學生；學者
- **study** [`stʌdɪ] (v.) 學習
- **subject** [`sʌbdʒɪkt] (n.) 主題，題目；學科；(adj.) 易受…的
- **success** [sək`sɛs] (n.) 成功
- **successor** [sək`sɛsɚ] (n.) 繼承者
- **sue** [su] (v.) 控告；請求；提出訴訟
- **suggest** [səg`dʒɛst] (v.) 建議；暗示
- **suicide** [`suəˏsaɪd] (v.) 自殺；自毀
- **suitcase** [`sutˏkes] (n.) 手提箱；衣箱
- **supermarket** [`supɚˏmarkɪt] (n.) 超級市場
- **suppose** [sə`poz] (v.) 推測；猜想
- **swallow** [`swɑlo] (v.) 吞下，嚥下；(n.) 吞嚥；燕子
- **swear** [swɛr] (v.) 發誓；詛咒
- **symbol** [`sɪmbl̩] (n.) 記號；象徵
- **sympathy** [`sɪmpəθɪ] (n.) 同情
- **tablet** [`tæblɪt] (n.) 藥片；便箋簿
- **taboo** [tə`bu] (v.) 把…列為禁忌；(n.) 禁忌；(adj.) 禁忌的
- **tact** [tækt] (n.) 老練；機智
- **tactful** [`tæktfəl] (adj.) 機智的
- **taste** [test] (v.) 品嘗；(n.) 味道；鑑賞力
- **tasteful** [`testfəl] (adj.) 有鑑賞力的；雅致的
- **tax** [tæks] (n.) 稅；重擔
- **taxable** [`tæksəbl̩] (adj.) 可徵稅的，應納稅的
- **tax-free** [`tæksˏfri] (adj.) 免稅的
- **teaching** [`titʃɪŋ] (n.) 教學
- **technical** [`tɛknɪkl̩] (adj.) 技術的
- **technician** [tɛk`nɪʃən] (n.) 技術員；技師
- **technique** [tɛk`nik] (n.) 技術；方法
- **technological** [tɛknə`lɑdʒɪkl̩] (adj.) 科技的
- **technology** [tɛk`nɑlədʒɪ] (n.) 科技；工藝
- **tempo** [`tɛmpo] (n.) (音樂) 拍子
- **temporary** [`tɛmpəˏrɛrɪ] (n.) 臨時工；(adj.) 暫時的；臨時的
- **tempt** [tɛmpt] (v.) 誘惑；引誘
- **temptation** [tɛmp`teʃən] (n.) 誘惑；誘惑物
- **tenant** [`tɛnənt] (v.) 租賃，租用；(n.) 承租人；房客
- **tension** [`tɛnʃən] (v.) 拉緊；(n.) 拉緊；緊張關係；張力
- **terrify** [`tɛrəˏfaɪ] (v.) 使…恐懼；威脅
- **territory** [`tɛrəˏtorɪ] (n.) 領土
- **terror** [`tɛrɚ] (n.) 恐怖
- **terrorism** [`tɛrɚˏrɪzəm] (n.) 恐怖主義

- **thunderstorm** [ˋθʌndɚˏstɔrm] (n.) 雷雨
- **tide** [taɪd] (n.) 潮水，潮汐；趨勢
- **tidy** [ˋtaɪdɪ] (v.) 使整齊；(adj.) 整齊的；整潔的
- **timely** [ˋtaɪmlɪ] (adj.) 及時的；適時的
- **tired** [taɪrd] (adj.) 疲勞的；厭倦的
- **tiresome** [ˋtaɪrsəm] (adj.) 令人厭煩的
- **tiring** [ˋtaɪrɪŋ] (adj.) 引起疲勞的；累人的
- **treasure** [ˋtrɛʒɚ] (v.) 珍藏；(n.) 財寶；財富
- **treatment** [ˋtritmənt] (n.) 治療
- **treaty** [ˋtritɪ] (n.) 條約；協定
- **triumph** [ˋtraɪəmf] (v.) 獲得勝利；(n.) 勝利；成功
- **triumphant** [traɪˋʌmfənt] (adj.) 勝利的；得意洋洋的
- **tropic** [ˋtrɑpɪk] (n.) 回歸線；(adj.) 熱帶的
- **tropical** [ˋtrɑpɪkḷ] (adj.) 熱帶的
- **truth** [truθ] (n.) 事實；真理
- **truthful** [ˋtruθfəl] (adj.) 誠實的
- **truthfully** [ˋtruθfəlɪ] (adv.) 誠實地
- **typhoon** [taɪˋfun] (n.) 颱風
- **typical** [ˋtɪpɪkḷ] (adj.) 典型的
- **typically** [ˋtɪpɪkḷɪ] (adv.) 典型地
- **tyranny** [ˋtɪrənɪ] (n.) 苛政；專制政治
- **tyrant** [ˋtaɪrənt] (n.) 暴君
- **unable** [ʌnˋebḷ] (adj.) 不能的，無能力的
- **unaccompanied** [ˏʌnəˋkʌmpənɪd] (adj.) 無陪伴的
- **unbearable** [ʌnˋbɛrəbḷ] (adj.) 無法承受的
- **unbeatable** [ʌnˋbitəbḷ] (adj.) 不能打敗的，無敵的
- **unbelievable** [ˏʌnbəˋlivəbḷ] (adj.) 令人難以置信的
- **unconsciously** [ʌnˋkɑnʃəslɪ] (adv.) 無意識地
- **uncontrollable** [ˏʌnkənˋtroləbḷ] (adj.) 無法控制的
- **undoubtedly** [ʌnˋdaʊtɪdlɪ] (adv.) 無疑地；的確
- **unemployment** [ˏʌnɪmˋplɔɪmənt] (n.) 失業
- **unexpectedly** [ˏʌnɪkˋspɛktɪdlɪ] (adv.) 出乎意料地
- **unforgettable** [ˏʌnfɚˋgɛtəbḷ] (adj.) 令人難忘的
- **unfortunate** [ʌnˋfɔrtʃənɪt] (n.) 不幸的人；(adj.) 不幸的
- **unfortunately** [ʌnˋfɔrtʃənɪtlɪ] (adv.) 不幸地；可惜地
- **unhappily** [ʌnˋhæpɪlɪ] (adv.) 不幸地
- **unhappy** [ʌnˋhæpɪ] (adj.) 不快樂的；不幸的

- **uniform** [ˋjunə͵fɔrm] (n.) 制服；軍服；(adj.) 相同的；一致的
- **unify** [ˋjunə͵faɪ] (v.) 使成一體
- **union** [ˋjunjən] (n.) 聯合；聯盟
- **unique** [juˋnik] (adj.) 唯一的；獨特的
- **unity** [ˋjunətɪ] (n.) 統一
- **universal** [͵junəˋvɝsḷ] (adj.) 全世界的；普通的
- **unknown** [ʌnˋnon] (adj.) 不為人知的；未知的
- **unnatural** [ʌnˋnætʃərəl] (adj.) 不自然的
- **unnecessary** [ʌnˋnɛsə͵sɛrɪ] (adj.) 不必要的；無用的
- **unpleasant** [ʌnˋplɛzṇt] (adj.) 使人不愉快的
- **update** [(v.) ͵ʌpˋdet, (n.) ˋʌpdet] (v.) 更新；(n.) 最新版
- **upgrade** [(v.) ͵ʌpˋgred, (n.) ˋʌp͵gred] (v.) 使升級；(n.) 上坡
- **value** [ˋvælju] (v.) 估價；(n.) 價值；評價
- **valueless** [ˋvæljulɪs] (adj.) 沒價值的，沒用的
- **vampire** [ˋvæmpaɪr] (n.) 吸血鬼
- **van** [væn] (n.) 有蓋貨車
- **vanilla** [vəˋnɪlə] (n.) 香草
- **vehicle** [ˋviɪkḷ] (n.) 交通工具；傳播媒介
- **verb** [vɝb] (n.) 動詞
- **verbal** [ˋvɝbḷ] (adj.) 口頭的，言辭上的；動詞的
- **versatile** [ˋvɝsətḷ] (adj.) 多才多藝的；多方面用途的
- **version** [ˋvɝʒən] (n.) 譯文
- **victory** [ˋvɪktərɪ] (n.) 勝利
- **villain** [ˋvɪlən] (n.) 壞人；罪犯
- **visit** [ˋvɪzɪt] (v.) 參觀；(n.) 遊覽；訪問
- **visitor** [ˋvɪzɪtɚ] (n.) 參觀者；訪客
- **vitality** [vaɪˋtælətɪ] (n.) 活力
- **vitamin** [ˋvaɪtəmɪn] (n.) 維生素
- **vocation** [voˋkeʃən] (n.) 職業，行業
- **volunteer** [͵vɑlənˋtɪr] (v.) 自告奮勇地做；(n.) 志願兵；志願者
- **vow** [vaʊ] (v.) 發誓
- **voyage** [ˋvɔɪɪdʒ] (v.) 航行；(n.) 航行；航海
- **vulnerable** [ˋvʌlnərəbḷ] (adj.) 易受傷害的；易受攻擊的
- **warm** [wɔrm] (adj.) 暖和的；熱情的
- **warmth** [wɔrmθ] (n.) 溫暖；熱情
- **warrant** [ˋwɔrənt] (v.) 證明…為正當；保證；(n.) 正當理由；許可證
- **warranty** [ˋwɔrəntɪ] (n.) 保證書，保證
- **warrior** [ˋwɔrɪɚ] (n.) 戰士，士兵
- **wide** [waɪd] (adj.) 寬的；(adv.) 廣闊地
- **widely** [ˋwaɪdlɪ] (adv.) 廣大地；廣泛地
- **width** [wɪdθ] (n.) 寬度；幅
- **windy** [ˋwɪndɪ] (adj.) 颳風的

- **wire** [waɪr] (n.) 金屬線；電報
- **wireless** [`waɪrlɪs] (n.) 無線電；(adj.) 無線的
- **wood** [wʊd] (n.) 木頭，木材；樹林
- **wooden** [`wʊdn̩] (n.) 木製的；笨拙的
- **workload** [`wɝk͵lod] (n.) 工作量
- **worksheet** [`wɝk͵ʃit] (n.) 工作表
- **workshop** [`wɝk͵ʃɑp] (n.) 工廠；工作坊
- **worse** [wɝs] (adj.) (bad, ill 的比較級) 更壞的；惡化的；(adv.) 更壞地
- **worship** [`wɝʃəp] (v.) 崇拜；(n.) 崇拜；尊敬
- **worst** [wɝst] (adj.) (bad, ill 的最高級) 最差的；(adv.) 最差地；最壞地
- **worth** [wɝθ] (n.) 價值；(adj.) 價值…的
- **worthless** [`wɝθlɪs] (adj.) 無價值的
- **worthwhile** [`wɝθ`hwaɪl] (adj.) 值得做的
- **wrong** [rɔŋ] (n.) 邪惡；不正；(adj.) 錯誤的；(adv.) 錯誤地
- **Xmas** [`krɪsməs] (n.) 耶誕節
- **X-ray** [`ɛks`re] (n.) X 光，X 射線
- **yell** [jɛl] (v.) 大聲喊叫；(n.) 喊聲；叫聲
- **yield** [jild] (v.) 生產；讓給；投降；(n.) 生產；收成
- **yoga** [`jogə] (n.) 瑜珈；瑜珈術
- **yummy** [`jʌmɪ] (adj.) 美味的
- **zealous** [`zɛləs] (adj.) 熱心的
- **zebra** [`zibrə] (n.) 斑馬
- **zoologist** [zo`ɑlədʒɪst] (n.) 動物學家

EXERCISE 01

1. She goes ________ every Sunday evening.

   Ⓐ shopping Ⓑ shop Ⓒ to shopping Ⓓ shops

2. You can't ________ on him because he always lies.

   Ⓐ trust Ⓑ depend Ⓒ master Ⓓ press

3. If you have time, you can take ________ in the tennis club.

   Ⓐ package Ⓑ part Ⓒ participate Ⓓ parcel

4. I think we need a ________ to understand the details.

   Ⓐ say Ⓑ tell Ⓒ talk Ⓓ express

5. Jack was in a serious car accident, but he luckily ________.

   Ⓐ survived Ⓑ escaped Ⓒ succeeded Ⓓ remained

6. Of all the ________, dogs are the most friendly pets.

   Ⓐ airports Ⓑ answers Ⓒ passages Ⓓ animals

7. If you don't understand a word, you could look it up in a ________.

   Ⓐ theater Ⓑ magazine Ⓒ camera Ⓓ dictionary

8. I suffered insomnia so the doctor prescribed some medicine to help ________ sleep.

   Ⓐ fall Ⓑ battle Ⓒ fight Ⓓ add

9. I am very sure that this is ________ the bag I lost last week.

   Ⓐ precisely Ⓑ hopefully Ⓒ particularly Ⓓ globally

10. It took me several hours to ________ the parts into a model airplane.

    Ⓐ inspect Ⓑ expand Ⓒ assemble Ⓓ download

1.A 2.B 3.B 4.C 5.A 6.D 7.D 8.A 9.A 10.C

EXERCISE 02

1. Don't blame me for the breakdown of the machine! It's not my ________!
   Ⓐ talent Ⓑ criminal Ⓒ fault Ⓓ passion
2. That new shop sells small electrical ________ for household use.
   Ⓐ applies Ⓑ appliances Ⓒ mechanics Ⓓ applesauce
3. One way of cutting down waste is to ________ such things as glass and paper.
   Ⓐ recycle Ⓑ renew Ⓒ repeat Ⓓ redirect
4. No one could ________ the old woman to leave the sinking ship.
   Ⓐ pursuit Ⓑ purchase Ⓒ persuade Ⓓ perceive
5. A notebook computer is a ________ computer that you can carry around with you
   Ⓐ huge Ⓑ portable Ⓒ local Ⓓ miserable
6. During rush hour streets are filled with every kind of ________.
   Ⓐ vicious Ⓑ cousin Ⓒ cover Ⓓ vehicle
7. Tonight there will be a lecture by Dr. Ford, an ________ in the field of literature.
   Ⓐ mop Ⓑ ring Ⓒ expert Ⓓ coward
8. He won't listen to a word you say. He's so ________.
   Ⓐ stubborn Ⓑ fortunate Ⓒ real Ⓓ punctual
9. English has become a very important ________ language. It's spoken all over the world.
   Ⓐ native Ⓑ international Ⓒ national Ⓓ attractive
10. Heat and Light are both types of ________.
    Ⓐ energy Ⓑ metal Ⓒ gold Ⓓ silver

答案

1.Ⓒ 2.Ⓑ 3.Ⓐ 4.Ⓒ 5.Ⓑ 6.Ⓓ 7.Ⓒ 8.Ⓐ 9.Ⓑ 10.Ⓐ

EXERCISE 03

1. Smoking is ________ to one's health.
   Ⓐ national Ⓑ usual Ⓒ informal Ⓓ harmful
2. The police should ________ laws to stop people from stealing.
   Ⓐ profit Ⓑ ignore Ⓒ enforce Ⓓ interview
3. It was easy to find seats in the train because there were so few ________.
   Ⓐ drivers Ⓑ stations Ⓒ passengers Ⓓ tickets
4. The contract ________ next week.
   Ⓐ conspires Ⓑ aspires Ⓒ perspires Ⓓ expires
5. Regular living habits are ________ to health.
   Ⓐ invalid Ⓑ interesting Ⓒ essential Ⓓ superficial
6. Vicky didn't want to stop and eat lunch with Claire, but Claire ________.
   Ⓐ increased Ⓑ instructed Ⓒ insisted Ⓓ interested
7. It was a ________ that Bill and Tony applied for the same college at the same time.
   Ⓐ courtesy Ⓑ consistency Ⓒ coincidence Ⓓ correspondence
8. If you want to ________ money from one account to another, you need to fill out the form.
   Ⓐ transfer Ⓑ prefer Ⓒ count Ⓓ describe
9. Judy doesn't speak Japanese, so you'll have to ________ for her.
   Ⓐ explain Ⓑ translate Ⓒ indicate Ⓓ agree
10. Reporters seem to follow the movies stars everywhere so they don't get much ________.
    Ⓐ light Ⓑ money Ⓒ flashlight Ⓓ privacy

答案

1.D 2.C 3.C 4.D 5.C 6.C 7.C 8.A 9.B 10.D

EXERCISE 04

1. When you ________ 6 by 8, the answer is 48.

   Ⓐ add Ⓑ multiply Ⓒ divide Ⓓ subtract

2. Lily is always dreaming; she isn't a ________ person.

   Ⓐ populated Ⓑ practical Ⓒ potential Ⓓ primitive

3. Eating fresh fruit is better than drinking ________.

   Ⓐ ice cream Ⓑ noodles Ⓒ juice Ⓓ snacks

4. Before you go to school, don't ________ to turn off the lights.

   Ⓐ forget Ⓑ stop Ⓒ remember Ⓓ decide

5. In the past year I have developed an important relationship with my ________.

   Ⓐ professor Ⓑ suspect Ⓒ regulation Ⓓ respect

6. In the movie, all the stuffed animals came ________.

   Ⓐ live Ⓑ lives Ⓒ alive Ⓓ living

7. William just broke up with his girl friend and is in a bad ________.

   Ⓐ mind Ⓑ shape Ⓒ mood Ⓓ store

8. I am ________ in learning English.

   Ⓐ scared Ⓑ terrible Ⓒ colorful Ⓓ interested

9. I have a girlfriend ________ name is Judy.

   Ⓐ who's Ⓑ who Ⓒ whose Ⓓ her

10. Karen is ________ waiting for her son, who should have been home an hour ago.

    Ⓐ excitedly Ⓑ horribly Ⓒ happily Ⓓ anxiously

答案

1.B 2.B 3.C 4.A 5.A 6.C 7.C 8.D 9.C 10.D

EXERCISE 05

1. Your bag is similar to ________.
   Ⓐ me Ⓑ I Ⓒ mine Ⓓ my
2. The noise of the traffic ________ us form hearing what the teacher said.
   Ⓐ prevented Ⓑ showed Ⓒ changed Ⓓ told
3. Remember to wash your ________ before you eat.
   Ⓐ legs Ⓑ hands Ⓒ arms Ⓓ lips
4. A proper diet and ________ exercise would help maintain good health.
   Ⓐ regular Ⓑ heavy Ⓒ creative Ⓓ ordinary
5. Three weeks ago, Joy was just an ________, but now she is a close friend.
   Ⓐ acquaintance Ⓑ alien Ⓒ partner Ⓓ foreigner
6. I would rather die than ________.
   Ⓐ thief Ⓑ steal Ⓒ crime Ⓓ thieves
7. You ________ won't need my e-mail. But I will give it to you in case you need it later.
   Ⓐ maybe Ⓑ rarely Ⓒ possible Ⓓ probably
8. I ________ any comments to the press.
   Ⓐ agreed Ⓑ accepted Ⓒ deflected Ⓓ declined
9. It is ________ to park cars on the sidewalk.
   Ⓐ reasonable Ⓑ illogical Ⓒ illegal Ⓓ polite
10. The police came in and made a careful ________ of the house.
    Ⓐ test Ⓑ look Ⓒ respect Ⓓ examination

答案

1.Ⓒ 2.Ⓐ 3.Ⓑ 4.Ⓐ 5.Ⓐ 6.Ⓑ 7.Ⓓ 8.Ⓓ 9.Ⓒ 10.Ⓓ

EXERCISE 06

1. Job opportunity for new ________ may not be bad this year.

   Ⓐ graduation Ⓑ market Ⓒ supermarket Ⓓ graduates

2. A ________ diet is essential for everybody.

   Ⓐ terrible Ⓑ balanced Ⓒ light Ⓓ fancy

3. All you have to do today is ________ at home doing exercises.

   Ⓐ stay Ⓑ play Ⓒ keep Ⓓ protect

4. My bicycle is out of order. I need someone to ________ it right away.

   Ⓐ carry Ⓑ repair Ⓒ charge Ⓓ assemble

5. Tom become rich ________.

   Ⓐ overnight Ⓑ over night Ⓒ over Ⓓ night

6. Although doing exercise is important, some people ________ prefer watching TV.

   Ⓐ never Ⓑ ever Ⓒ until Ⓓ still

7. Stop sprinkling pepper on your soup, or it may get too ________.

   Ⓐ warm Ⓑ spicy Ⓒ delicious Ⓓ hot

8. Jack and his wife got lost and mistakenly ________ up in the wrong town.

   Ⓐ stopped Ⓑ showed Ⓒ started Ⓓ ended

9. My cell phone doesn't work. I forgot to ________ the battery.

   Ⓐ found Ⓑ recharge Ⓒ refund Ⓓ buy

10. My boss changes his mind about every ten minutes. So it is really ________ to be his subordinate.

    Ⓐ frustrating Ⓑ available Ⓒ fortunate Ⓓ afraid

答案

1.D 2.B 3.A 4.B 5.A 6.D 7.B 8.D 9.B 10.A

EXERCISE 07

1. Cathy and her sister are so ________. They could almost be twins.

   Ⓐ like Ⓑ alike Ⓒ the same Ⓓ same

2. The messages were ________ to English by e-mail.

   Ⓐ advanced Ⓑ joined Ⓒ explained Ⓓ transmitted

3. The exterior of Tony's apartment has a large ________.

   Ⓐ essay Ⓑ hobby Ⓒ balcony Ⓓ habit

4. Many records will be ________ in the next Olympic Games.

   Ⓐ out Ⓑ off Ⓒ broken Ⓓ cancelled

5. It must have rained, for the ________ is wet.

   Ⓐ ground Ⓑ environment Ⓒ earth Ⓓ neighborhood

6. I need to go now. I promise not to be ________ for the appointment tomorrow.

   Ⓐ happy Ⓑ stupid Ⓒ lazy Ⓓ late

7. My brother likes sports, but I like reading. We like ________ things.

   Ⓐ different Ⓑ another Ⓒ other Ⓓ same

8. He drank several cups of ________ tea to keep awake.

   Ⓐ heavy Ⓑ thick Ⓒ strong Ⓓ dense

9. The car accident has caused ________ damage to her eyesight; she can hardly see anything now.

   Ⓐ potential Ⓑ permanent Ⓒ private Ⓓ professional

10. The trip to France was full of ________, and we all really enjoyed it.

    Ⓐ exits Ⓑ adventures Ⓒ advisors Ⓓ explanations

答案

1.Ⓑ 2.Ⓓ 3.Ⓒ 4.Ⓒ 5.Ⓐ 6.Ⓓ 7.Ⓐ 8.Ⓒ 9.Ⓑ 10.Ⓑ

EXERCISE 08

1. I have never ________ from Tom since he left two years ago.

Ⓐ heard Ⓑ known Ⓒ watched Ⓓ felt

2. Have you seen today's newspaper? There's an interesting ________ about France.

Ⓐ association Ⓑ associate Ⓒ article Ⓓ artist

3. Some people use an ________ banking service to check their account using the internet.

Ⓐ interesting Ⓑ electronic Ⓒ expensive Ⓓ astonished

4. Have you ever experienced a dream in which, while trying to ________ from someone, you became rooted in the spot?

Ⓐ rob Ⓑ miss Ⓒ escape Ⓓ skip

5. I will visit you next Monday, if it is ________ for you.

Ⓐ convenient Ⓑ happy Ⓒ traditional Ⓓ illegal

6. The typhoon has caused occasional ________, so they are trying to restore electricity supply.

Ⓐ explosions Ⓑ blackouts Ⓒ earthquakes Ⓓ landslides

7. It's important to find a job you feel ________ about.

Ⓐ astonished Ⓑ busy Ⓒ allergic Ⓓ enthusiastic

8. According to the weather forecast, the ________ of rain is almost zero.

Ⓐ chance Ⓑ proof Ⓒ end Ⓓ key

9. My ________ is to take care of the disadvantaged.

Ⓐ readjustment Ⓑ irresponsibility Ⓒ responsibility Ⓓ adjustment

10. Sending packages containing ________ items is forbidden.

Ⓐ colorful Ⓑ prohibited Ⓒ amusing Ⓓ attractive

答案

1.Ⓐ 2.Ⓒ 3.Ⓑ 4.Ⓒ 5.Ⓐ 6.Ⓑ 7.Ⓓ 8.Ⓐ 9.Ⓒ 10.Ⓑ

EXERCISE 09

1. It ________ courage to make a speech in public.

Ⓐ does Ⓑ takes Ⓒ makes Ⓓ likes

2. It is my ________ as president of the university to welcome you to N.Y.U.

Ⓐ prize Ⓑ score Ⓒ power Ⓓ privilege

3. If you don't pay the bill right now, the Electricity Board will ________ your power.

Ⓐ discover Ⓑ invent Ⓒ disconnect Ⓓ establish

4. Tony's job at the government gives him a (an) ________ source of income.

Ⓐ risky Ⓑ steady Ⓒ available Ⓓ reasonable

5. The purpose of the test is to ________ students' English level and place them into different groups.

Ⓐ measure Ⓑ organize Ⓒ speak Ⓓ tell

6. This parking lot has no ________. We'll have to look for a parking space at another.

Ⓐ access Ⓑ enjoyment Ⓒ vacancy Ⓓ entertainment

7. We are grateful for your ________ in carrying out this difficult project.

Ⓐ decoration Ⓑ corporation Ⓒ operation Ⓓ cooperation

8. A good service ________ toward customers is important.

Ⓐ altitude Ⓑ attitude Ⓒ attraction Ⓓ satisfaction

9. I tried to ________ my fear of giving a speech in public.

Ⓐ complain Ⓑ increase Ⓒ overcome Ⓓ explore

10. Tony has reduced his ________ of coffee and alcohol.

Ⓐ consumption Ⓑ exception Ⓒ monopoly Ⓓ reaction

答案

1.Ⓑ 2.Ⓓ 3.Ⓒ 4.Ⓑ 5.Ⓐ 6.Ⓒ 7.Ⓓ 8.Ⓑ 9.Ⓒ 10.Ⓐ

EXERCISE 10

1. Most troubles can be avoided, but death and taxes are ________.
   Ⓐ reliable Ⓑ inevitable Ⓒ questionable Ⓓ recyclable
2. I'm so excited that I'll meet John tonight. He and I will have a ________ date.
   Ⓐ relative Ⓑ sensitive Ⓒ wonderful Ⓓ skilful
3. Shaking your head for "No" is not ________; in some places, shaking your head means "Yes."
   Ⓐ universal Ⓑ sensitive Ⓒ indifferent Ⓓ contemporary
4. Many children don't know how to do ________ because their parents usually wash their clothes for them.
   Ⓐ experiments Ⓑ assignments Ⓒ grocery Ⓓ laundry
5. In her speech, she ________ expressed the need for a new library.
   Ⓐ silly Ⓑ singly Ⓒ eloquently Ⓓ previously
6. The ________ weight limit for each mail is 1 kg.
   Ⓐ minimum Ⓑ maximum Ⓒ large Ⓓ height
7. The water in the pool is quite ________. It is only a few inches deep.
   Ⓐ far Ⓑ thirsty Ⓒ shallow Ⓓ hungry
8. Thousands of baseball fans jammed the ________ to see Chien-ming Wang play.
   Ⓐ stadium Ⓑ region Ⓒ skyscraper Ⓓ theater
9. The parrot used its strong ________ to crack open the nuts.
   Ⓐ topic Ⓑ habit Ⓒ nose Ⓓ beak
10. A small ________ is sometimes concluded with a handshake.
   Ⓐ document Ⓑ transaction Ⓒ phenomenon Ⓓ principle

答案

1.Ⓑ 2.Ⓒ 3.Ⓐ 4.Ⓓ 5.Ⓒ 6.Ⓑ 7.Ⓒ 8.Ⓐ 9.Ⓓ 10.Ⓑ

第一單元：依「單字分類」的片語和慣用語

有關「about」片語慣用語

- **care about** 關心；在意

The teachers should **care more about** the performance of bad students because they are also part of the class.
▶ 老師應該多關心成績落後的學生，因為他們也是班級的一部分。

- **complain about** 抱怨

Mrs. Johnson has been **complaining about** her back pain for two weeks.
▶ 強森夫人一直在抱怨背痛兩個禮拜了。

- **talk about** 談論

You must have met him before; you two seem to have so much to **talk about.** ▶ 你們之間有這麼多的話題，想必你以前就認識他了吧。

- **think about** 思索；考慮

We don't know what he is **thinking about**, since he won't tell us anything. ▶ 我們不知道他在想什麼，因為他什麼都不告訴我們。

- **worry about** 擔心

You don't have to **worry about** Peter.
▶ 你不需要擔心彼得。

- (比較) **how about** …如何；…怎樣

Tommy's company will hold a great antique show this weekend. **How about** going together? ▶ 湯米的公司將於這個週末舉辦一場盛大的古董展示會，要不要一起參加？

有關「after」片語慣用語

- **after all** 究竟；畢竟；不管怎樣

Miller didn't pass this examination, **after all**, he tried his best. ▶ 米勒沒有通過考試，畢竟他已經盡力了。

- **after school** 放學後

The students always have a lot of homework to do **after school.**
▶ 學生放學後總是有很多功課要寫。

- **ask after** 問候；探問；問好

He always **asks after** you in his letter. ▶ 他總是在信裡問候你。
Students went to Professor Simon's house and **asked after** him on Teachers' Day. ▶ 教師節當天，學生們到了西蒙教授的家裡去問候他。

- **name after** 以…的名字命名

These planets are **named after** ancient Greek divinities.
▶ 這些行星是以古希臘諸神命名的。

- **the day after tomorrow** 後天

Our group is going to have a meeting **the day after tomorrow**.
▶ 我們的小組後天將要開會。

▶ 有關「along」片語慣用語

- **along with** 和…一起；和…一道

My classmates asked me to bring my sister **along with** us to the picnic.
▶ 同學們叫我帶著妹妹和大家一起去野餐。

- **come along** 進展；一道去；伴隨

I have never thought that things would **come along** so nicely.
▶ 我沒想過事情會進展的如此順利。
Tom told us that everything **came along** extremely well these days.
▶ 湯姆告訴我們最近一切都進展得非常順利。

- (比較) **leave alone** 讓… 獨處；不打擾

Louis is very sad, you'd better **leave** her **alone**. ▶ 路易絲非常沮喪，你最好讓她獨處一下。

▶ 有關「and」片語慣用語

- **back and forth** 來回

Bob was pacing **back and forth** in the classroom while I was working.
▶ 我工作的時候，鮑伯在教室裡面走來走去。

- **by and by** 不一會兒；不久

He keeps buying lottery, believing that he will win it **by and by**.
▶ 他不斷買彩券，相信自己再過不久就會中獎。

- **day and night** 日以繼夜；不停地

Jerry's parents argued **day and night**, so he could never find peace at home. ▶ 傑瑞的父母一天到晚吵架，所以他在家總是不得安寧。
Living near the railway, Mary can hear the noise of the trains **day and night**. ▶ 因為住處靠近鐵路，瑪麗一天到晚都能聽到火車發出的噪音。

- **fair and square** 誠實公正

The runner won the race **fair and square**. ▶ 那名賽跑者光明正大的贏得了比賽。

- **pros and cons** 優點和缺點

Before buying a new house, one should analyze the **pros and cons**.
▶ 在購買新房子之前，人們應該先分析一下其優劣勢。

- **rock and roll** 搖滾樂

Tom doesn't like listening to **rock and roll** for it is not to his taste.
▶ 湯姆不喜歡聽搖滾樂，因為那不符合他的嗜好。

to and fro 來來回回

The boss is walking **to and fro** in the office, weighing the deal. ▶ 老闆在辦公室走來走去，權衡這筆交易。
Small children are often very playful and like running **to and fro**. ▶ 小孩子總是很貪玩，他們喜歡來來回回地跑。

有關「as」片語慣用語

as for 至於；就…方面說

Ben is smart; **as for** Harry, he's the most diligent staff in the office. ▶ 班很聰明；至於哈利，他則是辦公室裡最勤奮的員工。

as it is 但事實上…；就現狀；實際上；按照現狀

Jerry took the teacher's advice **as it is**. ▶ 傑瑞完全採納了老師的建議。
I was planning to attend your party next week. **As it is**, I may not have time. ▶ 我原本打算參加你下週的聚會，但事實上我或許不會有時間。

as long as 只要

John will come to the party **as long as** Mary comes. ▶ 只要瑪麗來參加派對，約翰就會來。

as much as 同量的；一樣多

Though Terry worked very hard these years, he could not earn **as much** money **as** he had expected. ▶ 儘管泰瑞這些年來一直努力工作，但他沒有賺得和預期的一樣多。

as often as 每當，每次

As often as Mr. Black recommends Mary, John was the one who got promoted. ▶ 布拉克先生每次推薦瑪麗，卻是約翰升遷。

as soon as 一…就；剛…便

As soon as Tom got home, he called Mary back. ▶ 湯姆一到家，立刻回了電話給瑪麗。
As soon as we saw Mr. Fang, he said hello to us. ▶ 我們一見到方先生，他就對著我們打招呼。

as soon as possible 盡快

You should back out **as soon as possible** to avoid more loss. ▶ 你應該盡快退出，避免承受更多的損失。

as though 好像

She is so beautiful, **as though** sent to earth by an angel. ▶ 她是如此的美麗，彷彿是被天使派來凡間的。

- **as well as** 除…之外(也)；既…又

Tom can play many kinds of sports: basketball, football, **as well as** badminton. ▶ 湯姆會好幾項運動：籃球、足球還有羽毛球。

- 補充 **serve as** 作為；用作

Parents **serves as** the child's first mentors in life. ▶ 父母親是孩子一生中最初的啟蒙老師。

▶ 有關「aside」片語慣用語

- **aside from** 除…以外(尚有)

Aside from being a type of exercise, swimming is also a useful skill.
▶ 游泳除了是一種運動以外，還是種有用的技能。

- **lay aside** 把…擱置一邊；儲蓄；貯藏

Lily **laid aside** her work and smiled a bitter smile. ▶ 莉莉把工作放在一邊並苦笑了起來。

▶ 有關「at ～」片語慣用語①

- **at a loss** 困惑；不知所措

I was **at a loss** of words to express my gratitude. ▶ 我找不到適當的言詞來表達我的感激之情。

- **at best** 充其量；至多

At best, they will finish half the task before Friday. ▶ 他們最多只能在星期五前完成一半的工作。

- **at home** 舒適；無拘束；在家

Sarah told me that she felt **at home** in her new office. ▶ 莎拉跟我說她在新辦公室裡感覺就跟在家一樣。

- **at last** 最後；終於

At last, Lucy had to ask her boss for another chance. ▶ 最後，露西不得不請老闆再給她一次機會。

- **at least** 至少

Most Americans have **at least** one pet, either a cat or a dog.
▶ 大多數美國人至少擁有一隻寵物，一隻貓或狗。

- **at leisure** 悠閒的；有空

Since John finished all his work, he walked around the park **at leisure**.
▶ 由於約翰已經完成了所有工作，他便悠哉地在公園閒逛。

- **at length** 終於；詳細地

At length, John managed to get himself into the state of somnolence.
▶ 約翰終於讓自己進入了昏昏欲睡的狀態。

- **at night** 在夜裡；在晚上

It was a perfect chance to attack the enemies **at night**.
▶ 那是一個夜襲敵軍的好機會。

- **at noon** 中午

Having to work at night, my colleagues rested **at noon**.
▶ 因為晚上需要工作，我的同事們中午休息了一下。

- **at present** 目前；現在

At present, very few people know about my theory, but I am going to give you a general understanding of it. ▶ 目前很少有人知道我的理論，但我會讓你大致了解一下。

- **at random** 隨機的；隨便；隨意；任意

There were many experiments to do, so Tom decided to choose some **at random.** ▶ 因為有許多試驗可以做，因此湯姆決定從中隨機挑選幾個。

▶ 有關「at ～」片語慣用語②

- **at the beginning of** 在…開始時

At the beginning of movie, joyful music was played in the background.
▶ 電影開始時，使用了歡樂的背景音樂。

- **at the bottom of** 在底部

The book Mary wants is right **at the bottom of** the pile. ▶ 瑪麗想要的那本書就在書堆的最下面。

- **at the cost of** 以…為代價

The soldier saved his comrade **at the cost of** his own life. ▶ 士兵以自己的生命為代價拯救了戰友。

- **at the table** 進餐時

Uncle Wang complained that too many people were talking **at the table.** ▶ 王叔叔抱怨太多人在吃飯時喋喋不休。

- **at this rate** 照此速度

The boss said we would never finish the task **at this rate.**
▶ 老闆說按照現在這種速度，我們永遠無法完成任務。

- (比較) **at any rate** 無論如何；至少

At any rate, buying an iPhone would be your best choice.
▶ 無論如何，購買蘋果手機是你最好的選擇。

▶ 有關「～ at」片語慣用語

- **arrive at** 到達；達成；得出

Although Stephen took a taxi, he still **arrived at** the school late.
▶ 雖然史蒂芬搭計程車，但他仍然上學遲到了。
Although the traffic was extremely bad, he **arrived at** the office on time.
▶ 雖然交通情況極度糟糕，他還是準時抵達了辦公室。

- **bark at** 對…吠叫；對…大吼

Our boss trained his dog to **bark at** strangers. ▶ 我們老闆訓練了他的狗，讓牠對陌生人吠叫。

- **drop in at** 順便拜訪

Tom **dropped in at** Jim's last night and they chatted for a long time.
▶ 湯姆昨晚到吉姆家造訪，兩個人聊了很長一段時間。

- **jump at** 撲向…

The big dogs were enraged by Tom. They **jumped at** him and bit him.
▶ 大狗被湯姆激怒，於是牠們撲向他並咬了他。

- **laugh at** 嘲笑

We couldn't help but find ourselves **laughing at** Jerry's new hairstyle.
▶ 我們忍不住對著傑瑞的新髮型大笑。

- **stare at** 上下打量著看；盯著

The meeting was boring, many people were **staring at** the clock.
▶ 會議很無聊，很多人都在盯著時鐘。

▶ 有關「back」片語慣用語

- **call back** 回電話

I will ask our manager to **call** you **back** when he returns. ▶ 我們經理回來時，我會請他回電給你。

- **come back** 回來

William would have been doing his homework for two hours by the time his father **comes back**.
▶ 爸爸回家的時候，威廉就已經做了兩個小時作業了。

- **cut back** 削減；減少；縮減

Strenuous efforts have been made by the government to **cut back** the emission of CO_2. ▶ 政府已經奮力減少了二氧化碳的排放量。

- **fall back** 退；退回；後退

Managers sometimes **fall back** to old methods when reforms don't improve anything.
▶ 當改革不能改善任何情況時，經理們有時會退回到原始的做事方法。

- **look back** 回顧；回頭看

Looking back, William realized that he had made a lot of mistakes.
▶ 回顧往昔，威廉意識到自己犯下了很多錯。

有關「be～about」片語慣用語

• be angry about sth. 對…感到生氣

Tom's father **is angry about** his lack of responsibility. ▶ 父親因為湯姆缺乏責任感而感到生氣。

The manager **is angry about** the whistle-blower among the workers.
▶ 經理對於打小報告的工人們感到生氣。

• be mad about 迷戀；生氣

The teacher **was mad about** the students' work, because she can tell they were not trying hard enough.
▶ 老師對於學生們的作業感到生氣，因為她看得出來他們不夠努力。

• be worried about 為…而擔心

Although David knows nothing about the course, he **wasn't worried about** the examination at all.
▶ 雖然大衛對課程內容一無所知，但是他一點都不擔心考試。

• (比較) be about to 即將

When my mother came in, I **was** just **about to** leave home. ▶ 當媽媽進來的時候，我正要離開家裡。

Graduated from a top university in China, Tommy **was about to** start on his career. ▶ 從中國的頂尖大學畢業後，湯米即將開始他的工作生涯。

有關「be ～ for」片語慣用語

• be bad for 對…有害；對…不適合

Drinking **is bad for** one's health; maybe you should try to help others with their drinking problems.
▶ 喝酒有害人體健康；也許你應該試著幫別人解決他們的酗酒問題。

• be famous for 以…著名

Demi and Tina **are** actresses and sisters **famous for** their TV sitcom.
▶ 黛咪和蒂娜是以電視情境喜劇的姊妹演員出名。

The church stands on the top of the hill, near the town which **is famous for** its beer. ▶ 教堂位於以啤酒聞名的小鎮旁邊那座山的山頂上。

• be ready for 準備好…

Everyone **was ready for** the investigation group's visit. ▶ 每個人都為調查小組的來訪做好了準備。

• be suitable for 適合於

The new chairman has been making awful mistakes since the election; perhaps he **is** not **suitable for** the position. ▶ 新主席自從選舉以來就一直犯下糟糕的錯誤，或許他並不合適擔任此職位。

有關「be～with」片語慣用語

- **be crowded with** 擠滿

The streets **are** always **crowded with** traffic when it is rush hour.
▶ 尖峰時段街上總是交通擁擠。

- **be satisfied with** 對…滿意；滿足於

Customers **are satisfied with** our products so our company earns a lot of money every month.
▶ 顧客對我們的產品很滿意，所以我們公司每個月都賺了很多錢。

Although she got an A on her examination, she **was** not quite **satisfied with** her performance.
▶ 儘管她考試得了甲，她對自己的表現還是不太滿意。

- **be afraid of** 害怕

John **is afraid of** doing work independently.
▶ 約翰害怕單獨工作。

有關「be～to＋原形動詞」片語慣用語

- **be allowed to** 被允許

The children **are allowed to** watch TV on the condition that they finish their homework first. ▶ 孩子們在先完成作業的情況下才被允許看電視。

- **be likely to** 有可能

Being secluded from the world, no one knows what **is likely to** happen.
▶ 由於與世隔絕，沒有人知道接下來可能發生什麼事。

- **be obliged to** 有義務；被強迫

It is quite clear that your poor packaging caused the damage on my vase. You **are obliged to** repair it.
▶ 很明顯，是你包裝不良才導致我的花瓶破損，你有義務要修好它。

- **be required to** 被要求

Because of the importance of the conference, everyone **is required to** complete his job without making any mistakes.
▶ 因為這場會議非常重要，每個人都被要求在無差錯的情況下完成工作。

- **be willing to** 樂意…

When it comes to science, China **is willing to** spend lots of money on it.
▶ 談到科學，中國願意投資一大筆錢。

有關「be～to＋名詞/代名詞」片語慣用語

- **be adjacent to** 臨近

The building **adjacent to** our school is a movie theater. ▶ 臨近我們學校的那棟建築是間電影院。

- **be alien to** 與…格格不入；與…不同

What he says **are** often **alien to** his behaviors.
▶ 他總是言行不一。
Bright kids **are** sometimes **alien to** the other ones. ▶ 聰明的孩子有時會顯得與其他孩子格格不入。

- **be apt to** 擅長

A man **apt to** promise **is apt to** forget. ▶ 擅長給予承諾的人，往往也擅長於忘記這些承諾。

- **be attached to** 附屬於；愛慕

After being married for four years, the couple became **attached to** each other. ▶ 結婚四年後，這對夫妻變得很依戀對方。

- **be good to** 對…有益

Be good to yourself and take a vacation.
▶ 對自己好，去度假吧。

- **be lethal to** 是致命的

Heavy metal **is lethal to** the human body.
▶ 重金屬對於人體而言是致命的。

- **be open to** 開放的；不限制；易接受的

All the clubs **are open to** students, and you are free to choose any one you like. ▶ 所有俱樂部都向學生開放，你可以任選一個自己喜歡的。

- **be unequal to** 無法勝任…的；不相符

Mary's test scores were so low that they **were** quite **unequal to** her hard work. ▶ 瑪麗的考試成績很低，與她的努力付出實在不相符。

- **be up to** 由…決定的；從事於；忙於

It **is up to** Mary to make her own decisions in life.
▶ 人生的抉擇應該由瑪麗自己掌握。
"Which car should we buy, the BMW 520, or Benz S500?" "It **is up to** you."
▶ 「我們應該買哪輛車？寶馬 520 還是賓士 S500?」「由你決定。」

- (比較) **be used to** 習慣於…

Tom **is used to** going over his bill before paying for it.
▶ 湯姆習慣在付款之前先對帳。

有關「be～that＋子句」整理

● be afraid that 恐怕；懼怕

I **am afraid that** I won't be able to get up on time tomorrow, so I set an alarm clock. ▶ 我怕自己明天不能按時起床，所以我設定了鬧鐘。

● be aware that 意識到

You should **be aware that** this is a part-time position, with very low pay. ▶ 你必須明白這是一份薪水很低的兼職工作。

● be convinced that... 確信；信服

Gary is an industrious student, so I am deeply **convinced that** he will pass the examination. ▶ 蓋瑞是位勤奮的學生，我確信他會通過考試。

Having studied your proposal carefully, I **am convinced that** neither of your two solutions are workable.
▶ 仔細研究你們的提案後，我確信兩個解決方案都不可行。

有關「be＋形容詞/分詞」整理

● be available 可用；可供

A full range of samples may **be available** by request.
▶ 如果你們提出要求，我們可以提供一整個系列的樣品。

● be born 出生

The church has been on top of the hill ever since my grandma **was born**. ▶ 自我祖母出生起，那間教堂就矗立在山頂上了。

● be busy 忙著…

Mom **is busy** preparing supper for the guests.
▶ 媽媽忙著為客人準備晚餐。

● be disappointed 氣餒；失望

Some of the fans were very **disappointed** because they were not allowed inside. ▶ 由於不被允許入內，一些歌迷感到很失望。

● be drenched 溼透

By the time the storm was over, Katherine **was drenched** from head to toe. ▶ 當暴風雨過去時，凱薩琳已經全身都溼透了。

有關「be＋形容詞/分詞＋介詞」整理

● be dressed in 穿著

If you go to that bar at 2 o'clock in the morning, you will probably find a lot of young people **dressed in** fancy clothes.
▶ 如果你淩晨兩點去那家酒吧，你大概能遇見很多奇裝異服的年輕人。

- **be fond of** 愛好；喜歡

Your son must **be fond of** the handkerchiefs printed with little animals. ▶ 您的兒子一定喜歡印有小動物的手帕。

- **be good at** 擅長；精於…

Jones **is good at** accounting, so it will be easy for her to do the job.
▶ 瓊斯擅長會計，所以這份工作對她來說將會很容易。
He **is good at** both Chinese and English, but he knows nothing about Japanese. ▶ 他中文和英文都很好，但對日文一竅不通。

- **be interested in** 有…的興趣；對…感興趣

My boss has always **been interested in** playing golf. ▶ 我的老闆一向對打高爾夫球很感興趣。

- **be late for work** 上班遲到

Daniel is addicted to watching TV until midnight, so he **is** usually **late for work** in the morning.
▶ 丹尼爾沉迷於看電視看到深夜，因此他早上上班常常遲到。

- **be tired from** 因…而厭倦；因…而疲勞

Jim **was tired from** working and went to bed right after dinner.
▶ 吉姆工作後很疲倦，晚餐過後就直接去睡了。

▶ 有關「be + 介系詞」整理

- **be from...** 來自…

The most important customers to our company **are** mainly **from** Europe.
▶ 我們公司最重要的客戶主要來自歐洲。

- **be on a diet** 節食

Miss Li said she **was on a diet** so she would not have lunch with us.
▶ 李小姐她正在節食，所以不和我們一起吃午餐了。

▶ 有關「bring」片語慣用語

- **bring down** 打倒；降低

The hunter aimed, fired, and **brought down** the deer.
▶ 獵人瞄準，射擊，射倒那隻鹿。

- **bring forward** 提出；公開

The proposal will be **brought forward** during the stockholders meeting. ▶ 這個提案將會在股東大會中提出來。

- **bring out** 帶出；展現

Bring out your guts, you can do this! ▶ 表現出你的勇敢吧，你能夠做到！

- **bring together** 召集；使集合

Everyone was **brought together** for a discussion.
▶ 大家被集聚一堂進行討論。

▶ 有關「but」片語慣用語

- **It never rains but it pours.** 禍不單行

For Jack, **it never rains but it pours**; he was fired again! ▶ 傑克真是禍不單行，他又被開除了！

- **nothing but** 只不過

The victory was **nothing but** a manifestation of James' ability. ▶ 這場勝利僅僅是詹姆斯能力的表現。
What he did, I believe, is **nothing but** a joke, so don't freak out.
▶ 我相信他的所做所為都只是開玩笑，你不要被嚇到了。

▶ 有關「by」片語慣用語

- **by all means** 當然；一定；無論如何

Our boss asked you to persuade the client **by all means**. ▶ 我們老闆要你無論如何都要說服這個顧客。
May I have my money back now? **By all means**. ▶ 我可以現在就拿回我的錢嗎？當然可以。

- **by degrees** 慢慢地；漸漸地

Under joint efforts, the world's environment is improving **by degrees**. ▶ 在共同的努力之下，全球環境正在逐漸好轉。

- **by far** 非常地；遠超過其他地；顯然地

He is **by far** the most successful employee in this office. ▶ 他是這間辦公室裡顯然是最成功的一名員工。

- **by turns** 輪流；交替的

The students are scheduled to clean the classroom **by turns**.
▶ 學生們被安排輪流打掃教室。

- **part by part** 逐步地

We have to analyze the poll results **part by part**.
▶ 我們需要逐步地分析民調的結果。

▶ 有關「call」片語慣用語

- **call at** 訪問

Remember to bring some gifts when you **call at** the neighbor's house.
▶ 去鄰居家拜訪時記得帶點禮物。

- **call forth** 喚起；引起

Great crises often **call forth** gifted leaders. ▶ 大災難中往往會產生有天賦的領導者。

- **call in** 召來；召集；請來；來訪；收回

Leading scientists from several famous universities were **called in** to discuss about new energy.
▸ 幾所知名大學的著名科學家被請來討論新能源。

- **call upon** 呼籲

The government **called upon** its people to focus on educating teenagers. ▸ 政府呼籲人民要多關注青少年教育。

▸ 有關「come」片語慣用語

- **come around [round]** 甦醒；復原

He received a blow in the head, and did not **come round** until several minutes later. ▸ 他頭部受到重擊，幾分鐘後才甦醒過來。

- **come in** 入場；進入(房子)；到達

The teacher allowed the student who was late to **come in**.
▸ 老師允許那名遲到的學生進教室。

- **come out** 發表；出版；刊出；顯露

It is said that the Rowling's new book will **come out** sometime next month. ▸ 據說羅琳的新書將在下個月的某個時間出版。

- **come to** 談到；說到

When it **comes to** Quantum Physics, Sheldon is the expert. ▸ 談到量子物理學，謝爾登可是專家。

- **come to light** 真相大白；顯露

It **came to light** that he had been lying about why he was late for work. ▸ 他上班遲到的理由是編造出來的，現在被拆穿了。

- **come to a close** 結束

As the story **came to a close**, Mary burst into tears.
▸ 隨著故事的結束，瑪麗哭了起來。

- **come to an end** 結束

The conflict finally **came to an end** with Tom's apology. ▸ 因為湯姆的道歉，這場爭端終於結束了。

▸ 有關「down」片語慣用語①

- **beat down** (太陽)照射；殺價；打倒

With the sun **beating down** all day, the ground finally cracked. ▸ 被太陽直射了一整天，地面終於裂開了。
With the sun **beating down** all day, the plants in the garden seem withered. ▸ 被強烈的陽光照射了一整天，花園裡的植物似乎快枯萎了。

- **break down** (機器)故障；(健康)衰退；損壞；崩潰；分解

You will **break down** if you work too hard.
▶ 工作太辛苦的話，你會累垮的。
Our car **broke down** halfway, that is why we were so late.
▶ 我們的車在半路上拋錨了，這就是為什麼我們會遲到那麼久。
My computer **broke down** yesterday so I couldn't email you.
▶ 昨天我的電腦故障了，所以我沒辦法寄電子郵件給你。

- **burn down** 燒毀；燒光

In case the house **burns down**, we'll get insurance money. ▶ 假如房子燒毀，我們就能拿到保險金。

- **count down** 倒數

Jack is **counting down** to his birthday.
▶ 傑克正在倒數著他的生日。

- **hand down** 傳給；把…傳下去

Predecessors are responsible for **handing down** their skills to the younger generation.
▶ 前輩有責任把技藝傳承給年輕人。

- **let down** 放下；降低；使失望

Jack can always count on Tom, because Tom has never **let** him **down**. ▶ 傑克總是能夠信任湯姆，因為湯姆不曾讓他失望。

- **lie down** 躺在(床)上

You can either go home or **lie down** in the nurse's office.
▶ 你可以選擇回家或在護理室躺著。

- **shut down** 關閉；停業

Officials from the Department of Health **shut down** the bakery store.
▶ 衛生署的官員關閉了這家麵包店。

- **sit down** 坐下

You have been playing for several hours, you should **sit down** and finish your homework.
▶ 你們已經玩了幾個小時了，你應該坐下來，把功課寫完。

- **slow down** 減速；變緩；慢下來

Someone is trying to **slow down** our progress on purpose.
▶ 有人在故意延緩我們的進度。

- **turn down** 調低；放低(音量)；拒絕；駁回

Could you **turn down** the radio? Someone is working. ▶ 你能降低收音機的音量嗎？有人在工作。

有關「down」片語慣用語②

bring down the house 掌聲雷動

The new manager's speech managed to **bring down the house**.
▶ 新經理的演講搏得了全場喝采。

get down to 著手；認真從事

Jack is always trying to avoid work. He just can't **get down to** it.
▶ 傑克總是逃避工作，他就是無法認真地做事。

look down on [upon] 輕視；看不起

John **looks down on** people who are dishonest.
▶ 約翰看不起那些不誠實的人。
We must not **look down upon** those who have dropped out of school to help out at home.
▶ 我們不應該瞧不起那些為了在家裡幫忙而輟學的人們。
Sam was **looked down upon** by his brothers because he did not go to college. ▶ 山姆因為沒有上大學而遭到兄弟們的鄙視。

turn...upside down 使…傾覆；把…倒過來

I **turned** my house **upside down** to find that contract. ▶ 為了找那份合約，我把整棟房子都翻遍了。

有關「for ～」片語慣用語

for all 儘管

For all the training we took, we still can't read English as well as Peter can. ▶ 儘管接受了訓練，我們仍然無法將英文念得和彼得一樣好。

for one thing (...for another) 首先(…其次)

For one thing, having breakfast is good for one's health; **for another**, it gives people energy.
▶ 首先，吃早餐對健康有益；其次，吃早餐能為人們提供能量。

for sure 確定

I don't know **for sure** whether the board will consent to this plan.
▶ 我不能確定董事會會不會贊成這個計畫。

for the very first time 第一次

Since I am going to America **for the very first time**, I'd better collect enough information before I leave.
▶ 因為這是我生平第一次去美國，所以出發前我最好先收集足夠的資訊。

有關「～ for」片語慣用語①

apply for 申請

Before the semester begins, you must **apply for** dormitory. ▶ 在學期開始之前，你必須先申請宿舍。

- **ask for** 請求；要求

Her voice was trembling after the skydiving, but she **asked for** another jump. ▶ 跳傘後，她的聲音顫抖著，但是她還是要求再跳一次。

- 補充 **ask for directions** 詢問方向

Having no idea where she was, Yuri had to stop and **ask for directions**. ▶ 因為不知道自己身處何方，由梨不得不停下來詢問方向。

- **but for** 要不是；如果不是

I would have never succeeded **but for** your help. ▶ 要是沒有你的幫助，我是不會成功的。

But for Peter's advice, I wouldn't know what to do. ▶ 要不是彼得的建議，我根本不知道如何是好。

- **care for** 照顧；喜歡；想要

After school, Lucy **cared for** some old men.
▶ 放學後，露西去照顧一些老人家。

Though he is very poor, Lily still **cares for** him.
▶ 雖然他很窮，莉莉依舊喜歡他。

It seems that parents **care for** their children more than children **care for** them. ▶ 父母對孩子的關心似乎勝過孩子對父母的關心。

- **cater for** 滿足需要；提供飲食；承辦酒席

I wonder who did the **catering for** Mary's wedding.
▶ 我想知道是誰承辦了瑪麗的喜宴。

- **fill in for** 代替

John is too sick to attend the meeting, can you **fill in for** him?
▶ 約翰病得很重，不能來參加會議了，你能代替他嗎？

- **leave for** 動身前往

By this time next week, I will be **leaving for** New York. ▶ 下禮拜的這個時間，我就準備要去紐約了。

The Johnson's are **leaving for** Hawaii to enjoy their two weeks of vacation. ▶ 強森一家正準備動身前往夏威夷度假兩週。

- **look for** 尋找；尋求

Peter **looked for** his bag all over the house but still couldn't find it.
▶ 彼得翻遍了他的房子，但還是找不到那個袋子。

▶ 有關「～ for」片語慣用語②

- **make a plan for** 為…作計畫

Tom **made a plan for** what he is going to do next month. ▶ 湯姆為下個月要做的事情制定了計畫。

- **make way for** 為…開路；讓路給

The crowd had to **make way for** those who wanted to pass through.
▶ 那群人必須為想要通過的人讓開一條道路。

- **search for** 尋找；搜查

As the sun set behind the hills, the travelers **searched for** an inn or hotel to take them in for the night.
▶ 隨著太陽下山，旅行者們尋找客棧或旅館過夜。

- **send for** 派人去請；請(某人)來；召喚

Lisa is giving birth to her baby, could you please **send for** a doctor?
▶ 莉莎要生孩子了，你可否去請個醫生來？

- **take...for granted** 視為理所當然

The operator **took** the increment of salary **for granted**.
▶ 操作員把加薪視為理所當然。

- **wait for** 等候；期待

I must dash off now. My mother is **waiting for** me. ▶ 我必須馬上離開，母親還在等著我呢。

- **vote for** 投票贊成

Who will you **vote for** in the company, John or Bob?
▶ 你會投票給公司裡的哪位同仁？約翰還是鮑伯？
Most people will **vote for** Tom because he has a great reputation.
▶ 大多數人都會投票給湯姆，因為他的名聲很棒。

有關「get」片語慣用語

- **get around** 迴避(問題)

The lawyer **got around** the topic with irrelevant information.
▶ 律師用無關的資訊來迴避話題。

- **get fired** 被解僱

Keep doing whatever you want to do; you may **get fired**.
▶ 繼續隨心所欲地做你想做的事情的話，你可能會被解僱。

- **get lost** 迷路

When you **get lost** in a strange city, you can ask the police for help.
▶ 當你在陌生城市迷路時，可以向員警求助。

- **get married** 結婚

Could you imagine that two people as different as they are would **get married** one day?
▶ 你能想像，像他們這麼不同的兩個人有一天會結婚嗎？

- **get over** 克服；(從病中)恢復

Once we **get over** these difficulties, the work would speed up. ▶ 一旦我們克服困難，工作進度應該會變快。

- **get...over** 結束；使人了解

Though there are still two days left for the work, we have to **get** it **over** quickly. ▶ 雖然我們還有兩天時間來完成工作，還是要趕快把它結束掉。

- **get together** 聚集；聚會

All the members of the family **get together** once a year.
▶ 家族所有成員每年團聚一次。

▶ 有關「go」片語慣用語①

- **go against** 違反；背叛

No one dares **go against** the manager's will.
▶ 沒有人敢違背經理的意願行事。

- **go astray** 步入歧途；迷路

Mary's pet **went astray** because the cage was not shut. ▶ 因為沒有把籠子關好，瑪麗的寵物走失了。

- **go by** 經過；通過；遵照

Mary **goes by** a large book store on her way to school every day, but she never goes in.
▶ 每天上學的路上瑪麗都會經過一家大書店，但是她從沒進去過。

- **go for a visit** 拜訪

The Tom's always make me feel at home when I **go for a visit**.
▶ 每次拜訪湯姆一家，他們都讓我有種賓至如歸的感覺。

- **go off** (電燈)熄滅；停止；離開

Was she reading a novel when the lights suddenly **went off**? ▶ 燈突然熄滅的時候，她是不是正在看小說？

- **go out** 外出；出來；熄滅

I was just about to **go out**, when the customers arrived.
▶ 客戶來訪時，我正準備出門。

- **go over** 審查；檢查；察看

He **goes over** his work every weekend to make sure it's perfect.
▶ 他每個週末都會重新審閱他的作品，確保它完美無缺。

- **go shopping** 逛街

Because it is raining heavily outside, I don't think **going shopping** right now is a good idea.
▶ 因為外面雨下得很大，所以我不認為現在去逛街是個好主意。

- **go with** 與…同行；與…調和

I've heard that the man is difficult to deal with, but I will **go with** him anyway. ▶ 我聽說那個男人很難相處，不過我還是會和他一起走。
I have to work in Africa for a year, but you don't have to **go with** me if you don't like Africa. ▶ 我得去非洲工作一年，不過若你不喜歡非洲的話，可以不必跟我一起去。

▶ 有關「go」片語慣用語②

- **go to bed** 睡覺

Mr. Lee usually reads newspapers before he **goes to bed**.
▶ 李先生通常在就寢前看報紙。

- **go to church** 去教堂

Manager Wang **goes to church** every week.
▶ 王經理每星期都去教堂。

- **go to the movies** 去看電影

You should not **go to the movies** with your friends because you still have so much homework to finish.
▶ 因為你還有那麼多功課要做，所以你不該和朋友去看電影。

▶ 有關「have/has」片語慣用語

- **have a long way to go** 還有很長的路

The young man still **has a long way to go** before he can make his dream come true. ▶ 這個年輕人在實現夢想之前還有很長一段路要走。

- **have a cold** 感冒

I have **had a** bad **cold** for over a week, so I am not feeling well right now. ▶ 我重感冒超過一個禮拜了，所以我現在不太舒服。

- 補充 **catch a cold** 感冒；受涼

Peter **caught a cold** and didn't go to school yesterday.
▶ 彼得感冒了，因此昨天沒去上學。

- **have a say** 發表意見

Everyone is asked to **have a say** in this accident at work. ▶ 每個人都要對這次工作事故發表意見。

- **have a word with** 和…談話

John wants to **have a word with** Jim. ▶ 約翰想跟吉姆談談。

- **have difficulty** 有…困難

You wouldn't **have** so much **difficulty** finding a job now if you had studied harder during school years. ▶ 你學生時代如果有努力讀書，現在找工作就不會那麼困難了。

- **have no idea** 不知道；不了解

The kid **had no idea** what an elephant looked like until his mother took him to the zoo. ▶ 直到媽媽帶他去動物園，那個小孩才知道大象長什麼樣子。

- **have not the least idea** 不知道

I **have not the least idea** about the plan for this trip. ▶ 我對這次的旅行計畫渾然不知。

- **have one's hands full** 忙得不可開交

"Could you please take the files to Mr. Lee right now?" "I am very sorry, but I **have my hands full**." ▶「請問你能不能現在幫我把檔案轉交給李先生？」「不好意思，我現在忙得不可開交。」

- **you have my word** 我向你保證

I am not sure whether I can arrive there on time, but **you have my word** that I will try my best. ▶ 我不能確定自己能不能夠準時到，但我向你保證我會盡力。

▶ 有關「in ～」片語慣用語①

- **in advance** 提前；預先

Whatever you choose, you should tell me **in advance**. ▶ 無論你選擇什麼，都應該事先告訴我。

- **in between** 在其間

There are only two games in the afternoon, but there is one long break **in between**. ▶ 今天下午只有兩場比賽，但比賽之間有很長一段間隔。

- **in brief** 簡單的說；簡言之

To begin with, I'd like to talk about the importance of this work **in brief**. ▶ 首先，我想要簡要的談這項工作的重要性。

- **in bulk** 散裝；大批；大量

The goods are sold **in bulks**, which makes them very cheap. ▶ 這些商品整批出售，使得價格非常便宜。

● **in chorus** 一齊；一致；共同

People cheered **in chorus** to celebrate the victory.
▶ 人們齊聲歡呼，慶祝勝利。

● **in contempt** 輕視；輕蔑地

Jerry is a dishonest man and was held **in contempt** in his class.
▶ 傑瑞是個不誠實的人，他在班級裡受到輕視。

Peter's friends held him **in contempt** because he did not keep his words.
▶ 因為彼得沒有信守諾言，所以他的朋友們瞧不起他。

● **in general** 通常；大體上

In general, logistic companies would ask for subscriptions when taking big orders. ▶ 通常，物流公司在接較大的訂單時要求訂金。

▶ 有關「in ～」片語慣用語②

● **in half** 成兩半

The news was so bad that Tom became upset and tore the newspaper **in half**. ▶ 這個消息非常糟糕，湯姆難過得把報紙撕成兩半。

● **in hand** 手頭上；掌握；在進行中

Stephanie liked to spend her evenings with a good book **in hand**.
▶ 史蒂芬妮喜歡捧著一本好書度過下午。

● **in particular** 特別地；尤其

Everyone in the village should receive our help, the poor boy **in particular**.
▶ 整個村的村民都應該接受我們的幫助，尤其是這個可憐的男孩。

● **in point** 適當的

Tom is selfish. The fact that he wouldn't share the table with anyone is a case **in point**.
▶ 湯姆很自私，一個適當的例子就是他不願意與任何人共用一張桌子。

● **in progress** 在進行中

Since the research is **in progress**, the professor is very pleased. ▶ 由於研究正在進行，使得教授非常高興。

● **in public** 公開地；當眾

Tom hates speaking **in public** because it makes him very nervous.
▶ 湯姆討厭公開發言，因為那會使他非常緊張。

● **in return** 作為回報；作為報答

Tom helped Mary without asking for anything **in return**.
▶ 湯姆不求回報地幫助了瑪麗。

有關「in ～」片語慣用語③

● in case 假如；以防(萬一)

Call the police for help **in case** you're in trouble. ▶ 假如遇到麻煩，就向員警尋求幫助。
Do not forget to leave me a message **in case** you leave the house. ▶ 如果你要出門，不要忘了留話給我。

● 補充 in no case 絕不

In no case should you leave your homework unfinished.
▶ 你絕不能不完成作業。

● in other words 換句話說；也就是說；換言之

In other words, we are much luckier than the earthquake victims.
▶ 換句話說，我們比那些地震災民幸運多了。

● in tears 流著淚；哭

The performance was so moving that everyone left the auditorium **in tears**. ▶ 這場表演實在太感人了，每個人都流著眼淚離場。

● in trouble 遇到麻煩時

Parents can help you figure out problems when you are **in trouble**.
▶ 在你遇到麻煩的時候，父母可以幫助你解決問題。

● in tune 調和；合調子的；和諧

The members of the working unit were **in tune**.
▶ 工作小組的成員之間很有默契。

● in turn 依次；輪流

The students waited in line outside the lab to do experiments **in turn**.
▶ 學生們在實驗室外面排隊，輪流進行實驗。

● in use 使用中

The computer is broken, so it is not **in use** anymore.
▶ 電腦壞了所以不再被使用。
The machine has been **in use** for a long time, so it is always out of control. ▶ 這臺機器已經用了很久了，因此常常不聽使喚。

● in vain 無效地，徒然地，白費地

Because of a small mistake, all we have done for the project is now **in vain**. ▶ 由於一個很小的失誤，我們目前為了此計畫所作的努力前功盡棄。

有關「in a ～」片語慣用語

● in a fury 在狂怒中

After they lost the basketball game, the coach left **in a fury**. ▶ 籃球賽輸掉後，教練在盛怒之下離開了。

- **in a general way** 一般地

We are going to resolve the situation **in a general way**. ▶ 我們要以一般方式來解決這個狀況。

- **in a nutshell** 簡而言之，概略地說

The director only explained the project **in a nutshell**.
▶ 主管只是概括的介紹了這個計畫。

▶ 有關「in the ～」片語慣用語

- **in the air** 在空中；在傳播中

There is happiness **in the air** during Christmas holidays.
▶ 聖誕假期間到處都充滿了歡樂。

- **in the bag** 囊中物；穩操勝算

The manager thought the big deal was **in the bag**. ▶ 經理認為這筆買賣已經是囊中之物。

- **in the dark** 全然不知地；在黑暗中

Everyone knows about the news; you are the only one left **in the dark**.
▶ 大家都聽說這個消息了，只有你還被蒙在鼓裡。

- **in the future** 將來；未來

If you want to get a good job **in the future**, you'd better study harder now. ▶ 如果你將來想找到一份好工作，你現在最好更努力用功。

- **in the world** 世界上

My little daughter thinks all the flowers **in the world** are her friends.
▶ 我的小女兒認為世界上所有的花朵都是她的朋友。

▶ 有關「in the ～ of」片語慣用語

- **in the case of** 對…而言；在…的場合

In the case of parrots, it is very possible to teach them a few words.
▶ 以鸚鵡來說，要教牠們幾個單字是沒問題的。

- **in the charge of** 由…掌管

The entire factory will be **in the charge of** Tom when the director leaves. ▶ 廠長離開時，整間工廠將由湯姆負責。

- **in the course of** 在…過程中；在…期間

Bob took several part-time jobs **in the course of** college. ▶ 鮑伯在大學期間做了好幾份兼職工作。

- **in the front of** 在…的前面

There is a blackboard on the wall **in the front of** the classroom.
▶ 教室前面的牆上有一塊黑板。

- **in the middle of** 在…中間；在…當中

The couple walked along the sidewalk **in the middle of** the night.
▶ 這對情侶在半夜沿著人行道散步。
David fell asleep **in the middle of** the exam; he must have stayed up all night preparing for it.
▶ 大衛在考試中睡著了，他一定是通宵複習了。

- **in the mood for** 有…的心情

With so much homework to do at present, I am not **in the mood for** watching a movie with you.
▶ 現在有這麼多作業要做，我沒心情和你一起看電影。

▶ 有關「in ～ of」片語慣用語

- **in charge of** 負責；管理

I was **in charge of** housework when my parents were out.
▶ 當父母出門時，由我負責做家事。
Three years have passed since George was **in charge of** the hotel.
▶ 喬治已經掌管這間旅館三年了。

- **in commemoration of** 以紀念…

All the students are standing in the school hall **in commemoration of** the people who died in the earthquake. ▶ 所有的學生站在禮堂內，紀念在地震中死去的人們。

- **in consideration of** 考慮到；做為…的報酬

The manager paid Mary a small bonus **in consideration of** her years of service to the company.
▶ 經理付給瑪麗一小筆獎金，以酬謝她在公司幾年來的服務。

- **in danger of** 有…的危險

Our company's fine traditions are **in danger of** dying away. ▶ 我們公司的優良傳統正面臨消逝的危機。
Arriving late every morning, Mary is **in danger of** being fired.
▶ 瑪麗因為每天早上都遲到而面臨被解僱的危險。

- **in front of** 在…前面

I don't like to make a scene **in front of** colleagues.
▶ 我不喜歡在同事們面前大吵大鬧。

- **in memory of** 紀念

We will hold a dinner party **in memory of** the first tower we have ever built. ▶ 我們將舉辦晚宴來紀念我們建造的第一座塔。

- **in quest of** 探索

The scientists are doing experiments **in quest of** the unknown. ▶ 科學家透過做實驗來探索未知世界。

- **in spite of** 不管，不顧；儘管

Tom joined the army **in spite of** his parents' opposition.
▶ 湯姆不顧父母的反對加入了軍隊。

- **in view of** 鑑於；考慮到

In view of many employees, the boss's plan is simply crazy. ▶ 在許多員工看來，老闆的計畫太瘋狂了。

- 補充 **in danger of bankruptcy** 瀕臨破產

Jason's firm took over three companies that were **in danger of bankruptcy** last year. ▶ 傑森的公司去年接管了三家瀕臨破產的企業。

- 比較 **in the [one's] way of** 妨礙

Don't let the green-eyed monster get **in your way of** success.
▶ 不要讓嫉妒心影響你成功的機會。

▶ 有關「in ～ to」片語慣用語

- **in addition to** 除…之外

In addition to doing your homework, you also need to study for your exams. ▶ 除了做功課以外，你還需要讀書準備考試。

- **in answer to** 回答；回應

The government adopted measures **in answer to** the earthquake.
▶ 政府採取措施以應對地震。

In answer to our country's call, every one of us worked hard.
▶ 為了回應國家的號召，每個人都在努力工作。

▶ 有關「～ in」片語慣用語

- **believe in** 相信；信任

Do you **believe in** the rumor of our vice-president's corruption? ▶ 你相信那則有關於副總裁貪污的傳聞嗎？

Whatever you do, you should **believe in** yourself.
▶ 不管你做什麼都應該相信自己。

- **book in** 預定；辦理登記手續

I already **booked in** a hotel in Shanghai for us.
▶ 我已經為我們在上海預訂了旅館。

- **enroll in** 入學

Students **enroll in** college at around the age of eighteen.
▶ 學生大約十八歲進大學。

- **join in** 參加；加入(某項活動)

You will **join in** the meeting on Friday, won't you?
▶ 你會參加週五的那場會議，對嗎？

- **turn in** 交出；提出；就寢

Tom felt tired and decided to **turn in** the report tomorrow. ▶ 湯姆感到很疲倦，因此決定明天再交報告。

▶ 有關「into」片語慣用語

- **break into** 闖入；強行進入

When Vincent came back home, he found that someone had **broken into** his house. ▶ 文森回到家時，他發現有人闖入他家。

- **bump into** 偶遇；巧遇；碰撞

I **bumped into** my girlfriend on the way home. ▶ 我在回家的路上碰巧遇到了我女朋友。

- **burst into tears** 大哭起來

I was surprised when Jack suddenly **burst into tears**.
▶ 傑克突然大哭起來，我嚇了一跳。

- **come into being** 開始存在；形成

The modem Olympic games **came into being** in 1896. ▶ 現代奧林匹克運動於一八九六年開始。

- **get into** 進入；陷入；穿上

His goal is to **get into** an engineering school.
▶ 他的目標是進一間工學院。

- **run into** 撞上；偶然碰見；遭遇(困難等)

My colleague lost control of his car and **ran into** a wall. ▶ 我同事的車失去控制，撞上一面牆。
It is dangerous to **run into** storms when you are at sea.
▶ 在海上遇到暴風雨是非常危險的。
I **ran into** the supervisor at a supermarket last weekend.
▶ 上週末我在一家超市遇到了主管。

- **rush into** 衝進

The firemen **rushed into** the burning house, looking for anyone who is trapped inside. ▶ 消防員衝進著火的房子，尋找受困在內的人。

- **turn into** 變成

It is common sense that water will **turn into** ice when it is below zero degrees.
▶ 水在零度以下會結冰是常識。

▶ 有關「keep」片語慣用語

- **keep a straight face** 板著面孔

People don't like talking to John because he always **keeps a straight face**.
▶ 約翰總是板著面孔，所以大家都不喜歡和他說話。

- **keep...from** 使… 不(做)

Mothers always **keep** their children **from** touching dangerous things.
▶ 母親們總會阻止自己的小孩觸摸危險物品。

- **keep...out** 將…擋在外面

This notice should **keep** unwanted visitors **out**. ▶ 這則告示應該能把不速之客拒之門外。

- **keep silent** 保持沉默

Students were asked to **keep silent** during the exam.
▶ 學生被要求在考試期間保持沉默。

- **keep company with** 與…交往；與…為伴

He stayed at home to **keep company with** his grandmother.
▶ 他留在家裡陪伴他外婆。

- **keep...under control** 控制

The factory had done its best to **keep** the pollution **under control**.
▶ 這間工廠已經竭盡所能去控制污染的情況。

▶ 有關「make」片語慣用語

- **make a fool of** 玩弄；愚弄

Don't try to **make a fool of** others, or you will be the one that gets fooled in the end. ▶ 不要愚弄別人，不然你會自食其果。

- **make amends** 補償

I **made amends** with Kate for having lost her watch, and decided to buy her a better one.
▶ 我要賠償弄丟凱特的手錶，並決定買隻更好的給她。

- **make a noise** 發出噪音；吵鬧

Recently, my cell phone always **makes a noise**.
▶ 最近我的手機總是發出噪音。

- **make a scene** 大吵大鬧

Don't **make a scene** on the street, we can talk when we get home.
▶ 不要在街上大吵大鬧的，我們可以回家再談。

- **make contributions** 做出貢獻

After graduation, we should **make contributions** to our mother country.
▶ 畢業後，我們應該報效祖國。

• **make decisions** 作決定

The boss often **makes decisions** without using common sense.
▶ 老闆常常不依常識進行決策。

• **make a [the] decision** 作出決定

We have **made the decision** not to go to that pub anymore.
▶ 我們決定不再去那間酒吧了。

• 補充 **make wrong decisions** 作出錯誤決策

Peter often **makes wrong decisions**.
▶ 彼得常常作出錯誤的決策。

• **make friends** 交朋友

It is easy for children to **make friends** with each other.
▶ 小朋友之間很容易互相成為朋友。

• **make no difference** 毫無區別

Going to school or not **makes no difference** at a time this late, because school would be over by the time we arrive. ▶ 這麼晚去不去學校已經沒有分別了，因為等我們到的時候就已經放學了。

• **make sure** 確認

This is basically a good idea; we just need to **make sure** it is feasible.
▶ 基本上這是個好主意，我們只需要確定它可行就可以了。

▶ 有關「matter」片語慣用語

• **a matter of time** 時間問題

If you work hard enough, it is only **a matter of time** to be promoted.
▶ 如果你工作夠努力，獲得晉升將只是時間的問題。

• **no matter how** 無論怎樣

I always make time for lunch **no matter how** busy I am.
▶ 不管多忙，我都會抽空吃午飯。

No matter how terrible the problem seems, there is always a solution.
▶ 無論問題看起來多麼可怕，總是有辦法可以解決。

No matter how hard I work, I can't become a successful businessman like Mr. Alex.
▶ 無論我再怎麼努力，都無法成為像亞歷克斯先生一樣的成功商人。

• **no matter what** 不論什麼…

She will do things in her own way, **no matter what** the other colleagues say. ▶ 不管其他同事說什麼，她都會按照自己的方式行事。

▶ 有關「no」片語慣用語

• **no doubt** 無疑；必定

There is **no doubt** that the U.S. has the strongest economy.
▶ 毫無疑問，美國是最強的經濟體。

- **no longer** 不再

The Brown's **no longer** want to attend the performance, because it is too boring. ▶ 布朗一家不想再參與演出了，因為那實在太無聊。

- **no more than** 僅僅；只不過

The patient has been warned that if he continues to drink and smoke heavily, it is possible for him to die in **no more than** a year. ▶ 這個病人被警告說如果再抽這麼多煙和喝那麼多酒，一年之內就有病死的可能。

- (比較) **more than** 超過

I have been waiting here for **more than** an hour, which made me quite angry. ▶ 我已經在這裡等待一個多小時了，這讓我很生氣。

The little boy has been doing his homework for **more than** an hour. ▶ 小男孩已經做了一個多小時的作業了。

▶ 有關「not」片語慣用語

- **cannot be too** 再…也不為過

You **cannot be too** careful when you are driving on a bumpy road. ▶ 在顛簸的路上駕駛時，再小心也不為過。

- **cannot [couldn't] help** 禁不住；不得不

I **could not help** running toward my father when I saw him at the airport. ▶ 當我在機場看到父親時，忍不住向他跑了過去。

- **cannot help but** 不得不

She **couldn't help but** fall asleep because she was too tired. ▶ 因為太累，她不禁睡著了。

- **not a bit** 一點也不…

The wind was very strong on the road, but it was **not a bit** cold. ▶ 路上的風很大，但是一點也不冷。

- **not...any more** 不再…

Telling people others' secrets is not a good habit because people might **not** trust you **any more**. ▶ 把他人的祕密告訴別人不是個好習慣，那可能會使人們不再信任你。

▶ 有關「～off」片語慣用語

- **break off** 中斷；斷絕；突然停止

Mother **broke off** telling the story because it was too late. ▶ 媽媽中斷了正在講的故事，因為時間已經太晚了。

- **brush off** 打發走；拒絕

Being one of her closest friends, I have never been **brushed off** by her so rudely before.
▶ 身為她最要好的朋友之一，我以前從來沒有被她如此無禮的拒絕過。

- **cross off [out]** 劃掉；勾銷

We didn't **cross off** her name from the list for we knew she wanted to attend the event. ▶ 我們沒有把她的名字從名單上劃掉，因為我們知道她很希望能夠參加該活動。

- **cut off** 切斷；中斷；使隔絕

The earthquake **cut** the villagers **off** from the outside world.
▶ 地震使村民與外界的聯繫中斷。

- **dash off** 迅速離去；一口氣做完

Cinderella must **dash off** before midnight.
▶ 灰姑娘必須在午夜之前迅速離開。
Mary **dashed off** her homework before going to sleep.
▶ 瑪麗在睡覺前匆忙地完成了作業。

- **fall off** 掉下；(健康)衰退

The little boy **fell off** his bike.
▶ 小男孩從腳踏車上摔下來。

- **get off** (從…)下來；離開；逃過(懲罰)

Susan is trying to make the dirt **get off** from her shirt.
▶ 蘇珊正試圖將衣服上的灰塵弄掉。

- **lay off** (暫時)解僱；休息

Ten staffs were **laid off** last month.
▶ 上個月有十名員工被解僱了。

- **put off** 延期；推遲；勸阻

Due to bad weather, our vacation plan was **put off** to next Monday.
▶ 因為天氣不好，我們的休假計畫延到下禮拜一。

- **put...off** 延期；延遲；阻止；避開

They decided to **put** the meeting **off** until after July.
▶ 他們決定把會議延到七月以後。

- **turn off** 關掉；(道路)分岔

Would you mind **turning off** the radio? The baby is sleeping now.
▶ 你介意關掉收音機嗎？寶寶正在睡覺。

- (比較) **have** + 時間 + **off** 休假

Since there was a typhoon, the employees **had a** day **off**.
▶ 因為颱風，所以員工放假一天。

有關「～ of」片語慣用語①

- **approve of** 同意；贊成

Taylor's new method of performing the research was **approved of** by Professor Walker.
▶ 沃克教授贊成泰勒的新研究方法。

- **billions of** 幾十億

When the opening ceremony of the Olympics was aired, **billions of** people were watching it.
▶ 當奧運會的開幕式在電視上播出時，幾十億名觀眾都在觀看。

- **boast of** 自吹；誇耀

Some parents **boast of** their children's acquirements. ▶ 有些父母喜歡過度誇耀自己孩子的才能。
No one likes the new kid because he's always **boasting of** his achievements.
▶ 沒人喜歡這個新來的小孩，因為他總是在誇耀自己的功績。

- **dream of** 嚮往；渴望；夢想

Tom **dreamt of** being a great writer since he was young. ▶ 湯姆從年輕時就夢想成為一名偉大的作家。

- **instead of** 代替；而不是

He was demoted **instead of** being promoted.
▶ 他不但沒升職，反而被降職了。
Lily was watching TV all afternoon **instead of** working. ▶ 莉莉整個下午都在看電視而不是在工作。

- **millions of** 數以百萬計

Millions of young men were called up during war time. ▶ 戰爭時期，幾百萬年輕人被徵召入伍。

- **remind of** 提醒；使想起

The wedding dress **reminded** her **of** her wedding day sixty years ago.
▶ 這套婚紗使她想起了六十年前的婚禮。

- **think of** 想起；記得；想出；考慮

How could Sam **think of** giving up when he's so close to getting that contract? ▶ 山姆怎麼能在就要拿到合約的時候考慮放棄呢？

有關「～ of」片語慣用語②

- **all of a sudden** 突然

Speaking of her new job, she became talkative **all of a sudden**. ▶ 一談到新工作，她就突然變得健談起來。

- **all sorts of** 各種各樣的

Children play **all sorts of** tricks to get candies on Halloween. ▶ 孩子們在萬聖節做各種惡作劇來得到糖果。

- **all walks of life** 各行各業

People from **all walks of life** gathered here to celebrate the festival. ▶ 各行各業的人都聚集在這裡慶祝節日。

- **by way of** 經由

Jim went to Malaysia **by way of** Hong Kong.
▶ 吉姆經由香港到馬來西亞。

- **first of all** 首先；第一

First of all, before you go to an interview, you should collect some information on the company.
▶ 參加面試之前，你首先應該收集一下那家公司的相關資訊。

- **for the sake of** 為了…起見；看在…的分上

For the sake of the Unite States, we have to save General Motors. ▶ 為了美國，我們必須拯救通用汽車。

- **get rid of** 消滅；除掉；免除；驅逐；擺脫

The new government promised to clean up the city by **getting rid of** criminals. ▶ 新政府承諾要透過除掉罪犯來清理整座城市。
Whatever blocked up our company's development will be **gotten rid of**.
▶ 任何阻礙公司發展的事物都會被清除。

- **get the better of** 克服；勝過；打敗

Our army **got the better of** our enemies at last.
▶ 我們的軍隊最後戰勝了敵人。

▶ 有關「～of」片語慣用語③

- **have the habit of** 有…的習慣

Lucy **has the habit of** writing down good ideas.
▶ 露西有把好主意記錄下來的習慣。

- **move out of** 搬出

He thought it was going to be the beginning of a new life when he **moved out of** his parents' house.
▶ 當他搬出父母的房子時，他認為那將是新生活的開始。

- **rob...of...** 從…奪走…

The robbers broke into Bill's house and **robbed** him **of** all his money.
▶ 搶匪闖入了比爾家中，搶走了他所有的錢。

- **the number of** …的數量

The number of giant pandas, a greatly treasured animal in China, is still declining in spite of unremitting endeavor.
▶ 儘管不斷地努力，中國的珍稀動物——大熊貓的數量仍在減少。

- **think better of** 改變主意；重新考慮

I almost took a trip to Shanghai, but then I **thought better of** it.
▶ 我差點去了上海旅行，但是最後我改變了主意。
I was going to buy a large house, but later **thought better of** it and bought a small one.
▶ 我本來決定要買一棟大房子，但最後改變了主意買了一棟小房子。

- **with the help of** 有…的幫助

Did William go to that city on his own, or **with the help of** some of his relatives? ▶ 威廉是自己去那個城市的，還是有受到親戚的幫助？

▶ 有關「a ～ of」片語慣用語①

- **a bit of** 少量的；一點

The steak will taste better if you use **a bit of** black pepper.
▶ 牛排上灑一點黑胡椒會更好吃。

- **a bottle of** 一瓶

Give me **a bottle of** water.
▶ 給我一瓶水。

- **a couple of** 一對的；一雙的

She has been doing her homework for **a couple of** hours without playing online games.
▶ 她連做了幾小時的作業而沒玩線上遊戲。

- **a group of** 一群；一組

A small **group of** people, including Mr. Black, Mr. White and Mr. Brown, will visit our factory.
▶ 包括布萊克先生、懷特先生和布朗先生等一小組人將拜訪我們工廠。

- **a glass of** 一杯

Mary drinks **a glass of** milk every night before she sleeps.
▶ 瑪麗每晚臨睡前都會喝一杯牛奶。

- **a lot of** 大量；很多

Andy has **a lot of** bad habits which are impossible to cure of.
▶ 安迪有許多矯正不了的壞習慣。
㊟比較 Although he has done **a lot** for us, we still cannot forgive him.
▶ 儘管他為我們做了很多事，我們還是不能原諒他。

- 比較 **a lot of advice** 很多建議

I gave **a lot of advice** to my boss over the years, but he never took any of them. ▶ 這些年來我向老闆提出了不少建議，但他都沒有採納。

▶ 有關「a ～ of」片語慣用語②

- **a great deal of** 很多

The teacher left us **a great deal of** homework for summer.
▶ 老師留了一大堆暑假作業給我們。
Jim will stay up all night today. There is still **a great deal of** work to do. ▶ 今天吉姆要熬夜了，他還有很多工作要做。

- 比較 **a great deal** 很多

Professors have contributed **a great deal** to this university by teaching and writing. ▶ 教授們在教學和寫文章等方面為大學做出了很多的貢獻。
I have learnt **a great deal** from professor William this semester.
▶ 這學期我從威廉教授那裡學到了很多知識。

- **a large amount of** 大量

Tom has to pay **a large amount of** money as compensation.
▶ 湯姆必須支付一大筆錢作為賠償。

- **a waste of** 浪費

Fixing a ten-year-old computer is such **a** big **waste of** time and money.
▶ 修理一部用了十年的電腦可真是浪費時間和金錢。

- 補充 **a sense of humor** 幽默感

I get extremely excited whenever I work with him, because he is such a smart man with **a sense of humor**.
▶ 他真的是一個既聰明又幽默的人，每次和他共事我都很興奮。

▶ 有關「on ～」片語慣用語

- **on average** 平均；通常

Japanese **on average** live much longer than the Europeans. ▶ 日本人的平均壽命比歐洲人高得多。

- **on condition that** 在…條件下

I will attend your party **on condition that** I finish my homework in time.
▶ 在我完成了作業的情況之下，我會去參加你的聚會。

- **on cue** 恰好在這個時候

Just when she started to complain about her husband, he walked in **on cue**. ▶ 正當她開始抱怨她先生時，他就恰好走進了房間。

- **on earth** 究竟；到底；在世界上

What **on earth** is Jack doing here? I really want to find out. ▶ 我真的很想弄清楚傑克到底在這裡幹什麼？

- **on fire** 失火

An old woman rushed out from the house that was **on fire**.
▶ 一名老婦人從失火的房子裡衝了出來。

- **on purpose** 故意；有意

I'm sure John will skip lunch **on purpose** if he knows we are going to invite him for tea.
▶ 我確定如果約翰知道我們要約他喝下午茶的話，他一定不會吃午餐。

- **on time** 準時

Since you didn't finish your homework **on time**, I will have to call your parents. ▶ 由於你未能按時完成作業，我只好通知你的家長。

有關「on the ～」片語慣用語

- **on the air** 播送

BBC is **on the air** every morning; many students listen to it.
▶ BBC的節目每天早上都會播放，有很多學生收聽。

- **on the alert** 防備著；留心著

They were constantly **on the alert**, trying not to be taken by surprise.
▶ 他們始終處於警戒狀態，以防遭到突襲。

- **on the basis that** 基於…；以…為基礎

She refused to provide the information her boss requested **on the basis that** it was unethical.
▶ 她拒絕為老闆提供訊息，因為那是違反道德的行為。

- **on the brink of** 瀕於

He is **on the brink of** bankruptcy and is held in contempt. ▶ 他處於破產的邊緣，也因此遭人輕視。
After being severely beaten up, Bell is **on the brink of** death. ▶ 在被痛打了一頓之後，貝爾瀕臨死亡。

- **on the contrary** 相反地；正相反

You don't bother me; **on the contrary**, I like having you around.
▶ 你沒有打擾我，相反地，我喜歡有你做伴。

有關「～on」片語慣用語

- **act on [upon]** 照著…去做；遵行

Acting on my advice, Jack decided to study harder. ▶ 根據我的建議，傑克決定更加努力學習。

- **carry on** 繼續下去；進行

After several modifications, we decided to carry on the experiment. ▶ 經過幾次調整後，我們決定繼續實驗。

- **cash in on** 利用…賺錢

Tom cashes in on the bullish markets. ▶ 湯姆利用上漲的股市來賺錢。

- **close in (on)** 包圍

After being closed in on, the enemies hauled down their flag. ▶ 遭到包圍後，敵軍選擇了投降。

- **come on** 請；來吧；快點；來臨

Come on! Get your skates on or we will be late. ▶ 快！穿上你的溜冰鞋不然我們就要遲到了。

- **comment on** 對…作評論

It is said that the famous actress will comment on Cindy's performance. ▶ 據說那位著名女演員將會為辛蒂的表演作出評論。

- **concentrate on [upon]** 專心於；集中於

I cannot concentrate on my work because my neighbors are too noisy. ▶ 我的鄰居太吵了，害我無法專心工作。

- **count on** 依靠；期望；指望

Since it is raining heavily, don't count on the weather tomorrow. ▶ 因為現在雨下得很大，所以可別指望明天的天氣。

Miss Lee is the person you can count on. She will never fail you. ▶ 李小姐是你可以信賴的人，她絕不會讓你失望。

- **dawn on [upon]** 逐漸明白

It finally dawned on John that he was lost. ▶ 約翰終於明白自己迷路了。

It suddenly dawned on her that her husband might be cheating. ▶ 她突然意識到丈夫可能對她不忠。

- **go on** (時間)過去；進行；繼續；接著

We have been working for half a month now, and still have to go on tomorrow. ▶ 我們已經工作半個月了，而且明天還得繼續。

- **insist on** 堅持；強調；堅決要求

I think you will regret later if you **insist on** your decision. ▶ 如果你堅持己見，我想你以後會後悔的。

- **play on words** 玩文字遊戲；雙關語

Tom always **plays on words**, which is why most people don't like to talk to him. ▶ 湯姆總是一語雙關，因此很多人都不喜歡和他講話。

- **put on** 穿上；戴上

If you don't **put on** a coat before you go out, don't blame anyone if you catch a cold. ▶ 如果你出門前不加件外套，感冒了就不要怪別人。

Please **put** an extra coat **on** because it will get colder at night. ▶ 晚上會變冷，請再另外加件外套吧。

- **take on a new look** 呈現一片新面貌

Cities **took on a new look** with the coming Olympics. ▶ 隨著奧運的到來，城市的樣貌煥然一新。

- **work on** 從事於；努力做

I was **working on** that product this afternoon.
▶ 我今天下午都在研究那項產品。

Did you know that I have been **working on** that project for a week?
▶ 你知不知道我進行那個計畫已經一個星期了？

▶ 有關「one's」片語慣用語

- **born with a silver spoon in one's mouth** 出生富貴

Have you ever wished that you were a princess who was **born with a silver spoon in your mouth**?
▶ 你是否曾經希望自己是一位出生富貴的公主？

- **break one's heart** 令人傷心

"Why don't you tell your mother the truth?" "Because I don't want to **break her heart**."
▶ 「你為什麼不告訴母親真相呢？」「因為我不想讓她傷心。」

- **clear one's throat** 清喉嚨

It is impolite to **clear your throat** at the meeting.
▶ 在會議中清喉嚨是不禮貌的。

- **elbow one's way** 用肘推開(人群)前進

Jane **elbowed her way** to the stage to see the newest collection of Eland.
▶ 珍用手肘擠開一條路到臺前觀看依蓮最新的時裝發表會。

- **speak one's mind** 直言不諱

Tom talks a lot but never **speaks his mind**. ▶ 湯姆很愛講話，卻從不說出心裡話。

- **to one's taste** 合某人的胃口

Bob's working style was not **to his colleagues' taste.** ▶ 鮑伯的工作風格不合同事們的口味。

- **try one's best** 盡力；努力

You need not apologize, just **try your best** next time!
▶ 你不需要道歉，下次盡力就行了！
Frances **tried his best** to learn math, and scored high on the test.
▶ 法蘭西斯盡力去學數學，而且考試得高分。

- **try one's luck** 試試運氣

Even though it's a difficult exam, Tom decided to **try his luck.**
▶ 即使考試的難度很高，湯姆還是決定試試自己的運氣。

- **with all one's heart** 全心全意

Mary has been working on this project **with all her heart.** ▶ 瑪麗一直全心全意地準備這個計畫。

▶ 有關「out」片語慣用語①

- **break out** 突然發生；爆發；逃脫

Should another world war **break out**, what would become of human beings? ▶ 萬一世界大戰再度爆發，人類的下場將會如何？

- **burn out** 燒光…的內部；燒毀

Our house was **burnt out** so we had to live with our relatives. ▶ 我們的房子被燒毀了，所以只好與親戚同住。

- **carry out** 執行；實行；完成；實現

It is often much easier to make promises than to **carry** them **out.**
▶ 做出承諾比兌現承諾要簡單得多。
It is very hard to **carry out** the plan, so you should try your best. ▶ 這個計畫非常難執行，因此你要盡力去做。

- **cross out** 畫線刪除

The manager **crossed out** several wrong figures from the report. ▶ 經理從報告中刪掉了好幾個錯誤的數字。
The boss **crossed out** several points from my proposal and added some new ideas. ▶ 老闆劃掉了我提案裡好幾個觀點，並補充了一些新的想法。

- **figure out** 算出；解決

It took me three hours to **figure out** the difficult problem. ▶ 為了解決這道難題，我花了三個小時。

● **find out** 查明；找出；發現

If we are not careful enough, other people will **find out** too.
▶ 如果我們不夠小心的話，別人也會發現這件事。

They have stopped seeing each other since William **found out** that she didn't trust him at all.
▶ 自從威廉發現那個女孩一點都不信任他之後，他們便不再交往了。

● **help out** 幫助

We still need $5000 if we want to **help** the family **out**.
▶ 如果想要幫忙這個家庭的話，我們還需要再籌五千美元。

● **lash out** 責罵，口出惡言

The bad test scores caused the teacher to **lash out** at his students.
▶ 糟糕的考試成績使老師怒斥起學生來。

▶ 有關「out」片語慣用語②

● **let out** 放走；放出；發出

We **let out** the dogs, so they could run and play outside. ▶ 我們把狗放出來，讓牠們在外面奔跑玩耍。

● **rule out** 排除

It was ironic that the initiator of the project was **ruled out** in the end.
▶ 諷刺的是，這個計畫的發起人最後竟然被排除在外。

● **sell out** 售完

The respirators are **sold out** for a moment.
▶ 呼吸器目前已售完了。

● **try out** 嘗試；試用；實驗

Never mind what they say about that job; you should go and **try** it **out** yourself. ▶ 別管他們怎麼說那個工作，你應該自己去試試。

● **turn out** 結果；製造

After all our efforts, the result **turned out** good.
▶ 在我們的努力之下，結果還不錯。

● **work out** 努力達成；算出；擬定；解決；練習

Tony is a genius. He can easily **work out** difficult math problems.
▶ 湯尼是個天才。他可以輕易解決困難的數學問題。

Several managers gathered to **work out** a plan to boost our sales.
▶ 幾名經理聚集起來擬定提升銷售額的計畫。

- **work out a plan** 擬定計畫

Tom needs to **work out a plan** to sell himself to the customers. ▶ 湯姆需要擬定計畫來把自己推銷給客戶。

- 比較 **out of touch with** 和…失去聯絡

Ever since I lost my phone, I've been **out of touch with** my friends. ▶ 自從手機不見後，我就和朋友們失去了聯繫。

▶ 有關「over」片語慣用語

- **knock over** 打翻；撞倒

When Tom **knocked over** the old lady, he did not so much as apologize. ▶ 當湯姆撞倒老奶奶時，他甚至沒有道歉。

- **pull over** 把…停在路邊

Jerry **pulled over** once to buy a drink, and then **pulled over** again to ask the way. ▶ 傑瑞先是在路邊停下來買飲料，後來又停下來問路。

- **think over** 仔細考慮

When you face difficulty, it is best to **think over** the situation. ▶ 面對困難時，最好能夠仔細地考慮情況。

▶ 有關「take ～」片語慣用語①

- **take advantage of** 利用(機會，某人的弱點)

Chinese companies need to **take advantage of** China's entry into the WTO. ▶ 中國公司需要善加利用中國加入世貿組織的機會。

- **take aim** 瞄準

We have to **take aim** at the problem and get it solved. ▶ 我們必須針對這個問題去解決它。

- **take care of** 照顧；照料；負責；處理

Belle doesn't have enough time to **take care of** her baby. ▶ 貝兒沒有足夠的時間照顧她的孩子。

Tom learnt how to **take care of** himself in college. ▶ 湯姆在大學期間學會了如何照顧自己。

The manager **took care of** the nation-wide product sales. ▶ 經理負責全國的產品銷售。

- **take cover** 隱蔽；躲避

It started to rain, so we **took cover** under an umbrella. ▶ 開始下雨了，於是我們撐起雨傘來擋雨。

There is a hurricane coming soon, you have to stop your work and **take cover**. ▶ 颶風很快就要來了，你必須停止工作並找個地方做掩護。

- **take in** 欺騙；收留；吸收

Jane was **taken in** by the lottery scam.
▶ 珍上了樂透騙局的當。

- **take interest in** 對…有興趣

If you want Sandy to **take interest in** you, you will have to dress better.
▶ 如果你要珊蒂對你產生興趣，那你就必須要打扮得好看一點。

- **take night classes** 上夜間部

Besides studying at school, she has also been **taking night classes** to improve her English.
▶ 除了在學校上課以外，她晚上還另外補課改善英語能力。

- **take...off** 休息…

Jane did not feel well and **took** a day **off** to rest. ▶ 珍不太舒服，於是請了一天假休息。

- **take out** 取出；取得；拔去

Mary told Tom to **take out** the trash over and over again, but he still refused to do it. ▶ 瑪麗一再吩咐湯姆丟垃圾，可是他還是不願意。

▶ 有關「take ～」片語慣用語②

- **take one's cue from** 接受某人指示

If you don't know how to order the French dish, just **take your cue from** me. ▶ 如果你不知道該怎麼點法國菜，只要聽從我的指示就可以了。

- **take over** 接收；接管；接辦；繼任

Although still young, Tom has already **taken over** the company.
▶ 雖然湯姆很年輕，但他已經接管了這家公司。

- **take pains** 盡力；煞費苦心

Since the job was very difficult, Mike had to **take pains** in finishing it. ▶ 因為這份工作非常困難，麥克必須盡力才能將它完成。

- **take part in** 參加

Since Jack could not **take part in** the game, the team captain crossed off his name from the list.
▶ 既然傑克無法參賽，隊長便把他的名字從名單中劃掉了。

- **take place** 發生；舉行

Bob decided to put off the meeting because of the earthquake **taking place** in our city. ▶ 由於我們城市發生了地震，鮑伯決定延遲舉行會議。

有關「～to」片語慣用語①

according to 根據

According to Joey, they didn't even try that plan. ▶ 根據喬伊所言，他們根本沒有嘗試那項計畫。

amount to 相當於；共計

Sales in this company has **amounted to** one billion or so this year. ▶ 這家公司今年度的銷售額共計大約十億。

The cost of John's travel to Hong Kong **amounted to** five thousand dollars. ▶ 約翰這次去香港的旅遊費用共計五千美元。

attend to 照顧；注意；致力於

She has many important things to **attend to**.
▶ 她有許多重要的事情需要處理。

Lily felt absurd that she had to **attend to** the boss' son during work time. ▶ 莉莉覺得在工作時間必須照顧老闆的兒子很奇怪。

If you want to get a good job after graduation, you should study hard and **attend to** some social activities now. ▶ 如果你想在畢業後找到一份好工作，現在就該努力學習，並參與一些社交活動。

belong to 屬於

The car of which the wheel is flat **belongs to** Kimberly.
▶ 那輛輪胎沒氣的車子是金柏莉的。

To which door does this key **belong to**?
▶ 這把鑰匙屬於哪扇門？

The IBM laptop on that table **belongs to** Manager Chen. ▶ 桌上的IBM 筆記型電腦是陳經理的。

cater to 滿足需要；為…服務；迎合

It's not very easy to **cater to** Tom's request.
▶ 要滿足湯姆的要求並不十分容易。

Serious newspapers do not **cater to** people's interest in scandals. ▶ 嚴肅的報紙無法迎合人們對醜聞的興趣。

cling to 黏著；固執

The children **cling to** their father for more pocket money. ▶ 孩子們黏著爸爸，想要得到更多的零用錢。

consent to 同意；贊成；答應

He **consented to** their proposal unwillingly.
▶ 他不甘願的贊成了他們的建議。

- contrary to 與…相反

Quite the **contrary to** his looks, the boss is actually a very kind man. ▶ 和外貌相反，老闆其實是位和藹的人。

- drink to 舉杯祝賀

The manager told everyone to **drink to** the success of our company. ▶ 經理要大家舉杯祝賀我們公司的成功。

- due to 由於

After graduation, Mary only meets her friends once in a while **due to** busy work. ▶ 畢業後，由於工作繁忙，瑪麗只能偶爾和朋友們見面。

- listen to 傾聽

Why won't you **listen to** him when he really has something to explain? ▶ 他真的有事情要解釋，你為什麼不聽他說話呢？

有關「～to」片語慣用語②

- add A to B 在 B 增加 A

Adding more salt **to** the popcorn may be the way to sell more drinks to customers. ▶ 在爆米花中多加點鹽，可能會提高飲料的銷量。

- apologize to somebody for... 為…向某人道歉

It's too late to **apologize to Ann for** your mistake. ▶ 現在才為你犯的錯向安道歉，已經太遲了。

You should **apologize to the teacher for** your rudeness. ▶ 你應該為你的無禮向老師道歉。

We **apologized to Mr. Johnson for** the broken-down machine we sold to him. ▶ 我們為賣出的故障機器向強森先生道歉。

- ascribe A to B 把 A 歸因於 B

We should **ascribe** our victory **to** the collaboration of the two enterprises. ▶ 我們應該把成功歸因於兩家公司之間的合作。

- attribute A to B 把 A 歸於 B

You should **attribute** your success **to** the hardwork. ▶ 你應該把你的成功歸功於努力。

You should not **attribute** your failure **to** others, or you will never make progress. ▶ 你不能把失敗歸咎於他人，不然你永遠都得不到進步。

- cut to pieces 切成碎片

Confidential files were **cut to pieces** after being read. ▶ 機密檔被閱讀完畢之後就被切成碎片了。

- **give birth to** 生小孩；引起

Anna **gave birth to** a baby last week, and named her Ann. ▶ 安娜上週生了一個小孩，並將她取名為安。

- **next door to** 在隔壁

Our neighbors who live **next door to** us are very nice.
▶ 住在我們隔壁的鄰居人很好。

- **see eye to eye** …意見相同

Helen and her boss **see eye to eye** on everything. ▶ 海倫和她老闆對每件事的看法都一致。

▶ 有關「to + 原形動詞」片語慣用語

- **attempt to** 試圖

I **attempted to** finish the work last week, but I failed. ▶ 我試圖在上個禮拜完成工作，但失敗了。

- **can't wait to** 迫不及待地

She has been having the same bread for breakfast for two weeks; she **can't wait to** try something new.
▶ 她已經連續兩個星期吃同一種麵包了，她迫不及待地想嘗試新東西。

- **continue to** 繼續

William has been warned that if his grades **continue to** drop, he will be punished. ▶ 威廉被警告，如果成績繼續退步，他將受到懲罰。

- **manage to** 設法做…

Jack **managed to** learn how to run a business, which made him a rich person. ▶ 傑克設法學會了經商， 這使得他成為了一個富有的人。

- **mean to** 打算做某事；意謂

To standby doesn't **mean to** do nothing. ▶ 處於待命狀態不等同於什麼都不做。

- **only to do** 結果卻

Tom and John came all the way to play football **only to** find it was going to start raining. ▶ 湯姆和喬治大老遠地來踢足球，卻發現要下雨了。

- **ought to** 應該

What she said **ought to** be true, we have trust in her. ▶ 她所說的應該是真的，我們信任她。

- **too...to...** 太…不能…

Jack is **too** young **to** enroll in the army. You'd better persuade him to give up that idea.
▶ 傑克還沒到能夠從軍的年紀，你最好勸他放棄這個念頭。

- **refuse to** 拒絕

The service of the company was so bad that I **refused to** buy goods from it. ▶ 這家公司的服務很差勁，以至於我不願意購買他們家的商品。

- **used to do** 過去經常(做)…

Our boss **used to** spend a lot of time in the office. ▶ 我們老闆過去花很多時間在辦公室裡工作。

有關「up」片語慣用語①

- **beat up** 痛打；狠揍

Sam **beat up** William until he was black and blue. ▶ 山姆把威廉打得遍體鱗傷後才甘休。

- **block up** 堵塞；擋住

The river was **blocked up**.
▶ 河流被堵住了。

- **blow up** 大發雷霆；使…爆炸

I **blew up** when I was told that my watch was lost. ▶ 當我被告知手錶被弄丟時，我大發雷霆。

- **break up** 終止；結束；分手

Tom **broke up** the contract and was fined two thousand dollars. ▶ 湯姆終止了合約，被罰繳違約金兩千美元。

- **bundle up** 捆綁起來；使穿得暖和

Peter **bundled up** his books and gave them to the poor boy.
▶ 彼得把他的書打包好，送給了那個窮困的男孩。

- **check up (on)** 查核；調查；檢驗

You'd better have a doctor **check up on** you if you don't feel well.
▶ 你人不舒服的話，最好請位醫生幫你檢查一下。

- **clean up** 打掃

Peter will come by tomorrow, so we need to **clean up** the house.
▶ 彼得明天會來訪，所以我們需要打掃一下房間。

After the celebration, we spent nearly four hours **cleaning up** the courtyard. ▶ 慶祝會結束後，我們花了將近四個小時清掃庭院。

The restaurant manager asked the waiter to **clean up** the table after the customers had left. ▶ 客人離開後，餐廳經理叫服務生把桌子收拾乾淨。

- **clear up** 整理；收拾；解釋；放晴

If it doesn't **clear up** tomorrow, we have to cancel the outing. ▶ 如果明天不放晴，我們就得取消遠足。

- **cover up** 掩蓋；掩飾

No pretty words can **cover up** the lies behind it. ▶ 漂亮的言詞也掩蓋不了背後的謊言。

crack up (精神)崩潰；捧腹大笑

Jack **cracked up** on hearing the joke. ▶ 傑克聽到那個笑話後大笑了起來。
The little boy **cracked up** after seeing his best friend die in the earthquake. ▶ 這個小男孩在目睹他最好的朋友死於地震以後精神崩潰了。

有關「up」片語慣用語②

dig up 挖掘

The women in my office likes to **dig up** scandals. ▶ 我們辦公室內的女性喜歡挖掘醜聞。

dress up 穿上盛裝；打扮；修飾

Brown **dressed up** so well today that I nearly messed him up with our boss. ▶ 布朗今天穿得很正式，我差點沒把他認成我們的老闆。

end up 結束

She **ended up** in jail.
▶ 她最後進了監獄。
If Jim continues behaving like this, he will **end up** in jail. ▶ 如果吉姆繼續這樣下去，他會坐牢的。

flare up 突然燃燒；突然發怒

The fire **flared up** when we thought it was out. ▶ 當我們以為火已經熄滅時，它卻又熊熊燃燒了起來。

give up 停止；放棄

If I were you, I would not **give up** studying in any case. ▶ 如果我是你，我無論如何都不會放棄繼續深造。
We must keep on improving our working methods and never **give up**.
▶ 我們必須不停改進我們的工作方式並且永不放棄。

join up 把…聯合起來

The people had **joined up** to face the war.
▶ 人民聯合起來面對戰爭。

make up 捏造；編造；虛構

I can't believe Lily just **made up** the whole story. ▶ 我無法相信整件事情居然都是莉莉捏造出來的。

有關「up」片語慣用語③

show up 出席；出現

He never **showed up**, nor did he call to apologize. ▶ 他從未出現，也沒打電話表示歉意。
Many buses have stopped and left, but his friend hasn't **shown up**.
▶ 幾部公車停靠後又離開，但他的朋友還是沒有出現。
The director **showed up** in person to supervise the progress.
▶ 主管親自前來監督進展。

- **speed up** 加速；加快；催促

The racer had to **speed up** in order to surpass the other cars. ▶ 賽車手要加速才能夠超越其他車子。

- **stay up** 熬夜；不睡

Mary will have to **stay up** all night today to finish her project.
▶ 瑪麗今天晚上要熬夜寫報告了。

- **stir up** 煽動；引起；招惹

Tom does not dare to **stir up** the hornets.
▶ 湯姆不敢招惹大黃蜂。

- **take up** 占去；占據；開始從事

Waiting for the bus **takes up** too much of my time every day.
▶ 等公車占據了我每天太多的時間。

- **turn up** 出現；到達；找到；開大

In movies, heroic warriors always **turn up** at the right place, at the right time. ▶ 電影裡的英勇戰士總會在對的地點和時間出現。

- **wake up** 醒來；注意到

He **woke up** early that morning so he could walk out to the beach and watch the sunrise. ▶ 他那天早上很早醒來，是為了走去海邊看日出。

▶ 有關「up」片語慣用語④

- **add up** 加起來

Jane **added up** the money she had spent during the first half of the year.
▶ 珍加總了上半年的開銷。

- **be bound up in...** 熱中於；忙於

Ever since graduation, Kate has **been bound up in** writing novels.
▶ 自從畢業以後，凱特便一直埋頭寫小說。

- **come up with** 提出；想出

The teacher praised him for **coming up with** a good solution. ▶ 老師因為他提出了一個好辦法而表揚他。

- **get up late** 晚起床

Under the circumstance that I **got up late** this morning, I decided to go to the office by taxi.
▶ 在今早起床時間太晚的情況之下，我決定搭計程車去上班。

- **put up with** 容忍；忍受

If you continue to come back home late every day, I won't be able to **put up with** it anymore. ▶ 如果你繼續每天晚歸，我就忍無可忍了。

有關「with」片語慣用語

coincide with 和…一致；相同

Tom's free time did not **coincide with** mine, so we couldn't go to the cinema together.
▶ 湯姆空閒的時間和我的不一致，因此我們無法一起去看電影。

Most of my hobbies **coincide with** Mary's, so we have many things to talk about. ▶ 我大多數的愛好都和瑪麗一致，因此我們之間有很多話題。

cope with 處理；對抗

Tom can't **cope with** the task alone, he needs help. ▶ 湯姆無法獨自一人處理這項工作，他需要幫助。

do business with 和…做生意

Since she cheated us once, I think we should be more careful when **doing business with** her.
▶ 既然她以前騙過我們，我覺得和她做生意的時候我們得更小心點。

play with 以…為消遣；玩弄

The monkey has been **playing with** the red ball for an hour before I took it. ▶ 在我把紅球拿走之前，那隻猴子已經玩了它一個小時了。

to begin with 首先；第一

To begin with, the teacher explained the rules of the test to the students.
▶ 首先，老師向學生們解釋了考試規則。

up to date 現代化的；最新式的

Our boss really appreciated your idea. He thought it was **up to date**.
▶ 我們老闆很欣賞你的意見，他認為你提出的想法與現況相符。

第二單元：依「主題分類」的片語和慣用語

有關「後面要接動名詞」片語慣用語

feel like 想要

Because I played football for three hours yesterday, I don't **feel like** going shopping right now.
▶ 因為昨天踢了三小時足球，我現在不想去購物。

Although it is two o'clock in the morning, I still don't **feel like** sleeping. ▶ 雖然已經凌晨兩點，我還是不想睡覺。

look forward to 盼望；期待

Our new boss will arrive in two weeks. I'm **looking forward to** it.
▶ 我們的新上司將在兩個星期內到達，我非常期待。

We have been working for a long time and are **looking forward to** a vacation. ▶ 我們工作了很長一段時間，大家都期待能夠放假。

有關「時間」片語慣用語①

all day long 一整天

Tom had been working at company **all day long**.
▶ 湯姆已經在公司工作一整天了。

They have been talking about this issue **all day long**. They just can't wait until the day is over.
▶ 他們談論這個話題一整天了，大家都等不及今天快點過去。

all the year round 一年到頭

John has been working on his project **all the year round**.
▶ 約翰一年到頭都在做他的計畫。

all the time 一直

They quarrel **all the time**.
▶ 他們一直在吵架。

around the clock 晝夜不停地

Susan worked **around the clock** but her boss didn't know that.
▶ 蘇珊日以繼夜地工作，可是她的老闆並不知道。

a busy schedule 行程很多

Every manager has **a busy schedule**, so it is difficult to choose a meeting time that is convenient for all. ▶ 每位經理的行程都很滿，所以要選擇一個大家都方便的開會時間很困難。

by then 到那時

Come early or we will have finished eating **by then**. ▶ 早點來吧，不然到那時我們應該已經吃完飯了。

date from 起源於

The habit of having three meals per day **dates from** ancient days.
▶ 一日三餐的習慣始於古代。

- **full age** 成年

Patrick's two **full age** sons live and work far away from home.
▶ 派屈克那兩個成年的兒子都在離家很遠的地方生活和工作。

▶ 有關「時間」片語慣用語②

- **let bygones be bygones** 既往不咎；過去的事讓它過去

Since George is my colleague, I will **let bygones be bygones.** ▶ 既然喬治是我的同事，我只好既往不咎。

- **lunch time** 午餐時間

Eva is too busy doing her job to notice that it is already **lunch time.**
▶ 伊娃忙於手上的工作，都沒有注意到已經是午餐時間了。

- **once in a while** 偶爾；有時

Mary likes to go to the theater for a movie **once in a while.**
▶ 瑪麗喜歡偶爾去電影院看場電影。
We go to fancy restaurants **once in a while.**
▶ 我們偶爾會去高級餐廳用餐。

- **per week** 每個星期

A top soccer star can earn about 50 thousand dollars **per week.**
▶ 頂尖的足球明星一個星期可以賺進五萬美元。

- **right now** 現在

You still won't let me know where he is **right now.**
▶ 你還是不肯告訴我他現在在哪裡。

- **the whole day** 一整天

She will spend **the whole day** accompanying her manager.
▶ 她將陪伴經理一整天。

- **up until now** 到目前為止

Up until now, my brother has started three companies. ▶ 到目前為止，我的哥哥已經開了三家公司。

▶ 有關「學校教育」片語慣用語

- **administrative staff** 行政人員

The **administrative staff** consider it wrong for students to talk during examinations. Therefore, their exam papers will not be corrected.
▶ 行政人員認為學生在考試時講話是不對的。因此，他們的考卷將不會被批改。

- **college student** 大學生

He had never known what it was like to be a **college student** until he went to that university.
▶ 直到進入那間大學，他才知道當一名大學生是什麼感覺。

- **do well** 做得好

Jane did not believe that Eric could **do well** on the test; now she has to eat her words.
▶ 珍不相信艾瑞克能夠考到好成績，但她現在不得不收回前言。

- **doctorate degree** 博士學位

Jack returned to college to finish his **doctorate degree.** ▶ 傑克返回校園去完成他的博士學位。

- **fail the exam** 沒通過考試

He **failed the exam** this time.
▶ 他沒通過這次的考試。

- **GPA** 平均分數

Every student is aware of the importance of getting a high **GPA**.
▶ 每個學生都明白績分點高的重要性。

- **midterm** 期中

Linda spent six hours writing her **midterm** essay last night. ▶ 昨晚琳達花了六個小時來寫期中論文

- **morning exercises** 早操

We stood in line in front of the hall for **morning exercises.**
▶ 我們在禮堂前面排隊做早操。

- **pass the exam** 通過考試

George tried his best but still can't **pass the exam.** ▶ 喬治盡了全力，但仍然無法通過考試。

- **skip classes** 翹課

If he continues to **skip classes** so often, he would never pass the exam.
▶ 如果他繼續翹那麼多課的話，考試一定不會及格。

▶ 有關「旅行」片語慣用語

- **business trip** 出差

Ben has never been to Africa on a **business trip**, and probably will never go. ▶ 班從來沒去過非洲出差，而且大概永遠也不會去。

- **carry-on luggage** 手提行李

After the seatbelt sign flickered off, all the passengers jumped out of the seats to collect their **carry-on luggage.** ▶ 繫安全帶的燈號熄滅後，乘客們都離開座位去領取手提行李。

- **cancel the holiday trip** 取消假日旅行

My husband and I decided to **cancel the holiday trip** this year because we don't have enough money.
▶ 我和丈夫決定取消今年的假日旅行，因為我們錢不夠。

flight attendant 空服員

The **flight attendant** asked the passenger to bring his chair to the upright position for landing.
▶ 空服員請乘客將椅子移動至垂直位置，準備著陸。

foreign tourist 外國遊客

Mt. Huang is not only loved by Chinese visitors, but by **foreign tourists** as well. ▶ 黃山不僅被中國訪客喜愛，也同樣被外國遊客青睞。

有關「商業動詞」片語慣用語

attend the meeting 出席會議

News came that Mr. Brown will not **attend the meeting**. ▶ 有消息指出布朗先生將不會出席會議。

made from 由…製成

The window was **made from** toughened glass.
▶ 這扇窗戶由強化玻璃製成。

pay the bills 付帳單

Since his family is very poor, he has been working day and night to **pay the bills**. ▶ 由於他家裡很窮，他只好日以繼夜的工作賺錢來付帳單。

place an order 下訂單

If you place a bigger order, we can give you a discount. ▶ 如果你下一筆更大訂單，我們會打折。

show...around 帶領…參觀

Welcome to our company, I will **show** you **around** and give you some details on our products. ▶ 歡迎到我們公司，我會帶領您參觀這裡，並為您做我們產品的詳細介紹。

sign a contract 簽約

Even though she has only been in this business for a week, she had already successfully **signed** four **contracts**.
▶ 即使她接觸此行業才一個禮拜，就已經成功簽下四份合約了。

weather the storm 度過難關

This year looks like a difficult year for small businesses, we will have to work even harder to **weather the storm**. ▶ 看來今年對於小型企業而言將會是困難重重的一年，我們必須更加努力工作以度過難關。

有關「非商業動詞」片語慣用語①

- **brand-new** 嶄新的

Alice's dad recently bought her a **brand-new** doll for her fourth birthday. ▶ 最近愛麗絲的爸爸為了慶祝她四歲的生日而買了一個嶄新的娃娃送給她。

- **car fair** 汽車博覽會

We are invited to the **car fair**. It's a good chance to find out what kind of cars are popular. ▶ 我們受邀參與這次的汽車博覽會，這是查明哪幾款汽車最受歡迎的好機會。

- **chemical plant** 化工廠

If the **chemical plant** is built here, the environment may be polluted.
▶ 如果那座化工廠建在這裡，這裡的環境可能被污染。

- **communication activity** 交流活動

Golfing is very popular among millionaires, and has become a type of **communication activity** between bosses.
▶ 高爾夫在百萬富翁之間非常流行，且已經成為老闆之間的交流活動。

- **convenience store** 便利商店

Cleaning wipes are sold at local **convenience stores** near you. ▶ 你附近的當地便利商店有賣清潔溼巾。

- **down payment** 分期付款的訂金

Jack paid $1,000 as the **down payment** of the car. ▶ 傑克為這輛汽車支付了一千美元的訂金。

- **fierce competition** 競爭激烈

Only a few employee got the chance of being promoted; this indicates the **fierce competition**.
▶ 只有少數員工得到了晉升的機會，這說明了競爭激烈。

- **general manager** 總經理

The **general manager** of Intel gave a speech in my university last night.
▶ 英特爾的總經理昨晚在我的學校發表演講。

有關「非商業動詞」片語慣用語②

- **local market** 本地市場

Considering the **local market**, Sophia decided to recruit some Chinese people into her company.
▶ 考慮到本地市場，蘇菲亞決定招聘幾位中國人到她的公司工作。

marketing plan 行銷計畫

In order for the new **marketing plan** to work, they had to make sure every part of it is correct. ▶ 為了讓新的行銷計畫能夠順利進行，他們必須確認每個組成部分都是正確的。

meeting room 會議室

We need computers in both the office and the **meeting rooms**. ▶ 辦公室和會議室都需要電腦。

pay raise 加薪

After working in the company for months, everyone was looking forward to a **pay raise**. ▶ 在公司工作了幾個月後，大家都在期待加薪。

real estate 不動產

The **real estate** business requires service. ▶ 要經營房地產業就必須提供服務。

saving grace 唯一的優點；可取之處

Having a low price is the product's **saving grace**. ▶ 價格低廉是這個產品的唯一優點。

slack season 淡季

The **slack season** is here, during this period we won't have much work in days to come. ▶ 淡季到了，在這段期間內的未來幾天我們將不會有太多工作。

the management level 管理層

Everyone in the company noticed the change taking place on **the management level**, but we are all in the dark as to why. ▶ 公司裡的每個人都察覺到了管理層的變動，但是沒人知道原因。

有關「交通」片語慣用語

a forty-minute drive 四十分鐘的車程

McDonalds is **a forty-minute drive** from here; that's very far. ▶ 麥當勞距離這裡非常遠，要四十分鐘的車程。

a hit-and-run accident 一起肇事逃逸事件

Mr. Black witnessed **a hit-and-run accident** on his way to the office. ▶ 布萊克先生在上班的路上目睹了一起交通肇事逃逸事件。

driver's license 駕駛執照

Wilfred will not be getting his **driver's license** if he cannot pass the visual acuity test. ▶ 如果威爾弗雷德不能通過視力檢查，他就不能拿到駕駛執照。

drunk driving 酒醉駕駛

In future, **drunk driving** will be severely punished. ▶ 今後，酒醉駕駛將受到嚴厲的處分。

- **left side** 左側

You shouldn't drive on the **left side**; keep in mind that we are driving in America right now.
▶ 你不應該靠左行駛，不要忘記我們現在是在美國開車。

- **seatbelt** 安全帶

Peter was fined by the police because he had been driving without wearing a **seatbelt**.
▶ 彼得被交通警察罰款，因為他開車時沒有繫安全帶。

- **traffic jam** 塞車

He bumped into the car in front of him and caused the **traffic jam**.
▶ 他撞到了前面那輛車，因而導致路上塞車。

- **train ticket** 火車票

I would have gone on the trip if I hadn't lost my **train ticket**.
▶ 若不是弄丟了火車票，我就會參加這次旅行了。

▶ 有關「國家地名」片語慣用語

- **Chinatown** 中國城

Their American boss loved authentic Chinese food; we could invite him to **Chinatown** for dinner.
▶ 他們的美國老闆非常喜歡道地的中國菜，我們可以邀他去中國城吃飯。

- **New York** 紐約

Have your boss ever visited that company in **New York**? It is fantastic. ▶ 你們老闆去參觀過紐約那家公司嗎？那裡真是太棒了。

- **North America** 北美洲

It is now known that people have lived in **North America** since 12, 000 B.C.
▶ 現在我們知道，西元前一萬兩千年起就有人口居住在北美洲了。

- **the States** 美國

You have changed a lot since you and your husband moved to **the States**. ▶ 自從你和你丈夫搬去了美國之後，你變了很多。

- **the United States** 美國

The United States has the Pacific Ocean on its west and the Atlantic Ocean on the east.
▶ 美國西靠太平洋，東靠大西洋。
John F. Kennedy was the 35th president of **the United States** and the youngest person to ever hold the position.
▶ 約翰．甘迺迪是美國第三十五任總統，也是有史以來最年輕的執政者。

第一章：英文文法基本觀念

學習重點...

- 了解句子的結構
- 了解可以用來當主詞的有那些字或詞組
- 了解那些動詞可以用來當述詞部分的動詞
- 了解主詞可能的變化有那些
- 了解動詞可能的變化有那些
- 了解動詞的詞形變化

句子是由主語和謂語所構成

英文文法最基本的句型就是：句子＝主語＋謂語＋其它部分

主語	謂語	其它部分	中文
Mark	is	very active in sports.	馬克很喜歡運動。
He	plays	golf and baseball very often.	他常常打高爾夫球和棒球。

可以用來當主語部分中的主詞

可以用來當主語	例句
名詞當主詞： 名詞指的是事物、人、地、觀念等之語詞，如：John, book, stores, time, idea, fire 等等。	1. **Martin** did his homework quickly. 馬丁很快做完家庭作業。 Martin 是人名，是名詞，在此當主詞用。 2. **Students** should listen to English news broadcasting in the early morning. 學生們應一大早就聽英文新聞廣播。 students學生們，是複數可數名詞，在此當主詞用。
代名詞當主詞： 代名詞是替代名詞之語詞，有：I, you, he, she, they, anyone 等等。	1. **She** likes all kinds of sports. 她喜歡各種運動。 she 是代名詞，在此當主詞用。 2. **He** has been hoping for a raise for the last six months. 他在過去六個月來一直希望加薪。 he 是代名詞，在此當主詞用。

可以用來當主語	例句
不定詞當主詞： 不定詞由 to +動詞形成，如：to believe, to go, to dream 等等。	1. **To go shopping** is always fun. 逛街購物總是有趣。 to go shopping 是不定詞，在此當主詞用。 2. **To set fire to the buildings** is illegal and may cause lots of deaths. 放火燒建築物是違法的，而且可能導致很多死亡。 to set fire to the buildings 是不定詞，在此當主詞用。
動名詞當主詞： 動名詞由動詞在字尾+-ing 形成，如：believing, going, dreaming 等等。	1. **Surfing** is the best way to get a tan. 衝浪是做日光浴最好的方法。 surfing(衝浪)是動名詞當主詞用。 2. **Paying the phone bills** is a constant headache. 付電話帳單常叫人頭痛。 paying the phone bills(付電話帳單)是動名詞，在此當主詞用。
疑問詞＋不定詞當主詞： 如：what to do, where to go 等等。	**What to do** remains unknown. You should decide now. 要怎麼做仍然不知道，你現在要決定了。 what to do 是疑問詞＋不定詞，在此當主詞用。
名詞子句當主詞： 名詞子句具有名詞功能，由 why, when, which, who, what 引導，詳參稍後的章節。	1. **That Gary is smart** is beyond question. 蓋瑞很聰明是無庸置疑。 That Gary is smart 是名詞子句，在此當主詞用。 2. **That Kathy is a teacher's pet** is common knowledge. 凱西是老師最喜歡的學生是大家都知道的事。
It 虛主詞： It 無實際字義，出現在句子的主語部分，它的真正意義出現在謂語部分。	1. **It** is very interesting to visit the zoo with friends. 和朋友去參觀動物園是很有趣的。 it 在此是虛主詞。 2. **It** is difficult for me to concentrate while you're watching TV. 你看電視時，我很難專心。 it 在此是虛主詞。

可以用來當動詞的語詞

可以用來當動詞	例句
be 動詞： am, are, is, was, were 是，存在	1. Betty **was** lucky to escape being hurt. 貝蒂幸運沒有受傷。 2. Linda **is** one of the most intelligent girls in the French class. 琳達是法文課裡最聰明女孩之一。
has, have 動詞： has, have, had 有	1. He **had** a big car. 他有輛大車。 2. The apartment **has** five bedrooms, and two living rooms. 這間公寓有五間臥室和兩間客廳。
一般動詞： eat (吃飯)，play (玩)，work (工作) 等動詞，都是一般動詞	1. Here are some books for your sister to **read** this week. 這是幾本給你妹妹這個星期讀的書。 read 一般動詞。 2. I **want** to have a cool drink. 我想喝一杯冷飲。
助動詞＋原形動詞	1. I **can** not **endure** him any longer! 我再也不能忍受他了！ 2. It **doesn't alter** the fact that Mr. Johnson was a famous man. 不能改變強森先生是位知名人物的事實。

和主詞有關的變化

和主詞有關的變化	例句
沒有主詞的情況： 祈使句	1. Take your time. 慢慢來。 祈使句，通常都省略主詞。 2. Lend me some money please. I'll return it before Friday. 請借給我一些錢，我星期五前會還你。 第一句是祈使句，通常都省略主詞。

和主詞有關的變化	例句
兩個主詞的情形： 比如，用 and 連接	1. **Peter and I** are good friends. We often go swimming together. 彼得和我是好朋友，我們常常一起去游泳。 and 連接 Peter 和 I 構成本句的主詞。 2. **Two men and three dogs** got hurt in the fire accident last night. 兩個人和三隻狗昨晚在火災中受傷。 and 連接 two men 和 three dogs 構成本句的主詞。
同位語並不是主詞	1. Our classmate, **Robert**, will celebrate his birthday tomorrow. 我們的同學，羅伯，明天要慶祝他的生日。 Robert 在本句是同位語 = Our classmate 。 2. His father, **a famous doctor**, is performing an operation on Sally. 他的父親，一位知名的醫生，正在幫莎莉做手術。 a famous doctor 在本句是同位語 = His father。
插入語： 主詞後面若有 with, together with, along with, as well as 等插入語，都不是主詞，它們只是插入語，因此無法決定動詞的變化	1. Mr. Brown, **together with his wife and two daughters**, was injured in the car accident. 布朗先生及其夫人和兩個女兒，在車禍中受傷了。 together with his wife and two daughters 在本句是插入語。本句主詞是 Mr. Brown 一個人，所以動詞用單數動詞 was。 2. **Mr. Brown and his two daughters** were injured in the car accident. 布朗先生及其兩個女兒，在車禍中受傷了。 Mr. Brown and his two daughters 在本句是主詞且是複數，所以動詞用複數動詞 were。

和動詞有關的變化

和動詞有關的變化	例句
有時候，一個句子會有兩個動詞，用連接詞來連	1. **Come and see** her tomorrow. 明天來看她吧。 2. **Watch and learn** my steps. 看並學我的步伐。
第二個動詞，可能會以不定詞、動名詞、分詞的形式出現	1. Vicky's boss asked her **to write** a letter **inviting** customers **to attend** a barbecue. 維琪的老闆要求她寫一封信邀請客戶來參加野宴。 本句asked是動詞，to write是不定詞，inviting是分詞，to attend 是不定詞。 2. **Talking** about future careers, I prefer to be a teacher rather than to be a doctor. 談到未來生涯，我寧願當老師不願當醫生。 talking 在此是分詞用法。

動詞的詞形變化

動詞的詞形變化	例句
原形動詞(就是沒有變化的動詞，也就是字典上查出來的原形動詞)	1. **Look** here! 看這裡！ 2. Don't **look** at me like that. 別那樣看著我。 3. You **look** great. 你看起來好極了。
動詞+s 或 es(用於主詞是第三人稱單數，且時式是現在)	1. He **looks** just like his mother. 他和他母親長得很像。 2. It **looks** as if it is going to rain. 好像要下雨了。
過去式動詞(用於時式是過去簡單式)	1. His boss **looked** at him coldly. 他的老闆冷漠地看著他。 2. To kill time, we **looked** round the shops. 為了消磨時間，我們逛了逛商場。

動詞的詞形變化	例句
現在分詞(用於時式是進行式或完成進行式)	1. You're **looking** good! 你看起來很好啊！ 2. The students were eagerly **looking** forward to the party. 學生們熱切地期待著晚會。
過去分詞(用於時式是完成式或被動)	1. The children have **looked** up at the balloons in the air. 孩子們仰望空中的氣球。 2. In no respect can he be **looked** upon as a good doctor. 無論從哪一方面來看，他都不能被看作是位好醫生。

EXERCISE 01

以下這些句子，不是缺主詞，就是缺動詞，缺主詞則請標註 s ，缺動詞則請標註 v

題目：______ The question answered by many people.

解答：__v__ The question answered by many people.

1. ________ I busy looking up all the new words in my dictionary.
2. ________ John more diligent than anyone else in his class.
3. ________ Being a parent be hard work.
4. ________ Checked the bill.
5. ________ Said nothing to me about it.
6. ________ It bad manners to interrupt.
7. ________ It worth while to learn English.
8. ________ Not till then did realize the danger of the situation.
9. ________ What I do for you?
10. ________ Their is blue.
11. ________ I never seen a girl more beautiful than Mary.
12. ________ How do you your work?
13. ________ It not uncommon for people to jaywalk.
14. ________ Although she is rich, doesn't follow that she is dishonest.
15. ________ Argued, his voice trembling with anger.

1. V I am busy looking up all the new words in my dictionary.
2. V John is more diligent than anyone else in his class.
3. V Being a parent can be hard work.
4. S He checked the bill.
5. S She said nothing to me about it.
6. V It is bad manners to interrupt.
7. V It is worth while to learn English.
8. S Not till then did he realize the danger of the situation.
9. V What can I do for you?
10. S Their house is blue.
11. V I have never seen a girl more beautiful than Mary.
12. V How do you do your work?
13. V It is not uncommon for people to jaywalk.
14. S Although she is rich, it doesn't follow that she is dishonest.
15. S He argued, his voice trembling with anger.

EXERCISE 02

以下這些句子，請找出動詞，並在動詞下面劃一條線
題目：I graduated from the university last year.
解答：I <u>graduated</u> from the university last year.

1. What is worth doing is worth doing well.
2. I asked her a few questions.
3. He who questions nothing learns nothing.
4. A man becomes learned by asking questions.
5. There's no question about it.
6. Living in the big city is convenient.
7. The sound of the cheering faded away.
8. Jogging every day is good for health.
9. Being a teacher is very interesting and exciting.
10. I felt excited at the news.

答案

1. What is worth doing is worth doing well.
2. I asked her a few questions.
3. He who questions nothing learns nothing.
4. A man becomes learned by asking questions.
5. There's no question about it.
6. Living in the big city is convenient.
7. The sound of the cheering faded away.
8. Jogging every day is good for health.
9. Being a teacher is very interesting and exciting.
10. I felt excited at the news.

第二章：十二時式之簡單式

- 時間分三種：過去、現在和未來
- 動作分四種：簡單、進行、完成、完成進行
- 時間和動作互相搭配成主動的十二時式
- 主動有十二時式，要知道什麼時侯，使用那個時式
- 每個時式的動詞變化要記牢
- 時間會影響動詞變化
- 主詞單複數，也會影響到動詞的變化
- 若有兩個動詞，用連接詞連接，原則上，這兩個動詞的時式應該一樣。若有明顯的時間差，則兩時式可以不一樣。

現在簡單式

1. 現在簡單式的使用時機和重點

使用時機和重點	例句
表示現在的事實或現在存在的狀態	1. He **lives** in France. 他住在法國。 2. I **know** that you know that I know. 我知道你知道我知道。 3. She's old. She always **forgets** doing something she has done. 她年紀大了。她總是忘記一些她已經做過的事情。

使用時機和重點	例句
現在的習慣習俗，或是現在經常的動作，用現在簡單式，常和 always, usually, often, sometimes, never, every day, twice a week, on Saturdays 合用	1. I always **take** a walk after dinner. It's good for health. 我總是在晚飯後去散步，這對健康很好。 2. Sometimes parents **give** their children pocket money. 有時父母給孩子零用錢。 注意 並非有 always 或 sometimes 這些單字就是要用現在簡單式；如果是強調過去時間的習慣、習俗也要用過去式。
以 when, while, if, after, before 開頭的條件子句或時間子句，以現在式代替未來式	1. When she **comes** tomorrow, we will give her a surprise. 當她明天來的時候，我們會給她一個驚喜。 明天還沒到，但用在條件子句或時間子句時，要用現在式代替未來式，本句用 will come 則錯。 2. If traffic problems **are** not solved soon, driving in this city will become impossible. 如果不盡快解決交通問題，就不可能在本城市開車。
如果是電影情節、小說、書籍內容等，也常用現在簡單式	1. In the film, **he is** the central character of Charles Smith. 在這部影片中，他擔任查爾斯・史密斯這個中心角色。 2. The Bible **says** love of money is the root of all evil. 聖經說愛財是萬惡之源。
表已安排、已固定的行程，如交通工具的時刻等，通常也都用現在簡單式	1. The ticket **shows** the train **starts** at five twenty. 票上說火車五點二十出發。 2. The plane **takes** off at six o'clock in the morning. 飛機在早上六點起飛。

2. 現在簡單式動詞有以下六種變化

主詞	動詞	例句
I	am 是 have 有	1. I **am** a student. 我是學生。 2. To lose weight, I **have** salad for dinner. 為了減肥，我晚飯吃沙拉。
You We	are 是 have 有	1. It's my pleasure to be your friend. You **are** an angel in my mind. 很榮幸成為你的朋友。你在我心中像個天使。 2. Luckily, you don't **have** a test next Tuesday. 幸運的是，你們下星期二沒有考試。 3. Our company is very big. We **have** many branches on the island. 我們公司很大，島上我們有許多分公司。
He She It 單數名詞 不可數名詞	is 是 has 有	1. He **is** so famous that everyone knows him. 他非常著名，每個人都認識他。 2. It **is** not difficult to jog for an hour as long as you don't give up. 只要你不放棄，慢跑一個小時並不難。 3. This kind of cell phone **has** the function of a camera. 這種手機有照相功能。 4. As is known to everybody, a car **has** four wheels. 眾所周知，汽車有四個輪子。
第一人稱 第二人稱 (不論單複數)	原形動詞	1. I **spend** a lot of time online every day. 我每天花很多時間上網。 2. Before you **go** jogging, **buy** a good pair of shoes. 慢跑之前，要先買一雙好的鞋子。

主詞	動詞	例句
第三人稱複數	原形動詞 are 是 have 有	1. Students **resent** having to do a lot of homework everyday. 學生們都討厭每天做很多的家庭作業。 2. Rabbits **are** small and cute and they seldom **have** water. 兔子小而可愛，牠們很少喝水。
第三人稱單數或不可數名詞	一般動詞 + s 或 es 等變化	1. Sharon is not a local. She **comes** from a foreign country called Spain. 莎倫不是本地人。她來自一個名叫西班牙的外國國家。 2. Helen **goes** to the gym to see basketball games once a week. 海倫一星期去體育館看一次籃球比賽。

3. 現在簡單式動詞三單現的變化：第三人稱單數現在式一般動詞 + s 或 es 等變化

規則	單字	例句
一般動詞 + s	▸ live → lives 住 ▸ feel → feels 感覺 ▸ hope → hopes 希望 ▸ check → checks 檢查 ▸ ask → asks 問 ▸ speak → speaks 演講 ▸ cover → covers 覆蓋 ▸ hate → hates 厭惡 ▸ take → takes 拿 ▸ become → becomes 成為 ▸ arrive → arrives 到達 ▸ accept → accepts 接受	1. Although he **lives** alone, he never **feels** lonely. 儘管他一個人住，但他不覺得孤單。 2. Jenny **hopes** to become a scientist like Einstein. 珍妮希望成為像愛因斯坦一樣的科學家。 3. My wife **hates** to do the housework. 我的妻子不喜歡做家事。 4. It **takes** a lot of time to write a poem. 寫一首詩要花很多時間。

規則	單字	例句
字尾是 sh, ch, x, s, 字尾＋es	▶ catch → catches 抓 ▶ wash → washes 洗 ▶ teach → teaches 教 補充 ▶ do → does 做 ▶ go → goes 去	1. Mr. Chen always **washes** his car early in the morning. 陳先生總是在一大早洗車。 2. An office clerk **does** the paperwork for the company. 辦公室職員為公司做文書工作。 3. The tie **goes** well with your shirt. 領帶和你的襯衫很配。
字尾是子音＋y，去 y 加 ies	▶ study → studies 讀 ▶ cry → cries 哭	Paul **studies** in the library from Monday to Sunday. He's really diligent. 保羅從星期一到星期天都在圖書館念書。他真的很用功。
字尾母音＋s	▶ pay → pays 付 ▶ play → plays 玩	Paul now **plays** baseball very well. 現在保羅棒球打得很好。

過去簡單式

1. 過去簡單式使用時機和重點

使用時機和重點	例句
表示過去時間的事實、動作、狀態、動作、情況、習慣或經驗	Her health **got** worse quickly because she **did** not exercise. 因為她不運動，健康很快就惡化了。
過去簡單式常和 last week, last year, during the night, in 1981, five weeks ago, several months ago 等合用，通常時間在過去，而和現在時間並無任何關係	1. I **wasn't** born yesterday. 我又不是三歲小孩。 本句的 wasn't 是否定。 2. These foreign guests **visited** Taipei last summer. 這些外國客人去年夏天訪問過臺北。 因 last summer 所以用過去式。

2. 過去簡單式的動詞，也是需要變化的喔，其變化如下：

主詞	動詞	動詞舉例	例句
I He She It 單數名詞	be動詞 有動詞	▶ was ▶ had	1. I **was** impressed when you said you liked me the first time. 你說你第一次就喜歡上我，我印象十分深刻。 2. Bill **had** a headache but he still went to work as usual. 比爾頭痛，但仍照常去上班。
We You They	be動詞 有動詞	▶ were ▶ had	1. After a long voyage, they **were** exhausted. 在長途航行後，他們筋疲力盡。 2. The Wang family visited the National Zoo and **had** a great time. 王家全家人參觀了國家動物園，而且度過了一段美好時光。
主詞不限	動詞+d	▶ live → lived 住 ▶ like → liked 喜歡 ▶ love → loved 愛 ▶ move → moved 住 ▶ close → closed 關 ▶ decide → decided 決定 ▶ retire → retired 退休 ▶ pollute → polluted 汙染	1. When I was little, my family **lived** in a small town near the Alps. 我小的時候，我家住在靠近阿爾卑斯山脈的一個小城鎮。 2. He **decided** to buy a small house on the hill after he **retired**. 他決定退休後在山上買一間小房子。 3. The garbage **polluted** the lake and dirtied the air. 垃圾汙染了湖泊和空氣。

<table>
<tr><th>主詞</th><th>動詞</th><th>動詞舉例</th><th>例句</th></tr>
<tr><td rowspan="2">主詞不限</td><td>動詞+ed</td><td>▶ learn → learned 學
▶ park → parked 停放
▶ watch → watched 看
▶ miss → missed 錯過
▶ finish → finished 結束
▶ happen → happened 發生
▶ look → looked 看
▶ ask → asked 問
▶ pick → picked 挑選
▶ belong → belonged 屬於
▶ wait → waited 等待
▶ collect → collected 收集
▶ accept → accepted 接受
▶ cough → coughed 咳嗽
▶ join → joined 加入</td><td>1. Jessie was all fingers and thumbs when she learned to cook.
潔西學做飯的時候笨手笨腳。
2. He finished his studies by taking a part-time job.
他是靠做兼職完成學業。
3. Susan looked worried when her father was in the hospital.
當父親生病住院時，蘇珊看起來很焦急。</td></tr>
<tr><td>動詞詞尾 y 去 y + ied</td><td>▶ study → studied 學習</td><td>Benjamin Franklin, a scientist, studied lightning.
班傑明富蘭克林是位科學家，他研究閃電。</td></tr>
</table>

主詞	動詞	動詞舉例	例句
主詞不限	不規則變化	▶ come → came 來 ▶ get → got 得到 ▶ go → went 去 ▶ bring → brought 帶來 ▶ sing → sang 唱 ▶ swim → swam 游泳 ▶ break → broke 打破 ▶ catch → caught 捉 ▶ take → took 拿 ▶ ride → rode 騎 ▶ run → ran 跑 ▶ send → sent 寄送 ▶ make → made 做 ▶ speak → spoke 演講 ▶ win → won 贏 ▶ drive → drove 開車 ▶ fly → flew 飛 ▶ say → said 說 ▶ sit → sat 坐 ▶ give → gave 給 ▶ tell → told 說 ▶ find → found 發現 ▶ write → wrote 寫 ▶ forget → forgot 忘記 ▶ sweep → swept 掃地 ▶ think → thought 想 ▶ clap → clapped 拍手 ▶ jog → jogged 慢跑 ▶ stop → stopped 停止 ▶ plan → planned 計畫	1. Andrew was badly hurt by a truck when he **went** across the street. 當安德魯過馬路時，他被卡車撞成重傷。 2. He **broke** his leg many years ago. He was a taxi driver then. 他很多年前摔斷了腿，他當時是計程車司機。 3. Mary **made** a big mistake. 瑪麗犯了一個大錯誤。 4. The motorcyclist **drove** too fast. That's why the accident happened. 摩托車騎士騎太快。這就是車禍發生的原因。 5. Walking through the park, they **found** a poor cat. 步行穿過公園時，他們發現一隻可憐的貓。 6. After hours of driving, he **stopped** at a convenience store and **bought** a coke. 開了好幾個小時的車後，他在便利商店停下來買了一瓶可樂。

未來簡單式

使用時機和重點	例句
未來即將發生的動作或狀態，常出現 tomorrow, next week, in an hour 等未來時間 主詞＋will＋原形動詞＋…＋未來時間	1. They **will** move from this city as soon as they can. 他們會盡快的搬離這個城市。 2. If you go by plane, it **will** save you more time than to go by train. 如果你搭飛機去，會比坐火車去節省更多時間。 3. Take a coat with you. Maybe it **will** be cooler later. 帶一件大衣去。等會兒天氣可能會變涼。 4. The weather report says that there'**ll** be a storm soon. 天氣預報說很快將有一場暴風雨。
(比較) be going to ＋ 原形動詞：表示打算	1. I **am going to** play tennis later this afternoon. 今天下午晚點我要去打網球。 2. **Are** you **going to** eat in or eat out? 你打算在家吃飯還是出去吃飯？
(比較) be about to ＋ 原形動詞：表示即將發生的動作	The match **is about to** begin. 比賽即將開始。

EXERCISE

1. Look! The police car is ________ the robbers.
   Ⓐ chased Ⓑ to chase Ⓒ chase Ⓓ chasing
2. Make sure you've brought your umbrella because it seems it ________ soon.
   Ⓐ has rained Ⓑ to rain Ⓒ rain Ⓓ will rain
3. She said that she ________ not nervous.
   Ⓐ is Ⓑ was Ⓒ has been Ⓓ will be
4. When the airplane stopped, the passengers ________ their seat belts.
   Ⓐ were unfasten Ⓑ had unfastened Ⓒ are unfasten Ⓓ unfastened
5. After entering the WTO, the country ________ face some challenges.
   Ⓐ is bounding to Ⓑ bounds to Ⓒ is bound to Ⓓ is bounded to
6. With the exception of John, all the students ________ the exam.
   Ⓐ past Ⓑ having past Ⓒ passing Ⓓ passed
7. Jack is fond of skiing but I ________.
   Ⓐ am Ⓑ am not Ⓒ do Ⓓ do not
8. That custom ________ India about 800 years ago.
   Ⓐ deriving from Ⓑ derived in Ⓒ derived from
   Ⓓ being derived since
9. Dr. Yang is ________ a patient in the emergency room right now.
   Ⓐ operated on Ⓑ operating on Ⓒ operating in Ⓓ operated in
10. Jack has just bought a new suit because he's ________ have a job interview tomorrow.
    Ⓐ shall Ⓑ will Ⓒ going to Ⓓ wanting to
11. It's not convenient for me to do my homework because my computer ________ by a hacker.
    Ⓐ attacked Ⓑ has attacked Ⓒ will be attacked Ⓓ has been attacked
12. The price of houses ________ a common subject of conversation nowadays.
    Ⓐ was Ⓑ had Ⓒ has Ⓓ is
13. I ________ to the police station yesterday to change my permanent address

in my documents.

Ⓐ went Ⓑ have gone Ⓒ go Ⓓ will go

14. Don't travel to that country because the political situation ________ not very stable.

Ⓐ is there Ⓑ being there Ⓒ there being Ⓓ there is

15. ________ regret it for the rest of your life if you give up this golden opportunity.

Ⓐ Will Ⓑ Will you Ⓒ You Ⓓ You'll

16. His expression reflected that he ________ join the army.

Ⓐ wills to Ⓑ was willing to Ⓒ willing to Ⓓ is willing to

17. Girls usually ________ for romantic stories.

Ⓐ sheds tears Ⓑ shed tears Ⓒ shed off tears Ⓓ sheds off tears

18. People said that he ________ Jordan, but I found them different.

Ⓐ resembles Ⓑ resembled as Ⓒ resemble as Ⓓ resembled

19. At the end of the novel, the heroine ________ suicide calmly in her room.

Ⓐ committed Ⓑ commit Ⓒ commited Ⓓ commitd

20. Jack ________ a well-behaved student, and now he isn't.

Ⓐ is used to be Ⓑ used to be Ⓒ is used being Ⓓ used to being

答案

1.Ⓓ，由 Look 判斷本句是現在進行式。

2.Ⓓ，未來可能會下雨用未來簡單式。

3.Ⓑ，由過去式動詞 said 判斷空格也要選過去式動詞，所以選Ⓑ。

4.Ⓓ，因 stopped 是過去式，所以空格也選過去式。

5.Ⓒ，be bound to：註定。

6.Ⓓ，原形動詞 pass，其過去式動詞是 passed。

7.Ⓑ，空格前 is 是現在式所以空格也用現在式，且 is 是 be 動詞所以空格要選 be 動詞的字。

8.Ⓒ，由 800 years ago 判斷用過去簡單式。

9.Ⓑ，由 right now 判斷要用現在進行式。

10.Ⓒ，be going to：表示即將做的事。

11.Ⓓ，已經被攻擊，現在完成式的被動：has been + P.P.。

12.Ⓓ，本句缺動詞，所以空格選動詞，因 nowadays 所以選現在式的答案。

13.Ⓐ，有 yesterday 用過去式。

14.Ⓓ，空格缺動詞，there 指那個地方，本答案 there is 並不是有的意思。

15.Ⓓ，空格缺主詞，選未來表示未來會後悔。

16.Ⓑ，be willing to + 原形動詞：願意做某事。因 reflected 是過去式所以空格也要選過去式動詞的答案。

17.Ⓑ，shed tears：流淚；Girls 是複數，動詞不加 s。

18.Ⓓ，片語 A resembles B：A 像 B。因 said 和 found 都是過去式所以不選現在式的答案。

19.Ⓐ，commit suicide 自殺。commit 的過去式要重複 t 再加 ed 所以解答選Ⓐ。

20.Ⓑ，used to + 原形動詞：過去常常的習慣，現在沒有。

第三章：十二時式之進行式

現在進行式

1. 現在進行式的使用時機和重點

使用時機和重點	例句
表示事情現在正在進行或表示現在進行的動作	1. My mouth is **watering**. 我在流口水了。 現在進行式表示正在流口水。
主詞 + am/ are/ is + 現在分詞	2. I **am publishing** a book about geography this year. 今年我計畫出一本關於地理的書。 本句是用現在進行式代替未來式。 3. He **is coming** here next week and **is staying** here until May. 他在下星期會來這裡，並且一直待到五月。 本句是用現在進行式代替未來式。

2. 常見的動詞 ing 如下：

原形動詞	動詞 ing	例句
go	going 去	1. The Wang family is **going** to France to spend their holiday. 小王一家要去法國度假。 2. Worried, Damo is **walking** back and forth in the classroom. 達摩很焦急，在教室裡走來走去。 3. Peter and Sam are **playing** baseball on the playground. 彼得和山姆正在操場上打棒球。 4. Ted's throat is **hurting** badly and he has difficulty speaking right now. 泰德的喉嚨很痛，他現在說不出話來。
mail	mailing 郵寄	
ask	asking 問	
watch	watching 看	
read	reading 讀	
do	doing 做	
wash	washing 洗	
study	studying 學習	
play	playing 玩	
buy	buying 買	
happen	happening 發生	

原形動詞	動詞 ing	例句
sell	selling 賣	5. Amy is always **looking** for opportunities to practice speaking Spanish. 愛咪總是在尋找練習說西班牙語的機會。
send	sending 寄	
look	looking 看	
cook	cooking 煮	
sleep	sleeping 睡覺	
rain	raining 下雨	
dream	dreaming 做夢	

3. 以下是動詞 ing 特例，請特別注意：

原形動詞	動詞 ing	例句
come	coming 來	1. The pipe is leaking; water is **coming** out quickly. 水管漏水了，水很快流了出來。
take	taking 拿	
drive	driving 駕駛	2. The pollution is **becoming** serious. All the citizens are moving out. 汙染變得嚴重了。所有的市民正在搬家。
become	becoming 成為	
make	making 做	3. The cell phone, despite its communicative function, is **becoming** a symbol of fashion. 手機除了通訊功能，逐漸成為時尚的標誌。
face	facing 面對	
shave	shaving 刮	4. Every time he is **hiding** something, his eyes stare blankly. 每次他隱藏著什麼東西時，他的眼神茫然。
plan	planning 計畫	

4. 下列這些動詞片語，不能用進行式，用簡單式即可

動詞		例句
hate	like	1. I **forget** your name. 我忘了你名字。 比較 I am forgetting your name.(本句英文不對。) 2. She **saw** somebody creeping into the garden last night. 昨晚她看到有人爬進花園裡。 本句動詞用 saw，不能用 was seeing 進行式，因為 saw 不能用進行式，只能用簡單式。
agree	see	
hope	love	
believe	taste	
know	belong to	
forget	feel	
realize	consist of	
remember		

過去進行式：使用時機和重點

使用時機和重點	例句
強調過去某段時間正在進行的動作，用過去進行式，表示強調進行，而非強調事實	1. We **were talking** about your report this morning. 我們今天上午一直談論著你的報告。 2. The students **were** still **talking** when the teacher stepped in. 當老師走進來時，學生們仍在講話。 3. I couldn't make out what he **was saying**. 我不明白他說的什麼意思。
表示漸漸如何，用以下句型： 主詞＋ was / were getting＋形容詞	1. It **was getting** dark; she had to get ready to head home 天漸漸黑了；她必須動身回家。 比較 You'd better put on your coat, it'**s getting** colder. 你最好穿件外套；天漸漸冷了。 注意 本句是現在進行式。

未來進行式：使用時機和重點

使用時機和重點	例句
表未來某段時間正在進行的動作，強調動作的進行 主詞 + will be + 動詞 ing +(未來時間)…	1. We'**ll be studying** French all afternoon. 整個下午我們將要一直念法文。 2. We **will be having** a geography lesson from eight to twelve this morning. 今天早上 8 點到 12 點我們要上地理課。
「will be + 形容詞」是未來簡單式，不是未來進行式，不要混淆	1. Everything **will be** ***OK***. 一切都會沒事的。 2. I **will be** ***ready*** in five minutes. 我會在五分鐘內準備好。

EXERCISE

1. Don't disturb Tom. He ________ a sound sleep after consuming so much time on the experiment.

   Ⓐ is having Ⓑ has Ⓒ had Ⓓ has had

2. It is universally recognized that Taiwan ________ more and more important in the world.

   Ⓐ will be becoming Ⓑ is to be Ⓒ is becoming Ⓓ will become

3. It was pouring rain when Alice ________ for the train.

   Ⓐ waited Ⓑ wait Ⓒ waiting Ⓓ was waiting

4. We're still ________ for her arrival.

   Ⓐ wait Ⓑ to wait Ⓒ waiting Ⓓ be waiting

5. He ________ when I go to see him.

   Ⓐ will always work Ⓑ has always been working Ⓒ has always worked
   Ⓓ is always working

6. The Sawyers ________ for Hong Kong as a holiday.

   Ⓐ is heading Ⓑ heads Ⓒ heading Ⓓ are heading

7. Kevin ________ with us until you return.

   Ⓐ stays Ⓑ would stay Ⓒ have been staying Ⓓ will be staying

8. Tagwell is ________ his life ________ now in Fox River prison.

   Ⓐ giving...sentenced... Ⓑ given...sentence Ⓒ serving...sentence
   Ⓓ served...sentenced

9. I ________ maintenance in a factory at this time 2 years ago.

   Ⓐ work Ⓑ working Ⓒ was working Ⓓ had worked

10. Jim will not be able to come to the KTV party tonight because ________.

    Ⓐ he must to teach a class Ⓑ he will be teaching a class
    Ⓒ of he will teach a class Ⓓ he will have taught a class

1.Ⓐ，從第一句話中可以看出此句表示現在正在發生的事情，所以用現在進行式。

2.Ⓒ，表示正在發生的事件用現在進行式： am/ are/ is + Ving。

3.Ⓓ，此句表示兩個動作下雨和等車同時進行，因 It was pouring rain 是過去進行式，所以去 Ⓐ 和 Ⓑ，等車要用 wait for，因此選 Ⓓ。

4.Ⓒ，We're 是 We are 的縮寫，選 waiting 符合現在進行式的公式。

5.Ⓓ，本句用現在進行式帶有抱怨的味道。

6.Ⓓ，The Sawyers 是一家人，複數，所以選複數動詞的解答。

7.Ⓓ，因爲 until you return 是未來時間，Kevin 都會一直 stay with us，所以用未來進行式來強調一直陪伴。

8.Ⓒ，serve sentence 服刑，life sentence 終身監禁；不需要被動，now 為現在進行時間。

9.Ⓒ，at this time 2 years ago 表示過去的當時，應選 Ⓒ，表示當時正在進行的動作。

10.Ⓑ，must 後面沒有 to，所以去掉 Ⓐ；because of 後面不能加子句，所以去掉 Ⓒ；而 Ⓓ 是未來完成式，與句意也不符。而 Ⓑ 中的未來進行式強調未來某時刻正在進行的動作，所以選 Ⓑ。

第四章：十二時式之完成式

現在完成式

1. 現在完成式的使用時機和重點

使用時機和重點	例句
從過去某個時間，做事做到現在，可能是已完成的動作或是做到現在已經一段時間，常和 for a long time, for several years, since three o'clock, since last May, since I was a child 合用 主詞＋has/have＋過去分詞(P.P.)＋since＋某時間/for＋一段時間	1. I **haven't seen** him since then. 從那時候起我就再沒見過他。 2. My grandfather has a long beard. He said he **hasn't cut** it for years. 我祖父的鬍子很長。他說已經有很多年沒有刮鬍子了。
現在完成式後面若搭配次數(如 five times)，則表示「已經…次的經驗」	1. He **has visited** his aunt many times. 他去看望他伯母很多次了。 2. Kevin and Karen **have seen** the movie Titanic several times. 凱文和凱倫已經看過電影鐵達尼號許多遍了。

2. 常見的過去分詞 (P.P.) 規則變化：原形動詞＋ed 則形成過去分詞

原形動詞	過去分詞 (P.P.)	原形動詞	過去分詞 (P.P.)
look	looked	elect	elected
want	wanted	finish	finished
enjoy	enjoyed	design	designed
follow	followed	visit	visited

3. 常見的過去分詞 (P.P.) 不規則變化：分四種

四種變化	原形	過去式	過去分詞	例句
AAA 型 (動詞三態同形)	cost hurt read	cost hurt read	cost hurt read	Paul has **read** three books in one day. 保羅一天讀了三本書。
ABB 型 (過去式與過去分詞同形)	buy leave say	bought left said	bought left said	Though Mr. Wu has **left** us, his spirit will always be with us. 儘管吳先生已經離開我們，但是他的精神和我們同在。
ABC 型 (三者皆不同形)	do write wear be	did wrote wore was/ were	done written worn been	He has **written** more than ten books. 他已經寫了十多本書。
ABA 型 (過去分詞與原形動詞同形)	come become	came became	come become	The issue has **become** a topic discussed by every citizen. 這個問題已經成為每個市民討論的主題。

過去完成式：使用時機和重點

使用時機和重點	例句
過去完成式是指事情到過去某個時間，已完成的動作，狀態或經驗，常和過去式合用	1. It struck me that they **had really learned** a great deal from the internet. 他們真的從網路上學到很多，讓我驚訝。
主詞 + had + 過去分詞(P.P.)+	2. They **had got** all the dinner before I got there. 在我到那裡之前，他們已經準備好晚餐。
過去完成式：比過去式的時間較早 過去式：過去的某個時間，比過去完成式的時間較晚	本句是他們先準備好晚餐，我才到達，他們準備好晚餐的時間較早，所以用過去完成式；我到那裡的時間較晚，所以用過去式即可。

未來完成式：使用時機和重點

使用時機和重點	例句
到未來某時間之前，動作已完成，或已經一段時間了	1. By the end of term, I **will have studied** English for 10 years. 學期結束前，我學習英文就要滿十年了。
通常後面也都有接未來的時間，如 by next week, by the end of the term, on Nov. 12 (by 在…之前)	2. I **shall have finished** reading this novel by the end of this week. 在本星期結束之前，我就念完這本小說了。
主詞 + will have + 過去分詞 + ... (P.P.) + (未來時間) .	3. Maybe by the time we get to the dock, he **will** already **have started**. 有可能在我們抵達碼頭時，他將已經出發了。

EXERCISE

1. My middle school ________ a lot since I graduated.
   Ⓐ has been altering Ⓑ altered Ⓒ has altered Ⓓ altering
2. We are sorry for the trouble ________ caused you.
   Ⓐ has Ⓑ have Ⓒ we have Ⓓ we having
3. He ________ in this country now for five years, but he still makes no attempt to speak our language.
   Ⓐ is Ⓑ has been Ⓒ has being Ⓓ is being
4. We ________ nearly three days when we finally get back to Taipei.
   Ⓐ travel Ⓑ will have traveled Ⓒ shall have traveled Ⓓ are traveling
5. Even though she ________ in Germany for 5 years, Lisa still cannot speak German very well.
   Ⓐ lives Ⓑ has lived Ⓒ will live Ⓓ has been lived
6. I don't know what ________ my neighbor. The lights are on but nobody is home.
   Ⓐ has happened of Ⓑ has happened to Ⓒ has been happened to
   Ⓓ has been happened of
7. When I went to the cinema yesterday, I encountered my high school classmate, whom I ________ for years.
   Ⓐ would not see Ⓑ haven't seen Ⓒ didn't see Ⓓ hadn't seen
8. The village has altered a lot since Jack ________ when he ________ 10 years old.
   Ⓐ leaves...is... Ⓑ left...is... Ⓒ leaves...was Ⓓ left...was...
9. In the past few decades, Taiwan's economy ________ greatly improved.
   Ⓐ have been Ⓑ has was Ⓒ having Ⓓ has been.
10. Although the shirt looks new, it has ________ many times.
    Ⓐ wear Ⓑ been worn Ⓒ been wear Ⓓ worn
11. I have never ________ football, but I really appreciate the skill of professional footballers.

Ⓐ played Ⓑ played the Ⓒ play Ⓓ play the

12. He ________ his homework when his mother ________ home.

Ⓐ had finished, arrived Ⓑ had finished, arrives

Ⓒ finished, had arrived Ⓓ finishes, arrived

13. By the end of this year, ________ in this factory for twenty years.

Ⓐ I have worked Ⓑ I work Ⓒ I'll work Ⓓ I'll have worked

1.Ⓒ，since 後面子句是 graduated 過去式，所以主要子句用現在完成式 has/ have + P.P.。

2.Ⓒ，are 是現在式，空格用現在完成式 has/ have + P.P.，且空格需要用主格，所以選 Ⓒ。

3.Ⓑ，句中有 for five years，表示至目前已經五年了，應用現在完成式 has + P.P.，has been。

4.Ⓑ，表示在未來的動作 when we finally get back to Taipei 之前，已經 "travel" 三天，用未來完成式。

5.Ⓑ，for 5 years 表示一段連續的時間，因助動詞是 cannot 表現在，所以解答用現在完成式。

6.Ⓑ，happen 無被動語態，且後面介系詞是 to。

7.Ⓓ，此句 went 表示過去，並且 for years 是比過去更早的時間，所以用過去完成式。記著：比過去更早的時間用過去完成式，記住了沒？

8.Ⓓ，由 has altered 判斷 since 和 when 後面的空格皆用過去簡單式。

9.Ⓓ，本句主詞是 economy，空格是動詞，大大被改善用被動，所以選 has been；現在完成式的被動公式是：have/ has been + P.P.。

10.Ⓑ，衣服是被 worn 所以選現在完成式被動 has been + P.P.。

11.Ⓐ，have never + P.P. 表示從未做過某事；一般情況運動前面不加 the；比如 play baseball/ basketball。

12.Ⓐ，先做完作業媽媽才回家，先做的事用過去完成式 had + P.P.，後面的事用過去簡單式，所以選 Ⓐ。

13.Ⓓ，由 By the end of this year 得知是未來時間，由 for twenty years 判斷是用完成式，所以用未來完成式 will have + 過去分詞 (P.P.)，選 Ⓓ。

第五章：十二時式之完成進行式

現在完成進行式

1. 現在完成進行式的使用時機和重點

使用時機和重點	例句
過去的某個動作，到現在已經一段時間而且還會繼續當中 主詞 + have been (has) + 現在分詞 (動詞 ing) + … .	1. They **have been playing guitar** since early this morning. 今天一大早開始，他們就一直彈吉他。 2. Hi, is there No. 123 bus? I **have been waiting** for 20 minutes. 你好，這裡有 123 路公車嗎？我等了二十分鐘了。 3. She **has been taking** exercises to lose weight from day to day. 她每天運動減肥。

2. 現在完成進行式和現在完成式的不同

時式	強調重點	例句
現在完成進行式	強調動作還會進行	I **have been living** in Taiwan for ten years. 我已經住在臺灣十年了。 而且還會再住下去。
現在完成式	強調動作到現在已完成，還會不會進行，句子沒有說明	I **have lived** in Taiwan for ten years. 我已經住在臺灣十年了。 可能還會再住下去，也可能明天就要搬離臺灣，句子沒有說明。

過去完成進行式

1. 過去完成進行式的使用時機和重點

使用時機和重點	例句
強調某個動作到過去的某個時間已經一段時間而且還在繼續當中	1. She said that she **had been typing** a paper before I came in. 她說在我進來之前，她一直在打一篇論文。 2. The heavy snow **had been falling** for 3 hours. 一連下了三個小時的大雪。 3. The whole area was flooded because it **had been raining** for weeks. 由於下了幾個星期的雨整個地區都被淹了。
主詞 + had been + 現在分詞 + … . (動詞 ing)	

2. 過去完成進行式和過去完成式的不同

時式	強調重點	例句
過去完成進行式	強調過去某段時間動作的進行	By the time my mother was forty, she **had been living** in the United States for more than fifteen years. 到我母親四十歲那年，她已經在美國待超過十五年。
過去完成式	強調過去某段時間動作的已完成	My mother **had lived** in the United States for more than fifteen years before she moved to Canada. 我母親搬到加拿大前，她已經在美國待超過十五年。

未來完成進行式

1. 未來完成進行式的使用時機和重點

使用時機和重點	例句
事情一直做，強調在未來某個時間已經做完一段時間，而且還會繼續做 主詞 + will have been + 現在分詞 (動詞 ing)	1. He **will have been working** for the company for twenty years. 他將為公司工作二十年了。 2. By the time the sun sets, they **will have been swimming** for three hours. 太陽下山時，他們游泳就游了三個小時了。

2. 未來完成進行式和未來完成式的不同

時式	強調重點	例句
未來完成進行式	強調動作到未來已經一段時間而且還會再進行	Linda **will have been doing** her homework for over three hours when the lunch is ready. 等到午飯準備好時，琳達就連續做了三小時以上的家庭作業了。
未來完成式	強調動作到未來已經一段時間，會不會再進行則沒有說明	Linda **will have finished** her homework soon. 琳達就快做完家庭作業了。

EXERCISE EXERCISE

1. She ________ her father's work since she was 9 years old.

   Ⓐ is doing Ⓑ has been doing Ⓒ has done Ⓓ has been done

2. Even though we ________ for six months, we are not very friendly.

   Ⓐ having been lived side by side Ⓑ had been living side by side
   Ⓒ have been living side by side Ⓓ having been living side by side

3. I ________ by the river and have just come into the coffee shop.

   Ⓐ have walk Ⓑ walked Ⓒ have been walking Ⓓ was walking

4. In an hour you ________ cricket for 8 hours today. Get a life!

   Ⓐ have watched Ⓑ was watching Ⓒ will have been watching
   Ⓓ had been watching

5. He ________ forever by the time he is proficient.

   Ⓐ studied English Ⓑ had been studying English Ⓒ studies English
   Ⓓ will have been studying English

6. Ever since she moved to Taipei, her mother ________ to her once a week.

   Ⓐ has written Ⓑ has been writing Ⓒ wrote Ⓓ had been writing

7. These two countries have ________ with each other over the boundary issue.

   Ⓐ been long fought Ⓑ been long fighting Ⓒ long been fighting
   Ⓓ long been fought

8. The scientists ________ on the SARS vaccine for 3 years.

   Ⓐ have been worked Ⓑ have been working Ⓒ have being working
   Ⓓ have worked

答案

1. Ⓑ，因爲根據題目，since she was 9 years old 她一直在做，所以用現在完成進行式。
2. Ⓒ，時間是 for six months，且後面動詞 are 是現在式，所以用現在完成進行式。
3. Ⓒ，句意：「我一直在河邊散步，只是剛剛進入咖啡店」，所以用現在完成進行式。
4. Ⓒ，因 In an hour 表示是未來時間，和 for 8 hours today 決定了用未來完成進行式。
5. Ⓓ，「forever by the time...」，所以用未來完成進行式。
6. Ⓑ，現在完成進行式的公式：has/ have been + Ving。
7. Ⓑ，現在完成進行式的公式：has/ have been + Ving。單字 long 表示很長時間。
8. Ⓑ，現在完成進行式公式：has/ have been + Ving。

第六章：動詞

學習重點

- 了解每個助動詞的基本用法
- 了解助動詞的否定用法
- 了解助動詞的推測用法
- 了解連綴動詞，感官動詞的用法
- 授與動詞，有二個受詞，可先接人，再加物
- 授與動詞也可先接物 + 適當的介系詞 + 加人
- 了解使役動詞及其用法
- 了解 Be 動詞的用法
- 了解 Have 動詞的用法
- 了解各個重要的動詞及其用法
- 重要的動詞片語
- 主詞動詞的一致

助動詞

1. 助動詞基本用法

助動詞基本用法	例句
can/could 表「可以，會」； 若表「能力」，則用 be able to	1. I **can** read French and Spanish but I **can't** speak either of them. 法文和西班牙文我都看的懂，但是我不會說。 2. **Can** you keep an eye on my bag? 幫我看一下錢包好嗎？ 本句是疑問句。 3. Although he is only five years old, he **is able to** tell the time. 雖然他才五歲，他就能看時鐘了。

助動詞基本用法	例句
could/would 表「請求」，客氣的問人家可不可以或能不能	1. **Could** you give me a hand? 能幫個忙嗎？ 2. **Would** you do me a favor? 你能幫我一個忙嗎？ 3. I am exhausted. I'd like to leave now. **Would** you mind if I leave early? 我很累了，我要離開了，介意我先走嗎？
may/might 表「許可」或「允許」，通常用來客氣詢問他人意見	1. **May** I borrow your comic books? No, you may not. 我可以借你的漫畫書嗎？不行。 2. You **might** do me a favor? 你或許能幫我個忙吧？
do/does/did 加強，疑問使用； don't/doesn't/didn't + 原形動詞表示否定	1. They think I **didn't** read these articles, but that's not true. I **did** study. 他們認為我沒有看過這些文章，但這不是事實，我真的看過了。 didn't 表否定；而 did 在此表強調。 2. He put his book on the table yesterday. **Did** you see it? 昨天他把書放在桌子上了，你看見了嗎？ Did 用於一般動詞的疑問句。
must 義務，必須，表應做的義務或責任，或強烈建議他人	1. You **must** join us for dinner. 你一定要和我們一起吃晚飯。 2. Every driver **must** have a valid license. Or he'll be fined. 每位駕駛都必須有有效的證件，不然會被罰錢。
must not 強烈禁止，表一定不能做…	1. You **mustn't** upset yourself. 你不要讓自己感到不安。 2. You **must not** forget to take your homework with you tomorrow. 明天不要忘記帶作業。

助動詞基本用法	例句
ought to 應該，建議別人應該如何如何，比 must 較客氣的說法；should 應該如何	1. You don't look well today, Paul. You **ought to** go to see the doctor after class. 保羅，你今天氣色不太好。下課後，你應該去看醫生。 2. You **ought not to** make such a big fuss about my birthday. 關於我的生日，你不應該這麼大驚小怪。 3. You **should** have a mind of your own. 你應該有自己的主見。
need 必要	1. **Need** you make much noise? Please keep silent. 你有必要製造這麼大的噪音嗎？請保持安靜。 2. You **need** have no fears about that. 您不必為此擔心。
should not have + P.P. / need not have + P.P. / ought not to have + P.P. 過去不應該做，但做了	You **ought not to have** given such an important task to Diana. She is too young to do it well. 你不應該把這麼重要的任務交給黛安娜，她太年輕了，做不好的。
should have + P.P. / ought to have + P.P. 過去應該做，但沒有做	1. I **should have informed** her but I didn't. 我早應該告訴她，但我沒有告訴她。 早應該告訴她，但實際沒有告訴她。 2. You **should have told** her the truth. Now she won't believe anything you say. 你本該告訴她實情。現在她不會相信你說的任何事了。 早應該告訴她，但實際沒有告訴她。

2. 助動詞推測用法

助動詞推測用法	例句
must have + P.P. 表示說話者對過去的事，做肯定的推測(只是推測，並不代表事實)	1. You **must have mistaken** her for her sister. 你一定是把她誤認為是她的姊姊了。 2. No one answered the phone. I think they **must have been killed.** 沒人接電話。我想他們肯定已經被殺了。 must have been + P.P. 被動用法。
may have + P.P. 對過去事實，做不確定/不肯定的推測，語氣比 must have + P.P. 還要弱	1. The car **may have run** out of gas. 車子可能沒油了。 推測可能已經沒有汽油，但實際是不是這樣，說話者也只是推測，不肯定。 2. She **may not have known** that her parents were killed in a car accident. 她可能還不知道她父母死於車禍中。 推測她可能不知道她父母已死，但我們不知道她知道不知道。
1. may be 表示說話者的可能但不肯定的推測 2. must be 表示說話者肯定一定的推測，用 must be 較 may be 強烈	1. He **may be** right. 他可能是對的。 2. He **must be** innocent. 他一定是無辜的。

連綴動詞、感官動詞、授與動詞和使役動詞

1. 連綴動詞的用法：後面加形容詞，不加副詞

連綴動詞	例句
be 是 appear 看起來 get 得到 grow 成長 seem 似乎 become 成為 turn 變成 stay 保持 prove 證明 remain 仍然是 keep 保持	1. I always try to **keep** calm under all circumstances. 我在任何情況下總是保持冷靜。 2. My father **got** very angry when he saw me smoking. 當我父親看到我在抽煙時，他非常生氣。 3. As children **grew** older, they became less dependent on their parents. 當孩子們長大後，他們就會少依賴他們的父母。

2. 感官動詞的用法：後面加形容詞，不加副詞

感官動詞	例句
hear 聽 look 看 feel 感覺 smell 聞起來 sound 聽起來 taste 嘗起來 watch 看 see 看	1. You **look** cool in this new jacket. 你穿這件新夾克酷極了。 2. The milk chocolate on the plate **smells** sweet. 盤子裡的牛奶巧克力聞起來很甜。 3. The food, your mother made **tastes** rather delicious. I really envy you. 你媽做的菜真是太好吃了，我好羨慕你啊！

感官動詞	例句
感官動詞後面若加動詞，則動詞有三種變化 1. 原形動詞 (強調受詞主動做動作) 2. Ving (強調受詞進行的動作) 3. P.P. (強調受詞被動被如何)	1. I **saw** a cat catch a mouse last night. 昨天晚上我看到貓在抓一隻老鼠。 用 catch 強調事實。 2. I **saw** a cat catching a mouse last night. 昨天晚上我看到貓正在抓一隻老鼠。 用 catching 強調動作的進行。 3. I **saw** a mouse caught last night. 昨天晚上我看到一隻老鼠被抓。 用 caught 強調受詞的被動。

3. 授與動詞的用法：後面要先加人，再加物；也可先加物 + 適當的介系詞 + 人

授與動詞	例句
give 給 lend 借 send 寄 teach 教 tell 說 buy 買 ask 請求 write 寫	1. Last birthday, Mom **bought** me a book. 上次生日，媽媽買了一本書給我。 先人再物，無介系詞。 2. On Father's Day, Jane **bought** a beautiful tie **for** her father. 在父親節的時候，珍妮為她父親買了條漂亮的領帶。 3. Bill **lent** his bike **to** Jane, so he has to take the bus to school. 比爾把他的自行車借給了珍妮，所以他搭公車上學。

4. 使役動詞：用來命令人做事的動詞叫使役動詞

使役動詞	例句
1. 受詞主動做某事用原形動詞 2. 受詞被…，用過去分詞	1. Peter **made** me fix his bike. 彼得叫我修他的腳踏車。(受詞主動做某事) 2. Peter **made** his bike fixed. 彼得讓他的腳踏車被修。(受詞被…)
	1. My mother **had** me wash the clothes. 我媽媽讓我洗衣服。(受詞主動做某事) 2. My mother **had** the clothes washed. 我媽媽讓衣服被洗。(受詞被…)

be 動詞

1. be 動詞：表達「是」或「存在」的動詞。
2. be 動詞的變化如下：

使用時機	英文	例句
現在 簡單式	I am... You are... He is... She is... It is... They are... Joan and Mary are... He and I are...	1. Now that **I am** free, I can relax for a while. 既然有空，我可以放鬆一下。 2. **You are** serious. 你是認真的吧。 3. **It is** a pity that you missed the train. 你未能趕上火車，真是遺憾。 4. **They are** short of food. 他們缺乏食物。
過去 簡單式	I was... He was... She was... It was... You were... They were... Helen and Cathy were... He and I were...	1. **The train was** not behind time. 火車沒有誤點。 2. **She was** out all day. 她整天都在外面。 3. **They were** very poor at that time. 那時他們很窮。

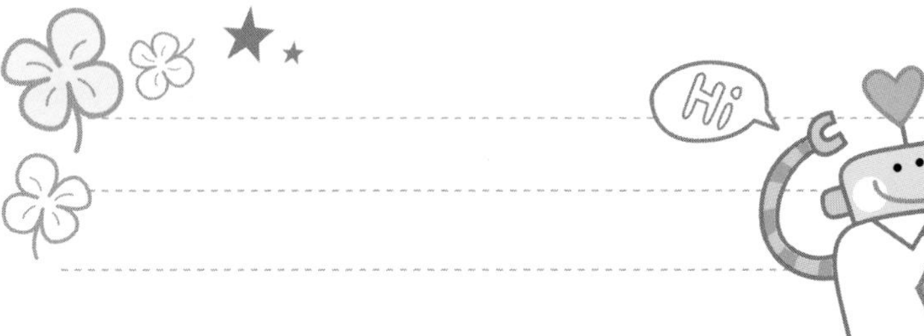

have 動詞

1. have 動詞：就是翻譯「有」的動詞。
2. have 動詞的變化如下：

使用時機	英文	例句
現在 簡單式	I have... You have... He has... She has... It has... They have... Joan and Mary have... He and I have...	1. **I have** nothing to do with it. 那與我無關。 2. **I have** some interest in jogging. 我對慢跑有些興趣。 3. **We have** millions of ideas that are free for use. 我們有許多的想法尚未付諸實行。 4. **He has** more chance than ever. 他從來沒有這樣的大好機會。 5. **He has** no friend other than you. 他除你之外就沒有別的朋友了。
過去 簡單式	都用 had	1. **I had** no choice. 我別無他法。 2. **I had** a nightmare. 我做了個可怕的夢。 3. **We had** a good time. 我們玩得很快樂。

重要的動詞及其用法

重要的動詞	例句
take：花時間 cost, pay：花錢 spend：花時間，花錢	1. It takes/ took + 人 (me/ John) + 時間 + 不定詞 It took me five minutes to walk to the park. 我花五分鐘走路到公園。 2. It cost/ costs + 人 (me/ John) + 金錢 + 不定詞 It cost her 100 dollars to buy that hat. 那頂帽子花了她一百元。 3. 人 + spend + 時間 + (in) + Ving 金錢 + on + 名詞(買的東西或服務) We spent seven days on the honeymoon. 我們花七天去蜜月旅行。 We spent USD10,000 taking a honeymoon trip. 我們蜜月旅行花了一萬美金。 4. 人 + pay + 金錢 + for + 名詞 (買的東西或服務) I paid 2000 for the bike. 我付兩千元買腳踏車。
let (讓，使)的用法，let 在此是使役動詞	let + 受詞 + 原形動詞：表受詞主動做 let + 受詞 + (not) be + 形容詞：表受詞有[沒有]形容詞特性 let + 受詞 + be + 過去分詞：表受詞被… 1. The government decided to let foreigners buy houses in our country. 政府決定讓外國人在我們國家買房子。 2. Let it be done at once. 馬上去做。 事情被做用過去分詞。
let 的否定用法	Let + 受詞 + not + 原形動詞：此句型相當於 Don't let + 受詞 + 原形動詞 Let him not go. Don't let him go. 不要讓他走。
let 的被動用法	The police let the thief go. The thief was let go. 警方讓小偷走了。

重要的動詞	例句
would like 想要，婉轉客氣的說法	I **would like** a cup of coffee. 我想要一杯咖啡。
Would you like 婉轉客氣的詢問或建議他人	Would you like 接近 Do you want ...? 但前者表建議味道多點 **Would you like** some tea? 來些茶好嗎？
feel like 想要...，後面加動詞 ing	I **feel like** crying. 我好想哭。
How do you like...? 詢問句型，問你覺得(認為)…怎麼樣？	**How do you like** this dog? 你覺得這隻小狗怎麼樣？
do 當一般動詞：中文是做(某事)，完成(某事)	1. We have a lot of things to **do** today. 今天我們有許多事情要做。 2. Does John **do** any chores after work? 約翰下班後有做家務事嗎？ Does 是助動詞；而 do 是一般動詞。
do 的第三人稱單數現在式是 does	1. What **does** the word mean? 這個字是什麼意思？ 2. What time **does** he get up? 他幾點起床？ 3. He **does** well in subjects like physics and chemistry. 他在物理和化學這類課的成績很好。
助動詞 do 可以代替前面提到的一般動詞	1. I didn't go, but he **did**. 我沒有去，可是他去了。 第一個 didn't 是助動詞；第二個 did 代替前面提到的一般動詞 go 2. A: I go to work by subway. 我搭地鐵去工作 B: So **do** I. 我也是。 本句的 do 代替前面提到的一般動詞 go to work by subway

重要的動詞	例句
wear 表一般的穿著	1. Many people **wear** furs in winter. 冬天許多人穿毛皮衣服。 2. She **wore** a cute dress. 她穿了一件漂亮的衣服。
be dressed in 相當於 wear	She **was dressed in** red. 她穿紅衣。
put on 表示動作	1. **Put on** your coat. 穿上外套。 2. He **put on** his gloves and went out. 他戴上手套，出門去了。
lie：表示說謊；過去式和過去分詞都是 lied；現在分詞 lying	1. It was obvious that he **lied** to you. 很明顯地他在說謊。 2. He is **lying**. Don't trust him. 他在說謊。別相信他。
lie：表示躺、臥、存在、置於、位於；過去式是 lay；過去分詞 lain；現在分詞 lying	He **lay** there like a beggar. 他就像乞丐一樣躺在那裡。
lay：表示放、安排、下蛋、擱、鋪設；過去式及過去分詞都是 laid；現在分詞 lying	Will you **lay** the table for lunch? 你把飯桌擺起來準備吃午飯？
find：「發　現，找到」；過去式及過去分詞都是 found；現在分詞 founding	She had looked for her cat but still couldn't **find** it. 她尋找她的貓，但還是沒找到。
found：「建　立，創立」；過去式及過去分詞都是 founded；現在分詞 founding	This university was **founded** in 1920. 這所大學創立於 1920 年。 本句的 founded 是被建立，是被動，不是被發現。

主詞動詞一致

原則	例句
主詞是複數名詞，動詞用複數動詞；主詞是單數名詞，動詞用單數動詞	1. In America, Christians **make** their influence felt. 在美國，都感受到基督徒的影響。 主詞 Christians 基督徒是複數名詞，所以動詞用複數動詞 make，不能用 makes。 2. The theory proposed by Professor Yang **is** quiet sound. 楊教授提出的理論很正確。 主詞 theory 是單數名詞，所以動詞用單數動詞 is，本句主詞非 Professor Yang。
集合名詞作主詞，如表示整體概念則用單數動詞；若表示組織內的成員則用複數動詞	1. The committee **gathers** twice a week to discuss the common affairs. 委員會一星期集合兩次以討論日常事務。 2. The committee **are** divided in resolution for this matter. 委員們對這件事的決定有了分歧。
若是成雙成對的名詞，被 a pair of 修飾，接單數動詞形式	1. A pair of glasses **is** what I need. 我需要的是一副眼鏡。 2. Those pairs of glasses **are** all mine. 那些眼鏡全都是我的。

EXERCISE

1. Ralph Goodyear ________ with you when he told you he was moving to France; he often likes to pull tricks on people.
   Ⓐ may be joking Ⓑ may have been joking Ⓒ may joke
   Ⓓ must be joking
2. I have to go to the acupuncturist, but you ________ with me.
   Ⓐ need not to go Ⓑ do not need go Ⓒ need not go Ⓓ need go not
3. Farming is easier when one ________ modern technology.
   Ⓐ can use Ⓑ may use Ⓒ would use Ⓓ should use
4. Mrs. Farber is studying horticulture now but she ________ a vagrant.
   Ⓐ used to be Ⓑ would be Ⓒ formerly were Ⓓ had been
5. We sent the notice by courier in order that it ________ reach them today.
   Ⓐ must Ⓑ would Ⓒ could Ⓓ may
6. It isn't wise to keep the door unlocked. You ________ always lock up.
   Ⓐ must to Ⓑ should Ⓒ has to Ⓓ will
7. He said that he would rather not ________ the war ever again.
   Ⓐ discussing Ⓑ to discuss Ⓒ discuss Ⓓ discussion
8. You ________ happy to find those flowers in your dining room the other day.
   Ⓐ may well be Ⓑ will have been Ⓒ must have been Ⓓ have been
9. Maso was ________ by the state and ________ at a local military academy.
   Ⓐ educated...brought up Ⓑ to be brought up...educating
   Ⓒ brought up...educated Ⓓ bringing up...educating
10. The woman ________ from her seat and wept at the sight of the dog ________ by her five years before.
    Ⓐ arose...raised Ⓑ raised...arisen Ⓒ arisen...risen Ⓓ rose...raised
11. Although he couldn't ________ my prosperity, he ________ me that he believed in my potential.
    Ⓐ be ensured...assured Ⓑ assured...ensured Ⓒ assure...ensured
    Ⓓ ensure...assured

12. He ________ have completed his work; otherwise, he wouldn't be enjoying himself by the seaside.

Ⓐ should Ⓑ must Ⓒ be Ⓓ can

13. Tom is never late for work. Why is he absent today?

Something ________ to him.

Ⓐ must happen Ⓑ could have happened Ⓒ should have happened Ⓓ must have happened

14. I'll tell Jane about her new job tomorrow.

You ________ her last week.

Ⓐ ought to tell Ⓑ would have told Ⓒ must tell Ⓓ should have told

15. John, you are so lazy! This work ________ hours ago.

Ⓐ should finish Ⓑ must have finished Ⓒ should have been finished Ⓓ might have finished

16. According to the air traffic rules, you ________ switch off your mobile phone before boarding.

Ⓐ may Ⓑ can Ⓒ would Ⓓ should

17. Guess what! I have got A for my term paper.

Wow! You ________ read widely and put a lot of work into it.

Ⓐ must Ⓑ should Ⓒ must have Ⓓ should have

18. Must he come to sign this paper himself? Yes, he ________.

Ⓐ need Ⓑ must Ⓒ may Ⓓ will

答案

1.Ⓑ，may have + been + Ving，用來表示「可能一直在…」。

2.Ⓒ，本句的意思是：我想看針灸醫生，但你不必跟來。need not + 原V = 不必…。

3.Ⓐ，can可以用來表示能力，表示的是現在的能力，而could表示的是過去的能力。

4.Ⓐ，used to be 意思是：以前是，曾經是。

5.Ⓓ，may 可用於表示目的子句中。意爲：爲了…。

6.Ⓑ，should 在這裡表示建議。

7.Ⓒ，would rather + 原形動詞。

8.Ⓒ，本句是對過去的推測，結構是 must + have + 過去分詞。

9.Ⓒ，bring up「撫養長大」，而 educate 則是「教育長大」。

10.Ⓓ，「站起身來」要用 rise，撫養要用：raise。

11.Ⓓ，ensure：確保；assure：使相信，使放心。

12.Ⓑ，對過去的事實做肯定的推測用 must have + P.P.。

13.Ⓓ，對過去的事實做肯定的推測用 must have + P.P.。

14.Ⓓ，對過去該做但沒有做用 should have + P.P.。

15.Ⓒ，本句是過去該做但沒有做，本句是被動，所以結構是should have been + 過去分詞。

16.Ⓓ，依句意判斷選應該 should。

17.Ⓒ，對過去的事實做肯定的推測用 must have + P.P.。

18.Ⓑ，對 must 提問，肯定回答用 must。

第七章：動狀詞之不定詞

學習重點...

- 那些動詞後面，要加不定詞？
- 那些動詞後面，要先加受詞，再加不定詞？
- forget, remember 後面加不定詞或動名詞，有什麼不同？
- 不定詞常見的句型有那些？
- 不定詞表「目的」的用法
- 疑問詞和不定詞的合用
- 虛主詞和不定詞的合用
- 不定詞的被動怎麼用？
- 何時要用不定詞的完成用法？
- 不定詞的慣用語有那些？
- 在什麼情況下，不定詞的 to，必須省略？

什麼情況下用不定詞

這些情況	例句
這些單字後面用不定詞： afford(負擔得起)；agree(同意)；seek(試圖)；choose(選擇)；seem(似乎)；refuse(拒絕)；decide(決定)；hope(希望)；bother(麻煩)；tend(傾向)；decline(拒絕)；threaten(威脅)；expect(期待)；fail(失敗)；happen(碰巧)；arrange(安排)；intend(意圖)；learn(學習)；manage(設法)；hesitate(猶豫)；promise(保證)；offer(提出)；plan(打算)；prefer(寧願)；prepare(準備)；pretend(假裝)；wish(想要做)；want(想要)；ask(要求)；beg(懇求)	1. I **prefer** to call off the meeting. 我情願取消這次會議。 2. I don't **plan** to take the job. 我不打算擔任這項工作。 3. Does he **tend** to lose? 他常常輸嗎？

這些情況	例句
這些動詞後面要先加受詞，再加不定詞： allow(允許)；order(命令)；force(強迫)；forbid(禁止)；believe(相信)；ask(要求)；enable(使能夠)；permit(允許)；expect(期望)；invite(邀請)；teach(教)；beg(懇求)；tell(告訴)；want(想要)；warn(警告)；advise(勸告)；remind(提醒)；request(要求)	1. Don't **expect** ***me*** to believe you. 別指望我會相信你。 2. I **wanted** ***him*** to lend me some money. 我希望他借我一些錢。 3. The police **forced** ***the bank robbers*** to lie on the floor. 警察強迫銀行搶匪躺在地板上。
不定詞的 to，可以用來表「目的」	1. They will go to the station to meet the guests. 他們將去火車站迎接客人。 2. To become a professor, it is necessary to have extensive knowledge. 要當教授，有廣博的知識是必要的。

特殊情況下，不定詞和動名詞的區別

這些情況	例句
forget/ remember + 不定詞： 表「不定詞動作尚未做」	1. Don't **forget** to hand in your report. 別忘了交報告。 用不定詞表示報告尚未交。 2. **Remember** to drop me a line. 記住寫封短信給我。 用不定詞表示尚未寫信。

這些情況	例句
forget/ remember + 動名詞：表「動名詞動作已經做」	1. I **remember** taking a trip to Japan. 我記得曾經去過日本旅行。 用動名詞表示曾經去過日本旅行。 2. I shall never **forget** hearing your laughter. 我永遠忘不了聽到你的笑聲。 用動名詞表示曾經聽過你的笑聲。 3. He **remembered** leaving his digital camera in the taxi. 他記得他把數位相機掉在計程車了。

不定詞常考之重點

常考之重點	例句
若不定詞當主詞，視做一件事，所以動詞用單數動詞，如 is/ was	1. **To study diligently** is the best way to pass the exam. 勤念書是通過考試最好的方法。 2. **To complete the 24-story building** in ten months was a great achievement. 在十個月內建成一棟二十四層的大廈是一項巨大的成就。
不定詞動作的時間，比動詞的時間更早，可以用 to have + P.P. 來強調不定詞更早的時間	1. I am sorry **to have disturbed** your meal. 很抱歉打擾你用餐。 2. He is said **to have moved** to Chicago. 據說他已搬去芝加哥。
不定詞的被動，用於表達被動味道：to be + P.P.	1. These dresses **are** to be sold at the garage sales. 這些衣服要在舊貨出售被銷售。 2. The building **is** to be built next week. 下星期這棟建築物要被建。

不定詞必考句型

必考句型	例句
如果不定詞較長，則可以用 It 虛主詞來代替，把不定詞放到後面	1. It was very easy to see through his trick. 要看穿他的詭計相當簡單。 2. It is impolite for children to cut in when their parents are talking. 孩子們在他們的父母親談話時插嘴是不禮貌的。
在這些「形容詞＋of＋受詞＋to＋原形動詞」來形容整個不定詞動作，是具有這些特質： foolish(笨)；impolite(不 禮 貌)；considerate(體 貼)；nice(好 的)；rude(無禮)；generous(氣度)；unwise(不智)	1. Is it unwise of him to go diving? 對他而言潛水是不智的嗎？ 2. It's nice of you to say so. 謝謝你告訴我。
在這些動詞 consider(認為)；feel(覺得)；find(發現)；make(定)；think(想)後面先加it，再加上形容詞或名詞做受詞補語，再加不定詞；而這裡的it用來代替不定詞	1. I make it a rule to swim every day. 我養成每天游泳的習慣。 it = 後面的不定詞 to swim every day 2. Many people find it dangerous to go mountain climbing alone. 很多人覺得單獨去爬山很危險。

必考句型	例句
特定動詞＋疑問詞＋to＋原形動詞：表示不定詞動作，帶有這些疑問 1. 特定動詞包括：advise, decide, discuss, know, think, understand, wonder 2. 疑問詞：what, which, where, when, how, whether；注意不能用 why	1. He seemed very interested in **what to study** at our school. 他對在我們學校從事什麼研究非常感興趣。 2. I was at a loss and didn't know **where to go** and **what to do.** 我迷茫不知所措，不知何去何從，該做什麼。
如果有表企圖，能力，努力，保證，傾向，決心等名詞，後面要加不定詞，不能加動名詞；這類的名詞有： ability(能力)；attempt(試圖)；decision(決定)；determination(決心)；effort(努力)；promise(保證)；tendency(傾向)	1. I've made a **decision** to resign. 我已決定辭職了。 2. As a leader, you must cultivate an **ability** to make decisions. 身為領導者，你必須培養下決定的能力。
人當主詞＋be＋情緒形容詞＋to＋原形動詞，表示人做不定詞動作時，帶有形容詞的情緒形容詞： anxious(渴望的)；heartless(沒良心)；crazy(瘋)；ungrateful(忘恩負義)	1. I'm **anxious** to meet the famous professor. 我渴望見見這位知名教授。 2. You must be **crazy** to believe that load of bullshit! 相信他滿嘴胡說，你是瘋了嗎！

省略的不定詞

省略的情況	例句
1. will + 原形動詞(表示未來) 2. 使役動詞 + 受詞 + 受詞主動做用原形動詞(命令他人做某事) 3. had better + 原形動詞(最好) 4. would rather + 原形動詞(寧願) 5. do/ did nothing but + 原形動詞(只做) 6. help + 人 + (to) + 原形動詞(幫助某人做某事)	1. Since Janet is angry, we **had better** leave her alone. 既然珍妮生氣了，我們最好離她遠一點。 2. They **would rather** go fishing than stay at home. 他們寧願去釣魚，也不願待在家裡。 (主動) My father **makes** me wash his car every week. (被動) I am **made to wash my father's car** every week. 我爸叫我每星期洗他的車子。

EXERCISE

1. We'll try to ________ the satisfaction of all customers.

   Ⓐ meeting Ⓑ meet Ⓒ met Ⓓ meets

2. "What do you think of this project?" "It still leaves much ________."

   Ⓐ to be desired Ⓑ desiring Ⓒ to desire Ⓓ desired

3. Attention please! I'd like ________ the opening of the going concern.

   Ⓐ to announcing Ⓑ announcing Ⓒ to announce Ⓓ to be announced

4. I ________ him into washing the clothes.

   Ⓐ tried to persuade Ⓑ tried to persuading Ⓒ tried persuading
   Ⓓ tried persuade

5. The lady hesitated ________ the jewel.

   Ⓐ to be buying Ⓑ buying Ⓒ to buying Ⓓ to buy

6. How would you like ________ to my place tonight?

   Ⓐ come Ⓑ coming Ⓒ came Ⓓ to come

7. As an explorer, he intends ________ all the countries around the globe.

   Ⓐ to visit Ⓑ visiting Ⓒ to be visited Ⓓ being visited

8. 14 days have passed, and the chances for the miners ________ are slim.

   Ⓐ surviving Ⓑ survived Ⓒ to survive Ⓓ survive

9. The government has launched a new program ________.

   Ⓐ eliminating to poverty Ⓑ to eliminate poverty
   Ⓒ to be eliminated poverty Ⓓ being eliminated poverty

10. The truth ________ as a new witness came to testify it.

    Ⓐ began to emerging Ⓑ is begun to emerge Ⓒ began to be emerged
    Ⓓ began to emerge

11. When I caught a glimpse of a lovely dress, I ________ buy it.

    Ⓐ was decided to Ⓑ decided Ⓒ deciding to Ⓓ decided to

12. According to the latest report, the death toll in the shipwreck was estimated ________ 21.

    Ⓐ being Ⓑ been Ⓒ to have been Ⓓ to be

13. I'll choose my favorite suit ________ at the party.

Ⓐ wearing Ⓑ worn Ⓒ to wearing Ⓓ to wear

14. Every student is ________ an active part in social activities.

Ⓐ supposing take Ⓑ supposing taken Ⓒ supposed taking
Ⓓ supposed to take

15. Don't forget ________ your door before leaving the house.

Ⓐ close Ⓑ closing Ⓒ to close Ⓓ to closing

16. It's not convenient ________ lend my bike to you at the moment.

Ⓐ of me Ⓑ for me to Ⓒ as for me to Ⓓ for me

17. Finally, the director decided not ________ that student.

Ⓐ to take Ⓑ taking Ⓒ taken Ⓓ taken to

18. Rose decided to ________ her career. So she delayed her marriage.

Ⓐ pursue Ⓑ pursuing Ⓒ was pursued Ⓓ was pursue

19. Don't ________ him to accept your idea. He is very stubborn.

Ⓐ tried to persuade Ⓑ try persuade Ⓒ tried persuading
Ⓓ try to persuade

20. He has a strong determination ________ the contest.

Ⓐ win Ⓑ winning Ⓒ won Ⓓ to win

21. I'm sorry ________ you that you failed in the exam.

Ⓐ informing Ⓑ informed Ⓒ to inform Ⓓ to informing

22. I remember ________ the celebrity at the tea party.

Ⓐ talking to Ⓑ to talk to Ⓒ talk to Ⓓ to talking to

答案

1.Ⓑ，try to + 原形動詞：嘗試做某事。
2.Ⓐ，leave much to be desired 有許多該改進的地方。
3.Ⓒ，would like to + 原形動詞：想要做某事。
4.Ⓐ，try to + 原形動詞：嘗試做某事。
5.Ⓓ，hesitate to + 原形動詞：猶豫做某事。
6.Ⓓ，would like to + 原形動詞：想要做某事。
7.Ⓐ，intend to + 原形動詞：打算做某事。
8.Ⓒ，the chance to do sth：做某事的機會。
9.Ⓑ，不定詞在此表目的。
10.Ⓓ，begin to + 原形動詞：開始做某事。
11.Ⓓ，deicide to + 原形動詞：決定做某事。
12.Ⓓ，be estimated：被估計。
13.Ⓓ，不定詞表目的。
14.Ⓓ，be supposed to + 原形動詞：應該做某事；take part in 參加。
15.Ⓒ，forget to + 原形動詞：忘記做某事，且該事還沒做。
16.Ⓑ，be convenient for sb. to + 原形動詞：對某人而言，做某事不方便。
17.Ⓐ，take 在此當招生。
18.Ⓐ，deicide to + 原形動詞：決定做某事。
19.Ⓓ，try to + 原形動詞：嘗試做某事。
20.Ⓓ，have a strong determination to + 原形動詞：對…下了很大的決心。
21.Ⓒ，本句型要熟背，用的時候只要改 that 後面的意思即可。
22.Ⓐ，remember doing：記得做某事，且該事已被做。

第八章：動狀詞之動名詞

學習重點

- 那些動詞後面，要加動名詞？
- 介系詞後面，也要加動名詞
- 動名詞的被動用法怎麼用？
- 何時要用動名詞的完成用法？
- 動名詞常見的句型和慣用語

什麼情況下用動名詞

這些情況	例句
這些動詞，後面要加動名詞： admit(承認)；suggest(建議)；avoid(避免)；postpone(拖延)；practice(練習)；consider(考慮)；miss(錯過)；deny(否認)；dislike(討厭)；enjoy(享受)；excuse(原諒)；finish(完成)；appreciate(欣賞)；delay(延遲)；imagine(想像)；quit(停止)；anticipate(期望)；fancy(想像)；resent(厭惡)；escape(逃避)；pardon(原諒)；prevent(預防)；keep(持續)；mind(介意)	1. Do you **mind** my smoking? 你介意我抽煙嗎？ 2. Now I'm **considering** changing a job. 我正在考慮換份工作。 3. He **practices** playing football everyday. 他每天都要練習踢足球。

這些情況	例句
這些動詞片語，後面要加動名詞：be busy(忙)；be fond of(喜歡)；be afraid of(怕…)；be capable of (能…)；be used to(習慣於…)；be devoted to(奉獻)；confess to(承認)；insist on(堅持)；go on(繼續)；can't stand(受不了)；come near(差一點)；take to(從事)；object to(反對)；put off(拖延)；feel like(想要)；give up(放棄)；look forward to(期待)；have trouble/difficult(有困難)； have a good time(有好時光)	1. I'm **looking forward to** meeting her. 我盼望著與她會面。 2. I **can't help** laughing after hearing a joke. 我聽到笑話，忍不住笑了出來。 3. Do you **feel like** going out for a walk in the park with me? 你想跟我去公園散步嗎？

動名詞常考的重點

常考的重點	例句
動名詞若當主詞使用，則視做一件事，動詞用單數動詞，如 is, was 等。	1. **Car racing** is exciting. 賽車比賽很刺激。 2. **Smoking** does much harm to your health. 吸煙對你健康傷害很大。
若要強調比動詞更早的時間，用 having + P.P.	1. We talked about his **having been** in jail. 我們談起他曾坐牢的事。 2. When he was caught, he denied **having broken** into the house. 他被抓時，否認曾闖進房子裡。

常考之重點	例句
用 being + P.P. 或 having been + P.P.，則表示被動	1. He gets angry easily at **being offended**. 他受到冒犯就會容易生氣。 being offended 受到冒犯。 2. I do appreciate **having been given** the scholarship to advance my study abroad. 我真的感謝曾被給予獎學金到國外進修。
go + 動名詞： ▶ go skating 滑冰 ▶ go biking 騎腳踏車 ▶ go skiing 去滑雪 ▶ go shopping 購物	1. Tom likes to **go skating** after the class, and so does Jim. 湯姆課後喜歡去滑冰，吉姆也是。 2. Would you like to **go shopping** with me? 你想和我一起去購物嗎？

動名詞必考句型

必考句型	例句
When it comes to + 動名詞 一談到…。	**When it comes to** traveling, Taipei is the best city to visit. 一談到旅行，臺北是最好的參觀城市。
There is no point + 動名詞 …沒有用。	**There is no point** arguing about the plan. 爭論這件計畫也沒有用。
It's pointless + 動名詞 …也沒有用。	**It's pointless** getting angry. 生氣也沒有用。
What do you say to + 動名詞 做…如何？	**What do you say to** joining us for New Year? 和我們一起共度新年如何？
It is of no use + 動名詞 …也沒用。	**It is of no use** regretting once it's done. 一旦做了，後悔也沒用。
It goes without saying that... 不用說，…。	**It goes without saying** that home is the warmest place in the world. 不用說，家是世界上最溫暖的地方。

必考句型	例句
There is no knowing 沒有人知道…。	**There is no knowing** when she may arrive. 沒有人知道她何時會來。
There is no denying that... 沒有人否認…。	**There is no denying** that London is a beautiful city. 倫敦是座美麗的城市，這是不可否認的。

- 在介系詞(片語)或連接詞後面的動詞，要改成動名詞

介系詞(片語)或連接詞	例句
without, or, by, after, before, against, on, in, in addition to, with a view to, owing to	1. **Before** leaving for Japan, I need to give my boss a call. 前往日本之前，我必須打個電話給我老闆。 2. **After** losing his job, he is nothing less than a beggar. 失業之後，他簡直和乞丐一樣。 3. **In addition to** taking vitamin C, the doctor also asked him to drink plenty of water. 除了吃維他命 C 以外，醫生也要求他要喝大量的水。 4. He fell down from the third floor **without** being hurt. 他從三樓掉下而沒有受傷。

EXERCISE

1. Professor Wu devoted thirty years to ________ English literature.
   Ⓐ teach Ⓑ taught Ⓒ have taught Ⓓ teaching
2. "I slept until 2 p.m. again."
   "________ all day seems to be your biggest problem."
   Ⓐ Asleep Ⓑ To sleeping Ⓒ To be asleep Ⓓ Sleeping
3. I am frustrated with ________ a decision until the last minute.
   Ⓐ his postponing making Ⓑ him to postpone to make
   Ⓒ his postponing to make Ⓓ him to postponing making
4. I completely forgot ________ the front door last night. What a relief that nothing was stolen!
   Ⓐ locking Ⓑ being locked Ⓒ to lock Ⓓ to have locked
5. Amplifiers in computers and sound reproducing systems are responsible for ________ an erratic signal from an in-put device.
   Ⓐ strengthening Ⓑ strengthen Ⓒ being strengthened
   Ⓓ to strengthen
6. My wife suggested ________ to New England for a holiday, but I favor ________ California instead.
   Ⓐ to go...to visit Ⓑ to go...visiting Ⓒ going...visiting
   Ⓓ going...to visit
7. ________ this make any difference to him?
   Ⓐ Does our saying Ⓑ Did we saying Ⓒ Does for us say
   Ⓓ Did for us to say
8. It's no good ________ for tomorrow anything you can finish today.
   Ⓐ to have Ⓑ leaving Ⓒ that you leave Ⓓ leave
9. I know it is trivial, but still I can't help ________ about it.
   Ⓐ think Ⓑ but to think Ⓒ to think Ⓓ thinking
10. The poor boy needs ________ after his loss.
    Ⓐ to comfort Ⓑ be comforted Ⓒ comforting Ⓓ comforted

11.Obviously, I have no objection ________ the evening with them. They're Great!

Ⓐ to spend Ⓑ to have spent Ⓒ to spending Ⓓ spending

12.Three hikers narrowly escaped ________ in the avalanche.

Ⓐ to be killed Ⓑ to kill Ⓒ have killed Ⓓ being killed

答案

1. Ⓓ，句中 devoted to 的 to 是介系詞，後面動詞要改成動名詞，所以選 Ⓓ。
2. Ⓓ，動名詞放於句首做主詞。
3. Ⓐ，本句 his 加動名詞，而且 postpone 後面也要接動名詞，所以選 Ⓐ。
4. Ⓒ，本句 forger to lock 忘了鎖門。
5. Ⓐ，介系詞 for + 動名詞。
6. Ⓒ，suggest 和 favor 後面接動名詞。
7. Ⓐ，在疑問中，句首總用動名詞，不用不定詞；本句是所有格 + 動名詞當主詞用。
8. Ⓑ，動名詞常用在「It is no use/ no good 等 + 動名詞」中。
9. Ⓓ，can't help + 動名詞，意思是：忍不住做某事。
10. Ⓒ，因爲 need comforting = need to be comforted.
11. Ⓒ，have no objection to + 動名詞。
12. Ⓓ，從題意知這裡應是動名詞的被動「escape being + 過去分詞」，所以選 Ⓓ。

第九章：動狀詞之分詞

- 了解什麼時侯，要用現在分詞？什麼時侯要用過去分詞？
- 了解分詞有進行式，完成式，被動用法
- 分詞也可以用來當形容詞用，修飾名詞
- 分詞構句中，一個動詞，和一個分詞有共同的一個主詞
- 熟悉分詞構句的句型(有主動跟被動兩種句型)
- 熟悉完成式分詞構句的句型(有主動跟被動兩種句型)
- 獨立分詞構句則有二個不同的主詞
- 熟悉獨立分詞構句的句型(有主動跟被動兩種句型)

現在分詞和過去分詞的使用時機

現在分詞使用時機	例句
用於進行式	She is **writing** a report so she can't go out tonight. 她正在寫報告所以今晚不能出去。 本句現在分詞 writing，是進行式用法。
強調動作的進行	1. Do you hear the telephone **ringing**? 你聽到電話在響嗎？ 現在分詞 ringing 強調電話正在響。 2. It's very dangerous to swim in **running** water. 在急流中游泳是很危險的。 run 這個字大家都認識，run 是跑步，流動的意思，所以 running water 字面翻譯是流動的水，也就是急流。
現在分詞：事物令人…	1. We were anxious to hear that **exciting** story. 我們急切地想聽那個令人興奮的故事。 2. There's a robbery. It is a **frightening** situation. 有件搶案，真是個嚇人的情況。

過去分詞使用時機	例句
用於完成式	She has **won** 3 championships already this year, in only four races. 今年她只比賽四次，就已經拿了三個冠軍。 本句過去分詞 won，是完成式用法。
強調已完成	America is a **developed** country. 美國是發達國家。 用 developed 表示已完成。
用於被動	1. He was **rewarded** in recognition of his service. 他的貢獻得到認可而受到嘉獎。 本句過去分詞 rewarded，是被動用法。 2. There are many kinds of **frozen** vegetables at the supermarket. 超級市場裡有很多種類的冷凍蔬菜。
過去分詞：人感到…	1. If a movie is **exciting**, you feel **excited** when you watch it. 如果電影很刺激，你看的時候會覺得很興奮。 exciting 是用來形容 movie 事物的；而過去分詞 excited 是用來形容 you 人的 。 2. We are **disappointed** to hear that Cathy failed that exam. 我們聽到凱西沒通過考試很失望。 3. After hearing the good news, he was **pleased** and invited us out for a drink. 聽到那個好消息後，他很高興並且邀請我們外出喝酒。
分詞若採後位修飾，可以放在(代)名詞之後	1. He is the one **involved** in the scandal. 他就是身陷醜聞的那個人。 2. Children well **educated** will make contribution to the society when they grow up. 受良好教育的孩子長大後會對社會有所貢獻。

現在分詞和過去分詞都可以當形容詞使用，常放在被修飾名詞的前面

1. 常考的現在分詞和過去分詞

現在分詞 + 名詞	過去分詞 + 名詞
a **developing** country 發展中國家	a **developed** country 發達國家
an **exciting** story 刺激的故事	an **excited** man 興奮的人
a **terrifying** movie 恐怖的電影	a **terrified** child 受驚的孩子

2. 同樣一個字，可以變成現在分詞和過去分詞

現在分詞			過去分詞	
Ving	中文	同樣一個字	P.P.	中文
trembling	令人擅抖的	tremble	trembled	感到擅抖的
worrying	令人憂慮的	worry	worried	感到憂慮的
puzzling	令人困惑的	puzzle	puzzled	感到困惑的
confusing	令人疑惑的	confuse	confused	感到疑惑的
pleasing	令人高興的	please	pleased	感到高興的

分詞構句的句型

1. 一般式分詞構句的句型：有主動跟被動兩種句型

句型	例句
主動： 現在分詞..., 主詞 + 動詞	1. **Hearing** the news, they felt very disappointed. 聽到這個消息，他們覺得很沮喪。 2. **Losing** her child, the mother broke out in tears. 這位遺失小孩的媽媽哭了出來。 3. **Standing** on a windy street corner, the beggar felt helpless. 乞丐站在有風的街角，覺得很無助。 4. **Repenting** of his crime, the robber returned the valuables and confessed to the police. 搶匪後悔他的罪行，歸還貴重物品並向警方招認。

句型	例句
被動： 過去分詞…， 主詞 + 動詞	1. **Moved** by the story, they all stood up. 他們聽到這個故事很感動，全都站起來了。 2. **Brought** up in Canada, Tom speaks English fluently. 由於在加拿大長大，湯姆英文講得很流利。 3. Seriously **damaged**, the bridge is no longer in use. 這座橋因受到嚴重損壞，無法再使用了。 4. **Exhausted**, they went on running after the thief. 儘管他們已經筋疲力盡，還是繼續追趕著小偷。

2. 完成式分詞構句：有主動跟被動兩種句型

句型	例句
主動： Having + P.P.., 主詞 + 動詞	1. **Having finished** my work, I took a taxi home. 工作完成後，我搭計程車回家。 2. **Having washed** his hands, he began to have his breakfast. 洗手後，他開始吃早點。 3. **Having disappeared** for long, he must be kidnapped. 他失蹤了這麼久一定被綁架了。
被動： (Having been) + P.P., 主詞 + 動詞	1. **(Having been) written** in haste, the proposal is not complete. 企劃案匆促完成，並不完整。 2. **(Having been) knocked** down by a car, he lost his left leg. 他被車子撞到，失去左腿。 3. **(Having been) surrounded** by the enemy, we must fight our way out. 我們已被敵人包圍，必須殺出一條血路。

獨立分詞構句：一般式分詞構句的句型有主動跟被動兩種句型

句型	例句
主動： 主詞 1 + 現在分詞…， 主詞 2 + 動詞 2 (主詞 1 不等於 主詞 2)	1. The vacation **being** over, we all returned to our work unwillingly. 假期結束了，我們不甘願的回到工作崗位。 2. The boss **permitting**, we will have a day off tomorrow. 老闆同意，我們明天就休假一天。
被動： 主詞 1 + 過去分詞…， 主詞 2 + 動詞 2 (主詞 1 不等於 主詞 2)	1. The final exam **finished**, every student is excited at the coming of the school break. 期末考結束，每位學生都很興奮學校假期的來臨。 2. All things **taken** into consideration, we should not invest in the project. 把每件事都考慮進去，我們不該投資這項工程。 本句是被動。

常考的分詞慣用語

分詞慣用語	例句
Coming to 談到…	**Coming to** politics, he is a layman. 談到政治，他是個門外漢。
Generally speaking 一般而言	**Generally speaking**, women live longer than men. 一般而言，女性壽命較男性長。
Frankly speaking 坦白說	**Frankly speaking**, this car is a pile of rubbish. 坦白說，這輛車是堆垃圾。

EXERCISE

1. Jackson is a brave and powerfully ________ athlete.
Ⓐ built Ⓑ be built Ⓒ building Ⓓ to be built
2. When the United States dropped an atomic bomb in Japan, everyone ________ .
Ⓐ was astonished Ⓑ be astonishing Ⓒ was astonishing
Ⓓ to be astonished
3. ________ facilities make our boss's office look very modern.
Ⓐ To advance Ⓑ Being advanced Ⓒ Advanced Ⓓ Advancing
4. He is still ________ the entertainment, unaware of the hidden crisis.
Ⓐ indulged in Ⓑ indulged within Ⓒ indulging within
Ⓓ indulging in
5. When ________, ice melts into water.
Ⓐ to be heated Ⓑ to heat Ⓒ heated Ⓓ heating
6. This is a delicate souvenir ________.
Ⓐ making by hand Ⓑ made by hands Ⓒ made by hand
Ⓓ making by hands
7. After a 12-hour flight, Mr. Lin ________ when he arrived at the hotel.
Ⓐ was exhausted Ⓑ is exhausted Ⓒ was exhausting Ⓓ exhausted
8. At the zoo, most parents are ________ while their kids are ________.
Ⓐ bored...interested Ⓑ boring...interesting Ⓒ boring...interested
Ⓓ bored...interesting
9. You shouldn't ________ even if you failed this time.
Ⓐ discouraged Ⓑ being discouraged Ⓒ be discouraged
Ⓓ discourage
10. The child became ________ when his father refused to take him to the zoo.
Ⓐ disappointing Ⓑ disappointed Ⓒ being disappointed
Ⓓ to be disappointing
11. I saw a horse wandered slowly in the grassland, ________ for food.
Ⓐ look Ⓑ to looking Ⓒ looking Ⓓ to look

12. We are ________ at the magnificent sight of the Great Canyon.

Ⓐ to be astonished Ⓑ being astonishing Ⓒ astonished Ⓓ astonishing

13. After being ________ by the other class again and again, the boys in our class are almost discouraged.

Ⓐ beaten Ⓑ beating Ⓒ to beat Ⓓ beat

14. Students are ________ slides because they can provide many details.

Ⓐ interested in Ⓑ interesting in Ⓒ fonded in Ⓓ fond in

15. He turned around and walked away, his figure ________ in the distance.

Ⓐ is going to fade Ⓑ fading Ⓒ faded Ⓓ fades

16. At the sight of the ________ child, he plunged into the water without hesitation.

Ⓐ drown Ⓑ to drown Ⓒ drowned Ⓓ drowning

17. No one knows what's in the box because it is well ________.

Ⓐ sealing Ⓑ to be sealed Ⓒ sealed Ⓓ be sealing

18. The manager was ________ the sketch of his future office.

Ⓐ pleasing with Ⓑ pleased with Ⓒ pleasing that Ⓓ pleased for

19. The rescue team set out right after they got a call ________ a boy had fallen into a well.

Ⓐ saying Ⓑ say Ⓒ to say Ⓓ said

20. To be or not to be? This question from Shakespeare's Hamlet is ________.

Ⓐ provoking Ⓑ provoked Ⓒ to be provoked Ⓓ being provoking

答案

1.Ⓐ，體格是要被鍛鍊的，所以選過去分詞的答案。

2.Ⓐ，人感到…用過去分詞。

3.Ⓒ，advanced：先進的，在本句當形容詞用。

4.Ⓐ，be indulged in：沉溺於。

5.Ⓒ，本句空格原是 it is heated 簡化成 heated。

6.Ⓒ，made by hand：手工製品。

7.Ⓐ，exhausted：耗盡的；疲憊的；由 arrived 判斷空格應選過去式的答案。

8.Ⓐ，人感到…用過去分詞。

9.Ⓒ，be discouraged：灰心的；沮喪的。shouldn't 後面要加原形動詞。

10.Ⓑ，人感到…用過去分詞 disappointed。

11.Ⓒ，空格的主格是 horse，馬主動做用主動的現在分詞。

12.Ⓒ，be astonished at：對…感到驚訝。

13.Ⓐ，看到 being 和 by 知道是用被動的答案，P.P. 表被動。

14.Ⓐ，be interested in：對某事感興趣。

15.Ⓑ，本句已有主詞動詞，空格的主格是 figure，用主動的 Ving。

16.Ⓓ，用現在分詞強調進行當中。

17.Ⓒ，be well done：某事（被）做的很好。

18.Ⓑ，be pleased with：對某事感到高興。

19.Ⓐ，空格用表示 Ving 表示是 call 的主動。

20.Ⓐ，事物令人如何用現在分詞。

第十章：被動

學習重點…

- 八個被動時式的公式總整理

	現在時間	過去時間	未來時間
簡單	am are + **P.P.** is	was were + **P.P.**	**will be + P.P.**
進行	am are + **being + P.P.** is	was were + **being + P.P.**	無被動
完成	has have **been + P.P.**	**had been + P.P.**	**will have been + P.P.**

- 八個被動時式

被動時式	例句
現在簡單式被動	1. People often **compare** teachers to burning candles. Teachers **are** often **compared to** burning candles. 老師總是被比喻為燃燒的蠟燭。 2. They **are paid** by the hour. 他們按時取酬。 3. The eggs **are sold** by the dozen. 雞蛋按打賣。

被動時式	例句
過去簡單式被動	1. The class **elected** him representative to attend the meeting. He **was elected** representative to attend the meeting. 他被選為代表去開會。 2. Jack **was laughed** at by his classmates. 傑克受到同學們的嘲笑。 3. He **was shot** six times by a man on the run. 他被一位奔跑中的男人射殺六次。 這句話出自一首叫 Moonlight shadow 的歌，據說這首歌是為了紀念被槍殺的披頭四主唱 John Lennon 約翰藍儂。
未來簡單式被動	1. We'**ll finish** the project soon. The project **will be** finished soon. 這個計畫快完成了。 2. Several new plays **will be put** on the stage. 幾部新戲將上演。 3. We must hang together, or **we'll be hanged** separately. 我們必須團結一致，否則我們將一個個被絞死。 本句很有意思；hang together 團結；若不團結則我們 will be hanged 將被絞死。
現在進行式被動	1. We **are discussing** the question. The question **is being discussed**. 正在討論這個問題。 2. Oranges **are being sold** cheaply in summer. 在夏天，柳橙賣得很便宜。 3. Every minute of every day, over 20 hectares of forest **are being cut down**. 每天的每一分鐘，有超過二十公頃的森林正被砍伐。

被動時式	例句
過去進行式被動	1. They **were carrying** the injured player off the field. The injured player **was being carried** off the field. 受傷的選手正被抬離現場。 2. Those poor children **were being beaten** by their evil step-mother. 那些可憐的孩子們正在被他們的壞繼母毒打。 3. Their work **was being improved**. 他們的工作在不斷改進。
現在完成式被動	1. We **have told** you many times. 這些話已經和你說過很多遍了。 You **have been told** many times. 已經和你說過很多遍了。 2. A lot **has been done** in the past few years. 在過去的幾年中已經做了很多。 3. Everything **has been packed** in boxes. 所有東西都裝箱了。
過去完成式被動	1. The court **had sent** Jack to prison because he killed a man. Jack **had been sent** to prison because he killed a man. 因為傑克殺了人，已經被送進監獄了。 2. The old lady opened the mail which **had been delivered** that morning. 老太太打開了那天早晨寄過來的一封信。
未來完成式被動	1. They **will have built** thirty huge buildings by next year. Thirty huge buildings **will have been built** by next year. 到明年，三十棟大建築物將被建造完成。 2. His painting **will have been finished** by 5 o'clock this evening. 今天傍晚五點以前，他的畫會完成。 3. This book **will have been published** for over twenty years by next month. 到下個月，這本書已經發行超過二十年了。

被動的特殊用法

被動的特殊用法	例句
主動表被動(下列這些動詞，是主動的形式，但表示被動的意義)： feel, prove, smell, taste, sound	1. This soup **tastes** great. 湯嚐起來非常美味。 2. These flowers **smell** good. 這些花聞起來好好。
表示主動意義的被動形式	1. Are you **acquainted with** him? 你跟他熟嗎？ 2. I'm **acquainted with** him. 我認識他。 3. I'm very **pleased to** hear the news. 我很高興聽到這個消息。 4. His father **was** greatly **pleased with** him. 他父親對他極為滿意。 5. Both he and I **are satisfied with** the result. 我和他對結果都很滿意。
下列這些動詞(片語)沒有被動，只能用主動： happen, occur, break out, take place, exist, fail, cost , have, lack, belong to, consist of, result in, result from	1. (×)The accident **was happened** before my very eyes. (○)The accident **happened** before my very eyes. 意外就發生在我眼前！ 2. Don't take things that do not **belong to** you. 不要拿不屬於你的東西。 3. People can not **exist** without food or water. 沒有食物和水人們不能生存。 4. A good idea suddenly **occurred** to me. 我忽然想起一個好主意。

EXERCISE

1. Antiseptic is generally ________ in food.
Ⓐ prohibit Ⓑ prohibiting Ⓒ to prohibit Ⓓ prohibited
2. At school, every student ________ to get high marks.
Ⓐ encouraged Ⓑ encourage Ⓒ is encouraged Ⓓ encourages
3. Her snack bar ________ by the whole community.
Ⓐ is loved Ⓑ loves Ⓒ love Ⓓ loved
4. According to the theory, the atmosphere ________ up of several layers.
Ⓐ is made Ⓑ made Ⓒ is Ⓓ makes
5. He's ________ cheating in the exam.
Ⓐ blamed of Ⓑ blamed for Ⓒ blaming for Ⓓ blaming of
6. I can't tell which pen ________ me.
Ⓐ belongs to Ⓑ belong to Ⓒ is belong to Ⓓ is belonged to
7. The prisoner ________ meeting anyone except his lawyer during the trial.
Ⓐ is forbidden by Ⓑ is forbidding from Ⓒ is forbidden from
Ⓓ is to be forbidden by
8. A lot of countries in Southeast Asia ________ in the financial crisis.
Ⓐ was involving Ⓑ who involved Ⓒ were involved Ⓓ was involved
9. Everyone was astonished when two airplanes ________ into the World Trade Center.
Ⓐ was crashed Ⓑ crashed Ⓒ were crashed Ⓓ crashing
10. Selfish behavior is usually ________ by the public.
Ⓐ to be scolded Ⓑ scolded Ⓒ scolding Ⓓ be scolded

答案

1.Ⓓ，be + 過去分詞：表被動。

2.Ⓒ，be encouraged to + 原形動詞：被鼓勵做某事。

3.Ⓐ，be + 過去分詞：表被動。

4.Ⓐ，made up of：由…組成；本句被動，所以用 is made up of。

5.Ⓑ，be blamed for：因…而受責備。

6.Ⓐ，belong to：屬於。本片語無被動。

7.Ⓒ，be forbidden from：禁止 from 後面的行為。

8.Ⓒ，be involved in：捲入。主詞 countries 是複數。

9.Ⓑ，airplanes 主動撞，所以選主動的答案。

10.Ⓑ，be + P.P. + by：被…。

第十一章：名詞

- 了解名詞分兩大類五種類

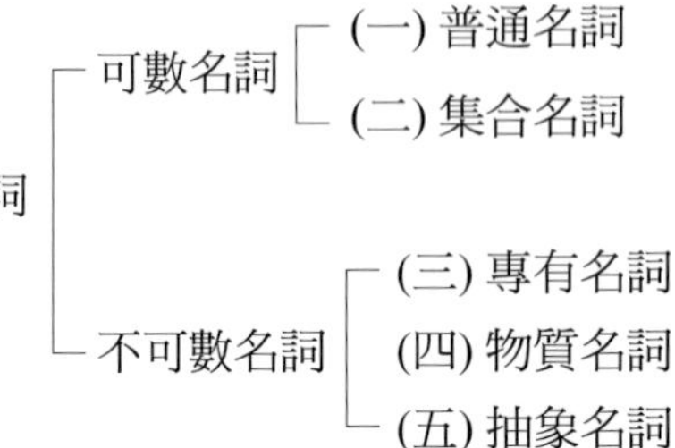

- 可數名詞和不可數名詞分別是什麼
- 五種名詞的定義及各包含的名詞有那些
- 學習某名詞是屬於那一種類
- a/ an + 單數可數名詞
- 名詞的數：單數和複數
- 單數可數名詞轉換複數可數名詞的方法
- many +可數名詞 & much +不可數名詞
- 不可數名詞前面，通常沒有 a, an, the；某些特殊情形則有
- 需注意一些特殊的名詞用法
- 只可以用來表示可數名詞的量化有那些
- 只可以用來表示不可數名詞的量化有那些
- 同時可以用來表示可數名詞及不可數名詞的量化有那些
- 了解並認出名詞的功能(主格，受格)
- 了解名詞的格(主格，所有格，受格)
- 共同所有和各別所有

可數名詞之普通名詞

1. a/ an 的基本用法

a/ an 的基本用法	例
常見的子音開始的單數可數名詞有	a day/ a genius/ a chair/ a ticket
常見的母音開始的單數可數名詞有	an hour/ an umbrella/ an Englishman
若單數可數名詞前有形容詞，則以該形容詞為主	an impressive speech/ an eight-hour journey
常誤用的冠詞 a 的單數可數名詞	an university student (×)；a university student (O) have a A-class car (×)；have an A-class car (O) got a F in math (×)；have an F in math (O)

(1)To lose weight, I'm on **a** diet.
為了減肥，我正在節食。

(2)Hope you have **an** interesting trip to Europe.
祝你歐洲之旅有趣！

2. 單數可數名詞最後的字母是-s, -ss, -z, -x, -ch, -sh，變複數，那麼就在該單數可數名詞的後面加 es，讀音[ɪz]

單數	複數	中文	例句
dish	dishes	盤子	1. Her husband washed the **dishes**. 她的丈夫洗盤子。 2. There are ten **boxes** outside. Now please carry them into the classroom. 外面有十個盒子。現在請把它們搬到教室裡。
watch	watches	手錶	
box	boxes	盒子	
quiz	quizzes	測驗	
church	churches	教堂	
bus	buses	公車	
match	matches	比賽	
class	classes	班	

3. 一般的單數可數名詞，變複數：在該單數可數名詞後加 s 即可

單數	複數	中文	例句
valley	valleys	山谷	1. People nowadays cannot live without **computers**. 今天人們的生活離不開電腦。 computers 電腦，複數可數名詞。 2. Some **girls** love to wear pants instead of **skirts**. 一些女孩喜歡穿褲子而不是穿裙子。 skirts 裙子，複數可數名詞。
daughter	daughters	女兒	
studio	studios	技術室	
belief	beliefs	信念	
student	students	學生	
computer	computers	電腦	
month	months	月	
piano	pianos	鋼琴	
zoo	zoos	動物園	
stomach	stomachs	腹部	
chief	chiefs	首領	
skirts	skirts	裙子	

4. 普通名詞字尾是子音+ -y，變複數時，去 y 加 ies

單數	複數	中文	例句
family	families	家庭	1. One of Kelly's **hobbies** is to collect toys. 凱莉的嗜好之一是收集玩具。 2. John spent his life writing short **stories** for children. 約翰用一生為孩子們寫短篇故事。 例外：普通名詞字尾是母音+ -y 變成複數：在 y 之後加 -s。 例：day → days(日子) monkey → monkeys(猴子) boy → boys(男孩) guy → guys(傢伙)
lady	ladies	女士	
hobby	hobbies	嗜好	
story	stories	故事	

5. 名詞字尾是 -f, -fe 變成複數：去 f, fe，加 ves

單數	複數	中文	例句
wolf	wolves	狼	例外：普通名詞字尾是 -f, -fe 變成複數：在後加 -s。 例：roof → roofs(屋頂) cliff → cliffs(懸崖) safe → safes(保險箱) chief → chiefs(首領)
leaf	leaves	樹葉	
thief	thieves	小偷	
life	lives	生命	
knife	knives	小刀	
wife	wives	妻子	

6. 名詞字尾是 -o 變成複數：在 o 之後加 -es

單數	複數	中文	單數	複數	中文
potato	potatoes	馬鈴薯	mango	mangoes	芒果
cargo	cargoes	貨物	(例外) photo	photos	照片

7. 較特殊的單數名詞，變複數的例子

單數	複數	中文	例句
child	children	孩童	1. It is not true that all **women** are housewives. 並不是所有女性都是家庭婦女。 2. It's my fault I stepped on your **feet**. I'm really sorry for that. 踩了你的腳是我的錯，我確實很抱歉。 3. "Brush your **teeth** every time you finish eating," said the dentist. 牙醫說：「每次吃完後請刷牙。」
basis	bases	基礎	
crisis	crises	危機	
man	men	男人	
tooth	teeth	牙齒	
grown-up	grown-ups	成年人	
passer-by	passers-by	過路人	
datum	data	資料	
thesis	theses	論文	
analysis	analyses	分析	
phenomenon	phenomena	現象	

單數	複數	中文	例句
woman	women	女人	
foot	feet	腳	
man-servant	men-servant	男僕人	
looker-on	lookers-on	旁觀者	
bacterium	bacteria	細菌	
diagnosis	diagnoses	診斷	

8. 在某人某某時期的用法：in his teens / in her twenties，用來表示在某人的某一時期，因這些時期是複數，所以該名詞也要用複數
His sister died in an accident when he was **in his early teens**.
在他十三四歲時，他妹妹在一場車禍中死去。

9. 可以用來修飾複數可數名詞的有

這些字(或片語)後面加複數可數名詞	例句
▶ many(很多) ▶ a few(有一些)/ few(幾乎沒有) ▶ some(一些)/ several(數個) ▶ lots of(很多)/ a lot of(很多) ▶ a variety of(各種不同的) ▶ dozens of(數打)	1. I asked Jessie a few **questions**. 我問潔西幾個問題。 2. I have a variety of **books** at home. 我家中有好多書。 3. English is spoken in many **countries** such as the U.S. and Canada. 在許多國家的人都說英語，如美國和加拿大。 比較 How many kids do you have? 你有幾個小孩？

可數名詞之集合名詞

1. 集合名詞：有時候看做單數(表一整體)，有時候看做複數(表成員)

用法	例句
1. 常見的單數形的集合名詞(表一整體)當主詞，其動詞用單數形動詞。	**The committee** has submitted a report on environmental problems to the Congress. 委員會就環境問題向國會提出一份報告。 委員會是一個整體，所以動詞用單數動詞 has。
2. 常見的單數形集合名詞(看做複數，表示各成員)當主詞時，其動詞用複數形動詞，比如是現在時間，一般動詞字尾不加 -s 或 加 -es。	1. **The committee** are divided in resolution for this matter. 委員們對這件事的決定有了分歧。 委員們指組成份子。 2. **The committee** are divided over the issue of a possible pay rise. 委員們就工資增長的可能性這個問題產生了分歧。 委員們指組成分子。

2. 常見的集合名詞：以下這些字當集合名詞時，前面不可以加 a

集合名詞	中文	例句
people	人們	這些字當集合名詞時，前面不可以加 a； 因此，若要講一個人用 a person； 一位警察用 a policeman 1. Most **people** enjoy exciting movies, like Titanic. 大多數人喜歡看激動人心的電影，像鐵達尼號。 2. There are many people in China. 中國有很多人。 3. There are many peoples in China. 中國有很多民族。
crowd	人群	
army	軍隊	
team	隊	
family	家庭	
crew	機組人員	
police	警方	
cattle	牛	

不可數名詞之專有名詞

1. 專有名詞就是人名、地名、月份、某物的專有名稱，通常專有名詞前，並無冠詞(無 a/an/the)

專有名詞	中文	例句
Professor Yang	楊教授	1. Cathy has a good sense of humor. 凱西很有幽默感。 Cathy 人名，是專有名詞，前面不加冠詞。 2. April is the month when there is a lot of rain. 四月份是個大量降雨的月份。 April 四月，是專有名詞，前面不加冠詞。 3. To the best of my knowledge, Suzhou is famous for her gardens. 就我所知，蘇州以園林著稱。 Suzhou 蘇州，地名，是專有名詞，前面不加冠詞。
Einstein	愛因斯坦	
Taipei	臺北	
Monday	星期一	
Uncle Jeffrey	傑夫叔叔	
Eliot	艾略特	
Canada	加拿大	
September	9 月	

2. 專有名詞的特殊用法

特殊用法	例句
在特定情形，專有名詞前可加冠詞：比如有位叫 xxx 的人	1. A Johnson called you thirty seconds ago. 解析：有位叫強森的人三十秒鐘前打電話給你。 (比較) Johnson called you thirty seconds ago. 這句話就是明確指出是 Johnson 打電話給你。
特殊情況，在人名後面加-s，形成複數，表示有「多個人」。	There are five Johns in my class. 我班上有五個叫約翰的同學。

不可數名詞之物質名詞

1. 表示材料、飲料、液體、食品、化學元素等名稱，是物質名詞。通常前面不加冠詞(a/an/the)，也不能加數字(two/ten)，常見的物質名詞，有：

物質名詞	中文	例句
chocolate	巧克力	1. Milk is good for people. 牛奶對人有益。 milk是物質名詞，前面不加冠詞(a/an/the)，也不能加數字(two/ten)。 2. Even children know that paper is made from wood. 連孩子都知道，紙是由樹木做成的。 paper 和 wood 都是物質名詞。 比較 Please run off the water from the tank. 請把桶裡的水放出。 原則上，water物質名詞，前面不加the，但本句 the water 表限定這是桶裡的水，而非泛指一般的水。
money	錢	
cotton	棉花	
paper	紙	
water	水	
milk	牛奶	
rain	雨	
soap	肥皂	
wood	木材	
air	空氣	
bread	麵包	
cheese	乳酪	

2. 常見用來表示不可數名詞的量化表示

表示不可數名詞的量化	例句
▶ much 許多 ▶ plenty of 許多 ▶ a lot of = lots of 許多，大量 ▶ a little 少量，一點 ▶ little 少 ▶ some 一些	1. It is a pity he lost so **much** money. 他損失這麼多錢，真是遺憾。 2. Because I can't seem to sleep lately, I don't feel like having **much** coffee after 4 p.m. 這幾天我似乎睡得不好，所以我不想在四點後喝很多咖啡。 注意 不可數名詞之前，若放 **many / a few / few**，是錯的！

3. 可同時修飾不可數名詞及複數可數名詞的有

可同時修飾不可數名詞及複數可數名詞	例句
a lot of/ lots of some/ plenty of all/ no/ any	1. It involves **a lot of** hard work. 那需要很多的努力工作。 2. I have **a lot of** friends. 我有很多朋友。 3. **No** money was stolen. 沒有錢被偷。 4. **No** children will like this kind of toys. 沒有孩子會喜歡這種玩具的。

4. 物質名詞的計量單位

計量單位	中文	例句
a cup of tea	一杯茶	1. Would you like **a cup of tea**? 你想喝杯茶嗎？ 2. Could you give me **a piece of paper**? 能給我一張紙嗎？
a piece of chalk	一支粉筆	
a loaf of bread	一條麵包	
five bags of flour	五袋麵粉	

不可數名詞之抽象名詞

1. 表示抽象的觀念(沒有實際物質) 的名詞，如：性質、學科、疾病、狀態等就叫抽象名詞。通常前面不加(a / an / the)，也不能加數字(three / five)。

抽象名詞	中文	例句
health	健康	1. He acted on his doctor's advice. 他遵照醫生的勸告而行。 2. To be rich, Mr. Jackson worked double time. 為了賺錢，傑克遜先生工作多一倍的時間。 比較 He has collected more than three times as many stamps as I (have). 他收集的郵票是我的三倍還不止。 time 當時間，是不可數名詞；但 time 當次數或倍數，是可數名詞，可以有複數 times。
advice	忠告	
physics	物理	
influenza	流行感冒	
experience	經驗	
kindness	好心	
wealth	財富	
friendship	友誼	
mathematics	數學	
measles	痲疹	
happiness	高興	
time	時間	

2. 常見的抽象名詞慣用法

抽象名詞慣用法	例句	
of＋抽象名詞＝形容詞	▶ of ability = able 能幹的 ▶ a man of ability = an able man 有能力的人 ▶ of use = useful 有用的 ▶ of no use = useless 無用的 ▶ of importance = important 重要的 ▶ of value = valuable 有價值的	1. Jack is a man of ability. 傑克是位有能力的人。 2. This machine is of no use. 這臺機器無用。
with / by＋抽象名詞＝副詞	▶ with care = carefully 小心地 ▶ with kindness = kindly 親切的 ▶ by accident = accidentally 意外的	3. He handled this case with care. 他小心處理這個案件。 4. He invented the machine by accident. 他意外發明這臺機器。

特殊名詞的用法

特殊名詞	例句
有些名詞單複數同形：sheep, fish, deer, salmon, Japanese, Chinese, means	1. Children resorted to crying as a **means** of achieving their aims. 孩子用哭來達到他們的目的。 2. We have to finish our task by all **means**. 我們必須用盡辦法完成任務。
有些不可數名詞前面可加 a 或 an 表示量化觀念	1. a heavy rain 一場豪雨 / snow 一場大雪 / smoke 一陣濃煙 2. a great fire 一場大火 3. a failure 失敗者 4. an experience 一次經歷：It's an unforgettable experience. 這是一次難忘的經歷。 5. a pleasure 一件樂事：It's a pleasure to meet you. 很高興見到您。

名詞的格和用法

用法	例句
當主格	1. **A dog** has a good nose. 狗有個好鼻子。 2. **Dogs** are faithful animals. 狗是忠心的動物。
當受格	1. The taxi ran over **a dog**. 計程車輾過一隻狗。 2. I am very fond of **dogs**. 我很喜歡狗。
當所有格	1. **This dog's nose** is big. 這隻狗的鼻子大大的。 2. **This dog's tail** is short. 這隻狗的尾巴短短的。

名詞的所有格

1. 名詞的所有格，大部分是：名詞 + ’s

名詞所有格	中文	名詞所有格	中文
my father’s car	我父親的車	my mother’s bike	我母親的腳踏車
a stone’s throw	短距離	the city’s park	城市的公園
today’s paper	今天的報紙	a ten day’s journey	十天的旅程
fifteen minutes’ walk	十五分鐘的路程	a five-pound chicken	一隻五磅的雞
for God’s sake	看在老天的分上	for convenience’s sake	為了方便
St. Paul’s	聖保羅教堂	the Black’s	布萊克的家

(1)I knew **John’s arrival** from the TV news last night.
昨晚我從電視新聞得知約翰到了。

(2)Helen has not read **today’s newspaper**.
海倫還沒有看今天的報紙。

2. 有些不能加 -’s 的名詞，可以使用 of 來表示兩者之間的關係。常用於無生命。

the subject of the sentence(句子的主詞)

the door of the house(這房子的門)

the eyes of the dog(這隻狗的眼睛)

the need of the old(老人的需要)

注意 the old/ the poor/ the rich 全部是這種用法。

3. 雙重所有格

a / any / some / this / these / no + 名詞 + of + my father’s / my aunt’s / Peter’s / the doctor’s / yours/ mine / Shakespeare’s

⑴ a friend of mine = one of my friends(我的朋友之一)

⑵ a friend of my sister's = one of my sister's friends(我姊姊的朋友之一)

4. 個別所有和共同所有的表示法

⑴個別所有：某東西是一個人有，就是個別所有；兩個名詞都有 -'s。

⑵共同所有：某東西是兩個人或以上人有，就是共同別所有；前面名詞沒有 -'s，只有後面名詞有 -'s。

比較

▶ These are **Lucy** and Helen's books.

這些是露西和海倫共同所有的書。

▶ These are **Lucy's** and Helen's books.

這些是露西和海倫個別所有的書。

EXERCISE

1. The billionaire has just bought ________ international hotel.

   Ⓐ a 20 story Ⓑ a 20-storys Ⓒ a 20-stories Ⓓ a 20-story

2. ________ the hijack, she was too horrified to speak a single word.

   Ⓐ At sight of Ⓑ At the sight of Ⓒ In the sight of Ⓓ In sight of

3. There are 98 ________ on TV in Mr. Smith's house.

   Ⓐ channels Ⓑ channel Ⓒ tunnel Ⓓ tunnels

4. I like ________ such as 1, 3, and 5.

   Ⓐ even number Ⓑ odd number Ⓒ even numbers Ⓓ odd numbers

5. You may get the scissors in the ________ shop.

   Ⓐ father and son Ⓑ father's and son's Ⓒ father and son's
   Ⓓ father's and son

6. ________ does the family earn a living?

   Ⓐ By what means Ⓑ By what mean Ⓒ What by means
   Ⓓ What by mean

7. I had ________ offend your brother in my speech.

   Ⓐ not intention to Ⓑ no intention to Ⓒ no intention of
   Ⓓ not an intention of

8. The Twin Buildings became ________ after the 911 disaster.

   Ⓐ a history Ⓑ the history Ⓒ one history Ⓓ history

9. You should ________ friendship with him. He's a trustworthy young man.

   Ⓐ maintain the Ⓑ maintained the Ⓒ maintained Ⓓ maintain

10. This kind of bomb has the power to destroy a ________ building.

    Ⓐ fifth-story Ⓑ five-story Ⓒ five stories Ⓓ the fifth story

11. I like ________ this chocolate cake.

    Ⓐ flavor as Ⓑ the flavor of Ⓒ the flavor like Ⓓ flavor in

12. I can still sense his ________ although his tone is very moderate.

    Ⓐ disappoint Ⓑ disappointed Ⓒ disappointing Ⓓ disappointment

13. He resembles his uncle and people regard them ________ .

Ⓐ for father and son Ⓑ as the father and son

Ⓒ as the father and the son Ⓓ as father and son

14. It's a secret, so don't involve ________.

Ⓐ many too people Ⓑ much too people Ⓒ too many people

Ⓓ too many peoples

15. This is a novel about campus life ________ .

Ⓐ in 1980's Ⓑ in the 1980's Ⓒ in the 1980 Ⓓ in 1980

16. The board had ________ immediately after the emergency.

Ⓐ meeting Ⓑ the meet Ⓒ a meet Ⓓ a meeting

17. Girls need to resist the temptation of chocolates and sweets if they want to lose ________.

Ⓐ the weight Ⓑ weight Ⓒ a weight Ⓓ an weight

18. He who governs the country should consider people's ________.

Ⓐ well-being Ⓑ being well Ⓒ being-well Ⓓ well being

19. Usually tough people don't yield to ________.

Ⓐ difficult Ⓑ an difficult Ⓒ the difficulties Ⓓ difficulties

20. With the ________ of Mary, all the students took part in the autumn outgoing.

Ⓐ exception Ⓑ exceptional Ⓒ except Ⓓ excepted

21. If you have no black leather shoes, you can wear brown ones for ________.

Ⓐ substitution Ⓑ substituted Ⓒ replaced Ⓓ replace

22. After a ________ flight, Jane was exhausted.

Ⓐ 12-hour Ⓑ 12 hour Ⓒ 12 hours Ⓓ 12-hours

23. 10, 12, 14 are all ________.

Ⓐ even numbers Ⓑ odd number Ⓒ odd numbers Ⓓ even number

答案

1.Ⓓ，二十層的 story 層不用複數。且數字跟 story 中間有一線。
2.Ⓑ，At the sight of：看到。
3.Ⓐ，channel：頻道。複數 channels。
4.Ⓓ，even numbers：偶數。odd numbers：奇數。
5.Ⓒ，父子商店的 son 用所有格，表示共同所有。
6.Ⓐ，means：方法。
7.Ⓑ，have no intention to do 沒有做某事的打算，intention 在這不做複數，前面也不接冠詞。
8.Ⓓ，history 這個字是不可數名詞。
9.Ⓓ，should + 原形動詞，且 friendship 是不可數名詞，前面不加冠詞，所以選 Ⓓ。
10.Ⓑ，五層樓的建築物，注意數字後面要加-且 story 不用複數。
11.Ⓑ，用 the 限定味道是 this chocolate cake 所生的。
12.Ⓓ，所有格 + 名詞。
13.Ⓓ，regard A as B 把 A 認為 B。在此的 father 跟 son 前都不加冠詞。
14.Ⓒ，too many + 可數名詞複數。
15.Ⓑ，in the xxxx's 在 xxxx 年代。
16.Ⓓ，會議 meeting，是單數可數名詞，所以前面要加冠詞 a。
17.Ⓑ，lose weight：減肥。
18.Ⓐ，well-being：安康。
19.Ⓓ，difficulty 單數可數名詞，其複數是 difficulties。
20.Ⓐ，with the exception of：除了。空格要放名詞。
21.Ⓐ，for substitution：代替。
22.Ⓐ，exhausted：耗盡的；疲憊的；12-hour 在此當形容詞用，所以小時後不加 s。
23.Ⓐ，even numbers：偶數。odd numbers：奇數。

第十二章：代名詞

學習重點...

- 了解第一人稱，第二人稱和第三人稱
- 了解代名詞的單數和複數的不同
- 各個代名詞的用法
- 了解代名詞之主格、所有格、受格的用法
- 所有代名詞 = 所有格 + 前面提過的名詞
- 代名詞當主詞，動詞的變化方式
- 有些代名詞是代替單數
- 有些代名詞是代替複數
- 先行詞是人或事物，其關係代名詞不同
- 學習判斷關係代名詞的主格、所有格、或受格
- 關係代名詞特殊用法：比如 that, which
- 學習複合關係代名詞的用法

人稱代名詞的用法

1. 人稱代名詞表格整理

	單數				複數			
	主格	所有格	受格	所有代名詞	主格	所有格	受格	所有代名詞
第一人稱	I	my	me	mine	we	our	us	ours
第二人稱	you	your	you	yours	you	your	you	yours
第三人稱	he	his	him	his	they	their	them	theirs
	she	her	her	hers				
	it	its	it	its				

注意 第一人稱就是我，我們

注意 第二人稱就是你，你們

注意 第三人稱就是他(她/它)，他(她/它)們
注意 主格是要放在句子主格的位置
注意 所有格後面要加名詞，表示某人的某東西
注意 受詞要放在句子受格的位置，一般放在動詞或介系詞的後面
注意 所有代名詞 = 所有格 + 前面提過的名詞

說明	例句
主格例句：要放在句子主格的位置	1. Sally likes basketball and she collects basketball cards. 薩麗喜歡籃球和收集籃球卡片。 用 she 來代替 Sally。 2. Kevin and Susan phoned this morning. They're coming to do KTV tonight. 凱文和蘇珊今天早上打過電話來，他們今晚要來唱KTV。 Kevin and Susan = they
所有格例句：所有格後面要加名詞	1. My back hurts every time I sit down. 每當我坐下來，我的背就會疼。 2. Mind your steps when you go mountain-climbing. 爬山的時候要小心步伐。
受格例句：要放在句子受格的位置	1. When they moved, their new neighbors welcomed them happily. 當他們搬來的時候，新鄰居高興地歡迎他們。 they 主格；their 所有格；them 受格。 2. Tom told us about his trip to Africa. His story was amusing and exciting. 湯姆告訴我們他的非洲之行，他的故事有趣刺激。 his 所有格；us 受格。
所有代名詞 = 所有格 + 前面提過的名詞	1. This cup is my cup. ↓ This cup is mine. 這個杯子是我的。 本句的 mine 所有代名詞 = my cup 2. If you didn't copy her report, why is your report the same as hers? 如果你沒有抄她的報告，為什麼你的報告和她的一樣啊？ 本句的 hers 所有代名詞 = her report。

2. 用反身代名詞的目的是為了「強調代名詞自己」

人稱	單數	複數	例句
第一人稱	myself	ourselves	1. I wish to avail **myself** to your company to express my gratitude. 我希望借此向你們公司表達我的感激之意。 2. She enjoyed **herself** very much at the party. 她在聚會上玩得很高興。 3. God helps those who help **themselves**. 天助自助者。
第二人稱	yourself	yourselves	
第三人稱	himself	themselves	
	herself		
	itself		

注意 1. oneself(某人自己)

注意 2. 動詞和反身代名詞合用：如 kill oneself 自殺；enjoy oneself 玩得開心

3. 所有格 + own：目的是為了「在強調代名詞自己的」

人稱	單數	複數	例句
第一人稱	my own	our own	1. Young people don't like the old traditions; they have **their own** thoughts. 年輕人不喜歡舊傳統，他們有他們自己的想法。 2. Child as he is, he can do a lot of things on **his own**. 雖然他只是一個孩子，他可以獨立完成很多事。
第二人稱	your own	your own	
第三人稱	his own	their own	
	its own		
	her own		

指示代名詞的用法

1. 指示代名詞 this, that, these, those 的用法

	英文	後面加(若明確可不加)	說明	例句
單數	this	+單數名詞	這個，指「近的」	1. What do you think of **that**? 你怎麼看呢？ 2. Don't throw away **those** boxes. 不要扔掉那些箱子。 3. Choose between **these** cars; **this** costs less and **that** has a better warranty. 你可以在這些車子之中做選擇，這一臺花費較省，而那一臺有較好的保證。
	that	+單數名詞	那個，指「遠的」	
複數	these	+複數名詞	這些，指「近的」	
	those	+複數名詞	那些，指「遠的」	

2. 在比較時，that 和 those 的用法

用法	例句
that 可以用來代要比較的單數名詞或不可數名詞	The weather in Taichung is much better than **that** in Taipei. 臺中的氣候比臺北好多了。 that 就是代替不可數名詞 weather。
those 可以用來代要比較的複數名詞	These bicycles are much better than **those** we made last year. 這些腳踏車比我們去年製作的好。 those 就是代替複數可數名詞 bicycles。

such 和 so 和 such as 的用法

用法	例句
such + adj. + n. + that... so + adj. /adv. + n. + that... (若n.是單數可數名詞，記得要加 a/ an)	I had **such** a busy morning **that** I had no time to eat breakfast. = I had **so** busy a morning **that** I had no time to eat breakfast. 我今天早晨太忙了，所以沒時間吃早餐。
such as 比如	1. Some products **such as** eggs are sold by the dozen. 一些產品，如雞蛋是一打一打賣的。 2. Modern inventions **such as** TVs and computers color people's life. 諸如電視和電腦的現代發明豐富人們的生活。

不定代名詞的用法

1. one, each, any 的用法

用法	說明	例句
one 一個 (人，東西)	代替前面出現的一個(人，東西)	The coat is much more expensive than the **one** we saw yesterday. 這件外套比我們昨天看見的那件要貴得多。
each 每一個 (人，東西)	強調「每一個」 Each 可以當代名詞，在句子裡當主詞；each也可以當形容詞，後面加名詞	**Each** of us has responsibility to protect the environment. 我們每個人都有責任保護環境。 Each 在句子裡當主詞，動詞用單數動詞。

用法	說明	例句
any 任一(人，東西)	常用於否定句或疑問句 補充 anyone 任何一個人	1. If you have **any** opinion, please tell me directly. 如果你有任何意見，請直接告訴我。 2. Can **anyone** tell me why Frank was absent today? 有沒有任何人可以告訴我為什麼法蘭克今天缺席？

2. another 表不特定的另一個人/事/物/東西，通常後面接單數

用法	說明	例句
another 表不特定的另一個人、事、物、東西	通常後面接單數	1. We did not see the museum. **Another** time we will. 我們沒有看到博物館，下一次就看到了。 2. The boy is the most clever child I have ever seen. He may become **another** Einstein. 這個男孩是我見到過的孩子中最聰明的一個，他可能會成一個類似於愛因斯坦的人。 注意 I would like to stay **another** two months. 我想再待兩個月。

3. the other, the others 用法整理

用法	例句
如果有兩個(如兩隻手，兩隻眼睛等)，第一個用 one，第二個用 the other	I have two children; **one** lives in Tokyo and **the other** in London. 我有兩個孩子；一個住在東京，另一個住在倫敦。
如果有三個，第一個用 one，第二個用 another，第三個用 the other	She has three sons, **one** in Japan, **another** in Spain, and **the other** in Holland. 她有三個兒子，一個在日本，另一個在西班牙，還有一個在荷蘭。

用法	例句
如果有三個或三個以上，第一個用 one，其餘則用 the others	Choose one of these books; **one** is on literature and **the others** are on architecture. 從這些書中選一本書，一本是文學方面的，其他的是關於建築方面的。
「有些…另一些…」的說法：some...others...	1. **Some** people believe in God and **others** don't. 有人相信上帝；有人則不相信。 2. **Some** people like pop music, while still **others** like classical music. 一些人喜歡流行音樂，但另一些人喜歡古典音樂。
「有些…有些…又一些…」的說法：some...others... others...	There are a lot of students in the classroom; **some** are talking, **others** are reading and **others** are sleeping. 教室裡有很多學生，有些在講話，有些在讀書，還有一些在睡覺。
全部 = some + the others(有些 + 其餘剩下的)	1. **Some** are sitting and **the others** are standing. 有些坐著，其他的站著。 2. **Some** of the apples on the table are fresh and **the others** are rotten. 桌上的有些蘋果是新鮮的，其他都壞了。

4. every, each 用法整理

用法	例句
every(每一個) + 單數名詞；若當主詞，動詞用單數動詞	**Every** dog has his day. 凡人皆有得意日。
1. each(每一個)，後面可加也可不加單數名詞 2. each 可當主詞，動詞用單數動詞 3. every 後面一定要加名詞；every 後面若無名詞則不可以當主詞	1. **Each** of the theaters has different movies. 每家電影院都上映不同的電影。 注意 如果是指兩個中的每一個，則只能用 each 來代，如雙親之一，雙手之一。 2. Almost **every** language in the world has dialects. 世界上幾乎每種語言都有方言。

用法	例句
Each/ Every＋單數名詞＋and each/ every＋單數名詞＋單數動詞：因是用來強調每一個，所以用單數動詞	1. **Each boy and each girl** is here and will sign his or her full name before entering. 每位男孩和女孩都在這裡，而且都會在進入前簽上全名。 2. **Every boy and every girl** has a dream, but seldom do they come true. 每個男孩和女孩都有夢想，但很少能美夢成真。

5. many a, no one, both, either, neither 用法整理

用法	例句
many a＋單數名詞，動詞用單數動詞	1. **Many a** woman has great influence on her husband. 許多女人對丈夫有很大的影響。 2. After being refused **many a** time, he finally gained her heart. 在被拒絕了不知多少次後，他終於贏得她的芳心。 many a time = many times 很多次。
no one 無人，沒人：只能指人，不能指物	1. There is **no one** here but me. 除我以外，沒人在這。 2. I've got seven brothers but **none** of them live nearby. 我有七個兄弟，但沒有一個住在附近。
none 無人，無物：可指人或物	
both 兩者都是	1. **Both** of the girls are kind. 這兩位女孩都很仁慈。 2. **Either** of the roads is equally dangerous. 兩條路同樣危險。 3. **Neither** of my parents enjoys music. 我父母都不喜歡音樂。 4. I like **neither** of the bicycles. = I do**n't** like **either** of the bicycles. 這兩臺腳踏車我都不喜歡。
either 兩者之一，兩個之一	
neither 兩個都沒有，兩個都不是	

6. 不定代名詞含 body 跟 one 的整理

<table>
<tr><th>不定代名詞</th><th>中文</th><th>例句</th></tr>
<tr><td>everybody</td><td>每個人</td><td rowspan="7">1. Everyone agreed that the party was a lot of fun.
每個人都同意聚會很有趣。 everyone 每個人。
2. Did you notice anyone come in?
你注意到有人進來過嗎？
anyone 常用於疑問句裡。
3. Nobody cares what he says.
沒人在意他說什麼。 Nobody 沒人。
4. If you don’t believe in what I say, then you should go ask someone else.
如果你不相信我說的話，你可以去問其他人。
someone 某人。</td></tr>
<tr><td>anybody</td><td>任何一個人</td></tr>
<tr><td>some body</td><td>有人</td></tr>
<tr><td>nobody</td><td>沒有人</td></tr>
<tr><td>everyone</td><td>每個人</td></tr>
<tr><td>anyone</td><td>任何人</td></tr>
<tr><td>someone</td><td>某人</td></tr>
</table>

7. 和 thing 有關的不定代名詞

<table>
<tr><th>不定代名詞</th><th>中文</th><th>例句</th></tr>
<tr><td>everything</td><td>每件事</td><td rowspan="4">1. Why is everything so boring?
為什麼事事都如此煩人？ everything 每件事。
2. If you are in need of anything, don’t hesitate to let me know.
如果你需要什麼，儘管對我說。
3. Something must be done about it.
必須想個辦法。
4. He did nothing but sleep.
除了睡覺，他什麼都沒有做。 nothing 沒事。</td></tr>
<tr><td>anything</td><td>任何一件事</td></tr>
<tr><td>something</td><td>有件事；有東西</td></tr>
<tr><td>nothing</td><td>沒事；沒東西</td></tr>
</table>

關係代名詞

1. 先行詞是人

先行詞是人	例句
先行詞是人，則關代主格用 who	1. The man who called was John. 打電話的那個人是約翰。 2. God helps those who help themselves. 天助自助者。 3. Those who take long views are broad-minded. 目光遠大的人心胸開闊。
先行詞是人，則關代所有格用 whose	1. That's the girl whose name escaped me. 就是這個女孩，我當時忘了她的名字。 本句先行詞是 girl，所有格用 whose name，表示女孩的名字。 2. People whose dogs bite other people should go to jail forever. 誰的狗咬了別人，誰就應該永遠去坐牢。
先行詞是人，則關代受格用 whom	1. He is a man on whom I can rely. 他是我可以信賴的那一種人。 動詞片語 rely on 信賴。 2. He is a man whom we should respect. 他是個我們應當尊敬的人。 3. We are inclined to believe those whom we love. 我們總是相信我們所愛的人。

先行詞是人	例句
One who/ those who(…的人/…的人們)用法 注意 one who = he who = a man who(…的人) 注意 those who = they who = the people who(…的人們)	1. **One who** trusts other people will be cheated one day. 相信其他人的人早晚有一天會被騙。 2. **One who** always lies will be cheated one day. 總是說謊的人早晚有一天會被騙。 3. **Those who** take long views are broad-minded. 目光遠大的人心胸開闊。 4. **Those who** live their lives to the fullest, regard every day as the last. 每一天過的充實的那些人，將每天都當成最後一天。

2. 先行詞是動物，事物，東西

先行詞是動物，事物，東西	例句
先行詞是動物，事物，東西，則關代主格用which	1. Chinese use chopsticks, **which** are like two sticks. 中國人用筷子，看上去像兩根棒子。 2. Let's go and find a better resort **which** will at least be cleaner. 讓我們去找一家好一點的度假聖地吧，至少也比較乾淨。 本句先行詞是 resort(物)，關代主格用 which。
先行詞是動物，事物，東西，則關代所有格用of which = whose	1. This is a good movie **whose** style I love very much. 這是一部好電影，我很喜歡它的風格。 2. It's ridiculous to say that a dog **whose** head is bigger is smarter. 腦袋大的狗比較聰明，這是很愚蠢的說法。

先行詞是動物，事物，東西	例句
先行詞是動物，事物，東西，則關代受格用 which	1. I found the bicycle **which** you lost yesterday. 我發現了你昨天丟的那輛腳踏車。 2. The biology book **which** I bought last week was missing. 我上星期買的生物書不見了。 本句的先行詞是 book 是東西，關代受格 which 作動詞 bought 的受詞。

3. 先行詞必考重點

必考重點	例句
不論先行詞是人，動物，事物，東西， that 可以用來代替關代的主格和受格； 若 that 用來作主格時，that 不可以省略； 若 that 用來作受格時，that 可以省略	1. It is love **that** makes the world peaceful. = It is love **which** makes the world peaceful. 使世界和平的就是愛。 本句 which/ that 當主格用，不可以省略。 2. I have found the bicycle **(that/ which)** you lost last week. 我發現了你上星期丟的那輛腳踏車。 本句 which/ that 當受格用，可以省略。 3. The boss has laid down certain conditions **(which/ that)** we must follow. 老闆規定了一些我們必須遵守的條件。 本句 which/ that 當受格用，可以省略。
如果關代前面有介系詞時，不可以用 that 代替；所以 that 前面若有介系詞，則錯	Table tennis is a sport of **which** I am very fond. 桌球是我很喜歡的運動。 因 which 前面有介系詞 of，所以 which 不能用 that 代替。

必考重點	例句
如果先行詞是「人＋動物，事物，東西混和」，很難決定要用 who 或 which，關係代名詞則用 that	1. Look at the man and his monkey **that** are coming toward us. 看看朝向我們走過來的那個男人和他的猴子。 人和動物，關代用 that。 2. They are talking about the customers and products **that** they meet everyday. 他們正在談論他們每天都要見到的客戶和商品。 人和東西，關代用 that。
在疑問句裡，關係代名詞用 that 以避免和疑問詞 who 或 which 重複	Who is the person **that** is talking to my father? 和我爸爸說話的那個人是誰？
關係代名詞 which 可以來代替前面那句話	1. She won the first prize in the race, **which** was the greatest news in the school. which = She won the first prize in the race 這件事。 她在比賽中贏得第一名，是學校裡天大的消息。 本句的 which，不是指 race 比賽，而是指「她在比賽中贏得第一名」這件事。 2. He was late for school, **which** was often the case with him. 他上學遲到，但這對他而言已是家常便飯了。
what 用法：前面，後面都缺，就要用 what	1. I doubt **what** you said. 我懷疑你說的話。 doubt 後面要有受詞，就是我懷疑的事；而 said 後面也要有受詞，也是你說的話；所以前面後面都缺受詞，就要用 what。 2. Listen carefully and write down **what** I am going to say. 仔細聽，把我說的話寫下來。

4. 複合關係代名詞必考重點

必考重點	例句
主格用法 whoever = anyone who 不管誰，不論誰。任何人，後面加動詞	1. I hate **whoever** lies. 我痛恨任何一個說謊的人。 2. I want to speak to **whoever** is in charge. 不管誰負責，我要對他說話。 3. **Whoever** wants to get a free book may get one on condition that he writes his name and phone no. here. 只要在這寫下名字和電話，任何人都可以獲得一本免費的書。
受格用法 whomever = any one whom 不論誰；後面加主詞 + 動詞	1. I hate **whomever** you like. 你恨的人，我都喜歡。 2. You may dance with **whomever** you like. 你想跟誰跳舞就跟誰跳。 3. **Whomever** you may talk to, he will not stop you. 不論你要談到的人是誰，他都不會阻止你。
主格、受格用法 whatever = anything that = everything that 不論…	1. **Whatever** may happen, we will not change our plan. 無論發生什麼事，我們決不改變計畫。 whatever 是主格用法。 2. You should not go crazy **whatever** happened. 無論你發生什麼都不應該發瘋。 whatever 是主格用法。 3. You can take **whatever** you like. 你可以拿任何你喜歡的東西。 whatever 是受格用法。
主格、受格用法 whichever = anyone that = anything that 不論哪一個	1. You can choose **whichever** car you like. 你可以選你喜歡的任何一臺車。 本句的 whichever 在此當受格使用。 2. These stamps can be kept for free. You may take **whichever** you like. 這些郵票可免費擁有。你喜歡哪一張就拿哪一張。

5. 關係副詞必考重點

必考重點	例句
名詞 + where(地方) / when(時間) / why(原因) / how(方法) + 完整的句子 **完整的句子 = 有主詞、動詞等的完整子句**(例句中劃線的就是完整的句子)	1. Mr. Brown went to New York, **where** he became a famous writer. 布朗先生去了紐約，在那兒他成為知名作家。 2. He's polite. That's **why** many women like him. 他很有禮貌。這就是為什麼許多女人喜歡他的原因。 3. This is the reason **why** I stop smoking. 這就是我為什麼停止抽煙的原因。 4. This is the reason **why** birds can fly. 這就是鳥為什麼會飛的理由。

EXERCISE

1. In summer, it's harmful for you to expose ________ to the strong sunshine.
   Ⓐ of you Ⓑ yourself Ⓒ to you Ⓓ you
2. I can't believe how a nice child like you would play ________ awful trick on people.
   Ⓐ an such Ⓑ so an Ⓒ such an Ⓓ an so
3. What you have done has disappointed ________.
   Ⓐ I great Ⓑ me greatly Ⓒ myself greatly Ⓓ great me
4. Boxing is a dangerous sport ________ bring about injury or death.
   Ⓐ that can Ⓑ that Ⓒ can Ⓓ can that
5. His remarks irritated everybody ________ at the meeting.
   Ⓐ to be present Ⓑ being present Ⓒ present Ⓓ presented
6. Don't be disappointed ________. Everyone makes mistakes.
   Ⓐ with you Ⓑ about yourself Ⓒ about you Ⓓ with yourself
7. He said he had put some money in the envelope but I could find ________.
   Ⓐ no Ⓑ none Ⓒ not Ⓓ neither
8. It's ________ disappointment not to have Jane attend the buffet reception.
   Ⓐ such a Ⓑ a such Ⓒ so a Ⓓ a so
9. Both of the couples are going to send ________ a bunch of roses on Saint Valentine's Day.
   Ⓐ every another Ⓑ each other Ⓒ every other Ⓓ each another
10. Quick-minded and ________ to learn, he's never ashamed to consult his inferiors.
    Ⓐ to eager Ⓑ is eager Ⓒ he is eager Ⓓ eager
11. Original English books in the library are available to the students ________ in English.
    Ⓐ majored Ⓑ being major Ⓒ majoring Ⓓ major
12. ________ do you prefer, a pear or a peach?
    Ⓐ Which Ⓑ What Ⓒ How Ⓓ However

13. After living in Paris for fifty years he returned to the small town ________ he grew up as a child.

Ⓐ which Ⓑ that Ⓒ where Ⓓ when

1. Ⓑ，表某人自己用 yourself。
2. Ⓒ，such an 後面加名詞。
3. Ⓑ，因 disappoint 是動詞後面要加受詞，所以選 me，並且用 greatly 副詞來修飾動詞 disappointed。
4. Ⓐ，bring about：導致。空格前面已經是完整的主詞動詞，所以空格要用關代。
5. Ⓒ，本句空格原是 who was present，省略 who was。
6. Ⓓ，be disappointed with 對某人失望；空格是指自己所以選 Ⓓ。
7. Ⓑ，none：一個也沒有；毫無。
8. Ⓐ，such a 後面加名詞。
9. Ⓑ，each other：彼此。
10. Ⓓ，空格是 who is eager 的縮減。
11. Ⓒ，先行詞是 students，主修 major 是主動動作，所以用 Ving 的答案，選 Ⓒ。
12. Ⓐ，那一個用 Which，表示選擇。
13. Ⓒ，先行詞是 town 地點名詞，空格用關係副詞 where 表示 town。

第十三章：形容詞

學習重點...

- 形容詞大部分是放在名詞前面
- 若有多個形容詞，修飾同一名詞，需注意排列順序
- 某些特殊情形，形容詞可以放在名詞後面
- 形容詞的比較，有原級，比較級和最高級三種
- 比較的特殊用法: superior to, inferior to, the last, prior to
- 有些字不能用來比較
- 基數和序數的用法

形容詞的位置

1. 形容詞的位置

形容詞的位置	例句
形容詞通常放在名詞的前面，用來形容名詞	1. English is an **international** language. 英語是國際語言。 2. It is true that Japan is a **beautiful** country. 日本的確是個美麗的國家。 3. He was such a **brave** man. He saved that girl from the fire. 他是如此勇敢的人，他把小女孩從從火場中救出來。

形容詞的位置	例句
在以下情況，形容詞放在(代)名詞後面 1. 字尾是 one, thing, body，形容詞則放在代名詞後面 2. 形容詞是關代主格動詞省略後剩下的 3. 名詞 + alive(活著)，asleep(睡著的)	1. There is something **wrong** with the computer. 這臺電腦出毛病了。 字尾是 one/thing/body，形容詞放在代名詞 something 後面。 2. I can't say anything **definite** yet. 我還不能肯定地說什麼。 字尾是 one/thing/body，形容詞放在代名詞 anything 後面。 3. Hurry up, as there are only ten minutes **left**, or we'll be late. 快點吧，只剩十分鐘了，否則我們會遲到的。 本句是過去分詞 left 當形容詞用。 4. Do you have a room **available**? 你們有空房間嗎？ available 形容詞，放在名詞 room 後面。 5. After the earthquake hit, he was the only person **alive** in the town. 地震發生後，他是鎮上唯一存活的人。 alive 形容詞，放在名詞 person 後面。

2. 如果同時有很多的形容詞，要修飾同一名詞時，排列順序如下：

both/all	the/those	數量	大小	形狀	新舊或年齡	色彩	專有或材料	名詞
both	the	two	small	round	new	white	Chinese	plates
all	those			oval		yellow	American	toys
	his	eight	big		old	brown	wooden	tables

▸ That **beautiful young foreign** lady is our drama teacher.
那個年輕漂亮的外國女子是我們的戲劇老師。

3. 以下的形容詞，不能放在名詞前面，但可以放在 be 動詞後面，當做補語。

形容詞	中文	例句
well	好的；合適的	請看以下對照 John is an ill man.(×) John is ill.(○)
alike	相同的；相像的	
alone	單獨的；獨自的	I am an alone man. (×) I am alone.(○)
asleep	睡著的	
ill	生病的；不健康的	1. I'm afraid I can't come tomorrow. 我恐怕明天不能來了。
alive	活著的	2. He is awake to the fact. 他意識到這個事實。
afraid	害怕的；怕的	3. Now he's ill and poor.
awake	醒著的	現在他貧病交迫。

形容詞的比較

1. 原級的比較

說明	例句
肯定： A as + 形容詞 + as B (A 跟 B 一樣…)	1. Tom is as tall as John (is). 湯姆跟約翰一樣高。 as...as 和…一樣。 2. Tom is as fat as John (is). 湯姆跟約翰一樣胖。 as...as 和…一樣。 3. The old machine is as good as new. 這臺舊機器跟新的一樣好。 as...as 和…一樣。 4. Look, a girl whose face is as red as an apple is coming toward us. 看！那個正向我們走來的女孩，她的臉像蘋果一樣紅。 as...as 和…一樣。

說明	例句
否定： A not so + 形容詞 + as B (A 跟 B 不一樣…)	1. Helen is **not so** beautiful **as** Janet. 海倫不像珍妮那樣漂亮。 2. So far as English is concerned, it is **not so** difficult **as** you might think. 就英文而言，它並不像你所認為的那樣難。
as many as 同等的比較，用於可數名詞	1. Take **as many as** you please. 你要多少就拿多少。 as many as 同等的比較，用於可數名詞。 2. Please show us **as many bikes as** you have. 請把你所有的腳踏車拿給我們看。 as many as 同等的比較，用於可數名詞。
as much as 同等的比較，用於不可數名詞	1. I'll help **as much as** I can. 我會盡力幫忙的。 as much as 同等的比較，用於不可數名詞。 2. You ought to rest **as much as** possible after a day's work. 在一天工作後，你應盡量休息。 as much as 同等的比較，用於不可數名詞。
A + 數字 + times as + 形容詞 +(名詞)+ as B (倍數的比較)	1. John is three **times as old as** you (are). 約翰的年紀是你的三倍大。 three times as old as 倍數的比較。 2. I have two **times as many** cars **as** you (do). 我有你兩倍的車。 two times as many cars as 倍數的比較。

2. 比較級

說明	例句
A + be 動詞 + 單音節形容詞字尾 + er 或去 y + ier + than + B	1. Blood is thicker than water. 血濃於水。 thick 單音節字尾 + er。 2. The climate of California is milder than that of New York. 加州天氣較紐約宜人。 mild 單音節字尾 + er
A + be 動詞 + more + 字尾是 ful / ous / ive + than + B	The bear is more powerful than the dog. 熊比狗力量大。 more + 字尾是 ful / ous / ive 特殊 Helen is the taller and the more beautiful of the two girls. 海倫是那兩個女孩之中，較高且較漂亮的那個。 如果是兩者比較 of the two，則用 the + 形容詞字尾 er 或 the more + 形容詞，如本句所示。
A + be 動詞 + more/ less + 多音節形容詞 + than + B	1. She is more diligent than any other students in her class. 她是班上最用功的學生。 因自己也是班上學生，所以要用 other 把自己排除。 2. Several years have passed, now he is less strong than he was. 幾年過去了，他不像以前那麼強壯了。 less than 前面不如後面。

注意 比較級常考有

比較級+er	tall → taller，smart → smarter，old → older，short → shorter，kind → kinder，light → lighter，(特殊)big → bigger
比較級去 y + ier	heavy → heavier，easy → easier，happy → happier
多音節形容詞	more + expensive, beautiful, interesting, useful

3. 最高級→超過三者比較

說明	例句
the + 單音節形容詞字尾 est + of all(of the three/ among + 複數名詞)	1. **The strongest** animal in this city zoo is the fierce tiger. 市立動物園最強壯的動物就是兇猛的老虎。 2. New York is one of **the largest** cities in the world. 紐約是世界上最大的城市之一。 one of 之一。
the + most + 形容詞 + of all(of the three/ among + 複數名詞)	Of all doctors in Hawaii, Mr. Arthur is **the most widely known**. 夏威夷所有醫生中，亞瑟先生是最知名的。

注意 最高級例子有

單音節形容詞字尾 est	tall → tallest，smart → smartest， old → oldest，short → shortest， kind → kindest，light → lightest， great → greatest，bright → brightest
單音節形容詞字尾去 y + iest	heavy → heaviest，easy → easiest
多音節形容詞	the most + expensive, beautiful, interesting, useful

4. 其他特殊的比較用法

說明	例句
A be superior to B： A 比 B 優秀	Her knowledge of American history **is superior to** mine. 她對美國歷史的知識比我好。 superior to 較好。
A be inferior to B： A 比 B 差	Woman **is inferior to** man in strength. 女人力量不及男人。 inferior to 較差。
the last man/ person 是最不可能做…事的人	Paul is **the last man** to break his word. 保羅絕不是不守承諾的人。 是最不可能做…事的人。

5. 下列這些字是無法比較的，所以不能用在比較級

形容詞	形容詞	形容詞	形容詞
absolute	chief	main	perfect
universal	whole	final	entire
basic	primary	first	unique
immortal	impossible	illegal	infinite

基數和序數

1. 基數和序數的介紹

基數就是 1、2、3、4
序數就是第 1、第 2、第 3、第 4

2. 重要序數例子如下

第 1	first(可簡化 1st)	第 2	second(可簡化 2nd)
第 3	third(可簡化 3rd)	第 4	fourth
第 5	fifth	第 6	sixth
第 7	seventh	第 8	eighth
第 9	ninth	第 10	tenth
第 11	eleventh	第 12	twelfth
第 13	thirteenth	第 14	fourteenth
第 15	fifteenth	第 16	sixteenth
第 17	seventeenth	第 18	eighteenth
第 19	nineteenth	第 20	twentieth
第 30	thirtieth	第 40	fortieth
第 50	fiftieth	第 60	sixtieth
第 70	seventieth	第 80	eightieth
第 90	ninetieth	第 100	one hundredth

3. 非整十的數，將個位數變成序數即可：

第 21	twenty-first	第 22	twenty-second
第 23	twenty-third	第 24	twenty-fourth
第 25	twenty-fifth	第 26	twenty-sixth
第 27	twenty-seventh	第 28	twenty-eighth
第 29	twenty-ninth	第 31	thirty-first

EXERCISE

1. The schoolbag is ________ heavy for the 7-year-old boy ________ carry.

   Ⓐ too; to Ⓑ to; too Ⓒ enough; to Ⓓ to; enough

2. The current situation in Iraq is very ________.

   Ⓐ complicating Ⓑ complicatedly Ⓒ complicated Ⓓ complication

3. A lot of parents can't find a medium ________ their children.

   Ⓐ to communicate with Ⓑ for communicate with Ⓒ to communicate
   Ⓓ for communicating

4. He became ________ and withdrew from the building.

   Ⓐ hesitating Ⓑ hesitant Ⓒ hesitated to Ⓓ to be hesitated

5. With the help of the internet, I can do my research work ________ faster.

   Ⓐ a lot of Ⓑ much Ⓒ more Ⓓ greater

6. Although he claimed he was innocent, the evidence proved him ________.

   Ⓐ guilt Ⓑ guilty Ⓒ guiltless Ⓓ guiltily

7. Her latest album ________ welcome in Taiwan.

   Ⓐ received warmly Ⓑ warmly received Ⓒ is received a warm
   Ⓓ received a warm

8. The ________ tunnel under the River is convenient for a lot of people.

   Ⓐ newly-built Ⓑ newly-building Ⓒ new-built Ⓓ new-building

9. You must learn to ________. Your parents can't take care of you permanently.

   Ⓐ dependent Ⓑ depending Ⓒ be depending Ⓓ be independent

10. Without ________ hesitation, he filled in the form.

    Ⓐ a Ⓑ any Ⓒ an Ⓓ the

11. She's trying her ________ to pretend to be calm.

    Ⓐ good Ⓑ best Ⓒ better Ⓓ well

12. Although his salary is just moderate, Johnson is ________ with his present life.

    Ⓐ satisfy quite Ⓑ quite satisfying Ⓒ quite satisfied Ⓓ quite satisfy

13. Professor Zhang is quite ________. He even cannot remember his address sometimes when he's out of town.

Ⓐ forget Ⓑ forgetful Ⓒ forgot Ⓓ to forget

14. Benny got some candies from the teacher ________.

Ⓐ like an award extra Ⓑ as an award extra Ⓒ like an extra award

Ⓓ as an extra award

答案

1. Ⓐ，too + adj. + to + 原形動詞：太…以致於不能（無法）…。
2. Ⓒ，complicated：複雜的。
3. Ⓐ，和某人溝通 communicate with + 某人。
4. Ⓑ，become hesitant：變得遲疑。
5. Ⓑ，much + 單音節比較級。
6. Ⓑ，prove sb. adj.：證明。
7. Ⓓ，本句的 welcome 是名詞，前面加形容詞 warm 修飾。
8. Ⓐ，newly-built：新造的。
9. Ⓓ，be + 形容詞。
10. Ⓑ，without any hesitation：沒有任何猶豫。
11. Ⓑ，best：最好。
12. Ⓒ，be satisfied with：滿意…。
13. Ⓑ，be + 形容詞。
14. Ⓓ，當成用 as，且形容詞 extra 需放在名詞 award 之前。

第十四章：副詞

- 了解副詞主要是用來修飾句子，修飾動詞和修飾形容詞的
- 副詞有「時間，地點，頻率，程度，狀態，方向，疑問」等
- 學習副詞的位置
- 副詞和形容詞之間的轉換
- 有些字看起來像副詞，卻是形容詞
- 了解關係副詞和複合關係副詞的用法
- 副詞片語的功能
- 副詞子句
- 副詞的比較

副詞和副詞的位置

1. 副詞的定義：用來表示動詞、句子的
   - 方向(up, below)
   - 地點(here, there)
   - 疑問(when, where)
   - 狀態(strangely, evidently)
   - 頻率(always, sometimes, twice)
   - 程度(very, much, rather, hardly)
   - 時間(now, yesterday, tomorrow, at 12:30, five days ago)

   上面這些都是副詞(或副詞片語)

2. 副詞的位置

副詞的位置	例句
時間副詞、狀態副詞、頻率副詞放在句首，用來表達整個句子的時間、狀態、頻率	1. **Clearly** she doesn't understand what you mean. 很明顯地，她無法理解你的意思。 2. **Obviously** they don't want to spend too much time if possible. 很明顯地，如果可能的話，他們不想花那麼多時間。
時間副詞、狀態副詞、頻率副詞放在句尾，也可用來表達整個句子的時間、狀態、頻率	1. That's wrong, **surely**. 這顯然是錯的。 2. Please leave here **immediately**! 請馬上離開這兒！ 3. Look on the bright side of things, and you will live **happily**. 如果看事情的光明面，你就可以活得很快樂。
副詞放在一般動詞之前，用來修飾一般動詞	1. I **especially** dislike onions. 我特別不喜歡洋蔥。 2. The firemen **bravely** went into the burning house. 消防隊員勇敢地進入熊熊燃燒的房子。 3. Jack **finally** got in touch with his brother in Germany. 傑克終於聯絡上他在德國的弟弟。
副詞放在 be 動詞的後面，也就是被修飾的形容詞(含現在分詞和過去分詞)前面	1. He is **usually** busy. 他通常是忙碌的。 2. The rich are not **necessarily** happy. 有錢人未必快樂。

副詞的位置	例句
如果兩個副詞放在一起，表示：前面的副詞修飾後面的副詞，後面的副詞修飾形容詞	1. That match was **very** evenly balanced. 那場比賽雙方非常勢均力敵。 very 副詞修飾 evenly 副詞，而 evenly 副詞是修飾過去分詞 balanced。 2. I think we've invited **rather** too many people to the party. 我想我們邀請太多人參加宴會。 rather 副詞修飾 too 副詞，而 too 副詞是修飾形容詞 many。

3. 很多副詞都是形容詞變來的，如下表格

形容詞	副詞	例句
happy	happily	1. I **truly** believe your questions will drive me crazy. 我真的認為你的問題會使我精神錯亂。 2. After years of efforts, Matt **finally** won Katie's heart. 經過多年的努力，馬特最終贏得了凱蒂的芳心。
lucky	luckily	
terrible	terribly	
final	finally	
true	truly	
possible	possibly	
easy	easily	
real	really	
careful	carefully	
slow	slowly	
quick	quickly	
beautiful	beautifully	
gentle	gently	
polite	politely	

4. 大部分字尾有-ly 的，都是副詞。但有些字字尾-ly，卻是形容詞。如

形容詞	中文	例句
friendly	友好的	1. Don’t be **silly**! 別傻了！ 2. How **silly** of me! 我好傻！ 3. His health is **likely** to get worse. 他的健康可能會惡化。 4. Johnson is very **unfriendly** to me. 強森對我很不友善。
lonely	孤獨的	
ugly	醜惡的	
likely	可能的	
manly	男子氣概	
neighborly	像鄰居的	
lovely	可愛的	
silly	傻傻的	
lively	活潑的	

5. 先行詞 + 關係副詞 + 子句

說明	例句
the reason why (理由)	Up till now, I haven’t known **the reason why** Jane left her family. 直到現在我都不知道為什麼珍離家出走。 the reason 要配合 why。
the time when (時間)	I don’t know **the time when** Jane left her family. 我不知道珍什麼時侯離家出走。 the time 要配合 when。
the place where (地點)	Do you know **the place where** Jane lives? 你知道珍住在那裡嗎？ the place 要配合 where。
the way how (方法)	I don’t know **the way how** Jane became rich. 我不知道珍是如何變有錢的。 the way 要配合 how。

6. 複合關係副詞 = 關係副詞 + ever

說明	例句
wherever = no matter where 無論那裡	**Wherever** you are, I will miss you. 不論你在哪裡，我都會想念你。
whenever = no matter when 無論何時	**Whenever** I hear the story, I cannot help crying. 每次我聽這故事，就忍不住要哭。 whenever = no matter when 無論何時。
however = no matter how 無論如何	**However** busy we are, we should take regular exercise. 無論我們多忙，我們應該定期運動。 however = no matter how 無論如何。

副詞的比較

1. 副詞的比較

副詞的比較	例句
原級	1. John runs **as** fast **as** Kevin. 約翰跑得跟凱文一樣快。 2. Though old, he walks **as** fast **as** a young man. 雖然他年紀大了，他走起路來像年輕人一樣快。
比較級	1. John runs **faster than** Kevin. 約翰跑得比凱文快。 2. Helen danced **more happily than** Mary. 海倫跳舞跳的比瑪莉高興。
最高級	1. The lion runs **the fastest** in the forest. 獅子是森林裡跑最快的。 2. Jason jumps **the highest** in the school. 傑森是學校裡跳最高的。

2. 常見的副詞及其比較級

副詞	副詞比較級	副詞	副詞比較級
fast	faster	late	later
hard	harder	soon	sooner
close	closer	loud	louder
easily	more easily	happily	more happily
cleverly	more cleverly	bravely	more bravely

3. 常見的副詞及其最高級

副詞	副詞最高級	副詞	副詞最高級
high	highest	low	lowest
loud	loudest	quick	quickest
soon	soonest	hard	hardest
fast	fastest	loud	loudest
easily	most easily	bravely	most bravely
correctly	most correctly	cleverly	most cleverly

EXERCISE

1. It is ________ that Mrs. Taylor accepted our invitation.
   Ⓐ desirable highly Ⓑ highly desiring Ⓒ highly desirable
   Ⓓ desiring highly
2. Don't forget to send me an email when you arrive home ________.
   Ⓐ safe Ⓑ safety Ⓒ safely Ⓓ safer
3. ________ it was Nobel who set the fund of the Nobel Prize.
   Ⓐ Origin Ⓑ Originally Ⓒ In origin Ⓓ Being original
4. The old man ________.
   Ⓐ sudden fell down Ⓑ suddenly fell down Ⓒ fell suddenly down
   Ⓓ fell sudden down
5. No matter what I say, he will ________ say no.
   Ⓐ definitely Ⓑ definite Ⓒ be definitely Ⓓ be definite
6. Traffic on the bridge is so terrible that the citizens ________ appeal for the building of a tunnel.
   Ⓐ heavily Ⓑ heavy Ⓒ strongly Ⓓ strong
7. What Angel said ________ hurt me a lot.
   Ⓐ really Ⓑ real Ⓒ reality Ⓓ a reality
8. The up-stretching peak of the mountain looks ________.
   Ⓐ amazing magnificent Ⓑ amazingly magnificently
   Ⓒ amazing magnificent Ⓓ amazingly magnificent
9. Private investment is ________ to the change of interest rate.
   Ⓐ closely related Ⓑ close related Ⓒ closely relate Ⓓ close relate
10. He was ________ moved when he saw the piece of scenery.
    Ⓐ deeply Ⓑ deep Ⓒ deeper Ⓓ deepest
11. Don't be ________; he will not lend you money.
    Ⓐ silly Ⓑ smart Ⓒ old Ⓓ young

答案

1. Ⓒ，desirable：合意的；令人想要的；副詞 highly 放在 desirable 形容詞前面。
2. Ⓒ，副詞 safely 修飾 arrive home。
3. Ⓑ，副詞 Originally 放句首修飾整個句子。
4. Ⓑ，fall/ fell down 跌倒，副詞 suddenly 放在一般動詞之前。
5. Ⓐ，副詞 definitely，放在一般動詞 say 之前。
6. Ⓒ，副詞 strongly 放在一般動詞 appeal 之前。
7. Ⓐ，本句句子已經完整，用 Ⓐ really 副詞來強調動詞 hurt。
8. Ⓓ，look 為連綴動詞，後跟形容詞；amazingly 為副詞修飾形容詞 magnificent。
9. Ⓐ，relate to sth.相關，此句中用被動；副詞closely修飾過去分詞related。
10. Ⓐ，be + 副詞 + P.P.：用副詞來修飾 P.P.，所以選 Ⓐ deeply。
11. Ⓐ，silly 看起來像副詞，但其實是形容詞；be 動詞後加形容詞，依句意選 Ⓐ silly。

第十五章：介系詞

常見的地點、時間介系詞

1. 和地點有關的介系詞

介系詞	使用時機	例句
on	在上面有接觸表面	There are two pens **on** the table. 桌上有兩枝鋼筆。 在上面有接觸表面用 on。
in	在裡面	Helen must be there **in** the kitchen. 海倫一定是在廚房裡。 在裡面用 in。
beneath	在下面有接觸表面	Some fish swim very fast **beneath** the sea. 有些魚在海面下能游得很快。 在下面有接觸表面用 beneath。
above	在上面用	This mountain is 1,700 meters **above** sea level. 這座山海拔 1,700 公尺。 在上面用 above。
under	(直接)下面	In the storm I took shelter **under** the tree. 暴風雨時，我躲在樹下。 在下面用 under。
down	往下面(方向)	A plane was coming **down** from behind the clouds. 飛機從雲端後往下飛。 往下面用 down。
along	沿著	Marching **along** the street is a group of students. 沿著街道行進的是一群學生。 沿著用 along。
across	越過	The village lies **across** the river. 村莊在河對岸。 越過用 across。
into	進入(室內)，強調由外入內	Some birds went flying **into** my room. 幾隻鳥飛著進入我的房間。 進入用 into。
behind	在後面	The general manager is sitting **behind** the desk. 總經理坐在桌子後面。 在…後面用 behind。

介系詞	使用時機	例句
throughout	到處	Computers have been used **throughout** the world. 電腦已經在全世界到處使用。 到處、整個用 throughout。

2. 和時間有關的介系詞

介系詞	使用時機	例句
in	較長的時間	Don't waste time walking aimlessly everywhere **in** the spring of life. 在年輕時代，不要浪費時間無所目的地到處亂逛。 in + 較長的時間。
at	某一特定的時間	Tom felt rather proud **at** the thought of his son's achievement. 湯姆一想到他兒子的成就感到十分自豪。 at 某一特定的時間。
within	一段時間之內	There is no typing up this letter **within** ten minutes. 不可能在十分鐘內打完這封信。 within + 一段時間之內。
by	在某時間之前	So long as you finish your work **by** this evening, you can have tomorrow leave. 如果你今晚之前把工作做完，你明天就可以休息。 by 在某時間之前。
until	直到	The matter was held over **until** the next meeting. 此事被延至下次會議解決。 until 直到。
from... to...	從…到…	My father worked in the factory **from** 1989 **to** 2009 and now he is retired. 我父親從 1989 年到 2009 年一直在工廠工作，現在他退休了。 from...to... 從…到…。
since	自從 + 某個時間點	We have lost contact with him **since** last summer. 自從去年夏天，我們就失去聯繫。 since... 自從…。

介系詞	使用時機	例句
for	一段時間	Sometimes we work **for** 24 hours on end. 有時我們連續二十四小時工作。 for + 一段時間。
during	在…期間	**During** the past 20 years, a great number of train stations have been set up. 在過去的二十年間，興建了許多火車站。 during 在…期間。
through	從頭到尾的一段時間	**Through** the rest of his career, he was not so driven as before. 在他最後的職業生涯中，他已不像從前那麼衝動了。 through 從頭到尾的一段時間。

介系詞綜合用法

有些介系詞不但可以用於地點，也可用於時間，也可用於其他地方，本重點不一一贅述，只要熟讀以下例句，便可掌握其精準用法！

介系詞	例句
on	1. Dinner is **on** me. 晚飯我請客。 2. There are five books **on the desk**. 書桌上有五本書。 3. Are there three pictures **on the wall**? 牆上有三張圖嗎？ 4. Children hate doing homework **on Sundays**. 孩子們討厭在星期日做家庭作業。 5. Hurry up, or we cannot get to the railway station **on time**. 快點，否則我們不能準時趕到火車站了。

介系詞	例句
in	1. He came home as late as three **in the morning**. 他遲至清晨三點才回家。 2. He keeps a diary **in English**. 他用英文寫日記。 3. He is superior to his brother **in mathematics**. 他的數學比他兄弟好。 4. He **is** very **interested in** popular songs. 他對流行歌曲很感興趣。 5. What **in the world** are they hoping for? 他們到底想要什麼？ 6. Peter and Tony finally made up **in the end**. 彼得和東尼最後終於和解了。
about	1. It's **about time**. 是時候了。 2. I get up **at about seven**. 我大概七點起床。 3. I guess his age **at about 40**. 我猜他的年齡在四十歲左右。 4. Don't **worry about** little things. 別為瑣事煩惱。 5. Did you **hear about** the new project? 你知道那個新專案嗎？ 6. Don't **talk about** others behind their backs. 不要在背後議論別人。 7. **How about** going out for dinner? 出去吃晚餐如何？

介系詞	例句
into	1. I looked painfully at the vase **broken into** pieces. 我痛苦地看著這個破得粉碎的花瓶。 2. When you **walk into** the room, the TV turns on by itself. 當你走進這房間時，電視會自己打開。 3. I **ran into** him in the park yesterday. 昨天在公園裡我偶然碰到了他。 4. The police are **looking into** the case. 警方在調查這個案件。 5. When she saw me she **burst into** tears. 她一看見我就放聲大哭。
with	1. I **have nothing to do with** it. 我與那件事無關。 2. It's **nothing to do with** me. 這與我無關。 3. Can **I have a word with** you? 我能跟你談一談嗎？ 4. I'd love you to **come with** me. 我想要你跟我一起來。 5. Will you **come along with** me? 你願意和我一起來嗎？ 6. Would you **help** me **with** the report? 你願意幫我寫報告嗎？ 7. I **disagree with** you on that point. 在那一點上我與你意見不同。
without	1. I feel lonely **without** my husband. 丈夫不在，我感到很寂寞。 2. He said he would go fishing **without fail**. 他說他一定會去釣魚的。 3. We can not exist **without water**. 沒有水我們不能生存。 4. No one can succeed **without working hard**. 沒有人能夠不努力而成功。

介系詞	例句
against	1. Lying **goes against** my principles. 撒謊違反我做人的原則。 2. Please **guard against** pickpockets on the bus. 在公車上要謹防扒手。 3. He **stood against** our proposal. 他反對我們的建議。 4. Don't do anything that should **go against** his will. 不要做違背他心意的事。
for	1. Thank you **for** everything. 感謝你做的一切。 2. Thank you **for** your directions. 多虧你的指點。 3. Don't **wait for** me. 別等我了。 4. Don't **take it for granted**. 不要想當然。 5. I don't know **for sure**. 我不能肯定。 6. He has lived here **for the last few years**. 過去的幾年他一直住在這裡。 7. Would you care to sit down **for a while**? 你要不要坐一會呢？ 8. Who is to **blame for** starting the fire? 這場火災應該追究誰的責任？

介系詞	例句
of	1. It's **none of your business**. 不關你的事！ 2. Can I **be of help**? 我能幫忙嗎？ 3. I'**m afraid of** being late. 我怕遲到。 4. It was **kind of** exciting. 有點刺激。 5. My phone was **out of order**. 我的電話壞了。 6. What do you **think of** his new job? 你認為他的新工作如何？ 7. You can **ask a favor of** me. 你可以請我幫忙。 8. I am quite **aware of** that. 我完全知道這事。 9. From **my point of view**, workers are not well paid. 依我看工人薪水不高。
off	1. **Keep off** the grass. 請勿踐踏草坪。 2. **Off** goes the teacher! 老師走了！ 3. I will **set off** right away. 我將立刻出發。 4. The game was **put off** because of rain. 比賽因雨延期。 5. Never **put off** what you can do today until tomorrow. 今日事，今日畢。 6. Could you **drop** me **off** at the airport? 你能載我到機場嗎？

EXERCISE

1. The price ________ houses is a common subject of conversation nowadays.
   Ⓐ at Ⓑ off Ⓒ about Ⓓ of
2. Nightingale dedicated all her life ________ humanity.
   Ⓐ to Ⓑ in Ⓒ on Ⓓ of
3. This version of the science fiction is ________.
   Ⓐ date to up Ⓑ down to date Ⓒ up to date Ⓓ up to the date
4. A good many people pay for the houses by monthly installments because they ________ ready cash.
   Ⓐ are short for Ⓑ are short of Ⓒ are short to Ⓓ are short in
5. She's a wonderful woman ________ exceptional talent.
   Ⓐ with Ⓑ in Ⓒ on Ⓓ within
6. Football is my favorite sport ________ leisure time.
   Ⓐ in Ⓑ on Ⓒ at Ⓓ with
7. Do you know who will be ________ our company?
   Ⓐ in the charge of Ⓑ in the charge for Ⓒ in charge of Ⓓ in charge for
8. Do the homework yourself, then you're ________ pass the crucial exam.
   Ⓐ bounding to Ⓑ bind to Ⓒ binding Ⓓ bound to
9. I hope you can prepare the beverage and food ________ our guests.
   Ⓐ in time for Ⓑ time for Ⓒ in time by Ⓓ time by
10. It's dangerous ________ you to play football in the street.
    Ⓐ from Ⓑ to Ⓒ for Ⓓ of
11. These dogs are wildly praised ________ the mountaineers.
    Ⓐ for saving Ⓑ to save Ⓒ in saving Ⓓ on saving
12. ________ the beautiful schoolgirl, Jason felt his heart beating quickly.
    Ⓐ On the sight of Ⓑ In the sight of Ⓒ By the sight of
    Ⓓ At the sight of
13. ________ what to do, he consulted his teacher.
    Ⓐ At a loss Ⓑ At loss Ⓒ At the loss Ⓓ At an loss

14. The naughty boy cannot concentrate ________ anything for 5 minutes.

Ⓐ on Ⓑ in Ⓒ with Ⓓ of

15. If I cannot get the salary ________, I'll have to call off our vacation.

Ⓐ in time Ⓑ before time Ⓒ at a time Ⓓ in times

16. ________ her career, the actress chose to retire.

Ⓐ At height of Ⓑ At the height of Ⓒ At the height Ⓓ At height

17. I'm having trouble in ________ physics and politics.

Ⓐ learning Ⓑ learn Ⓒ to learn Ⓓ learned

18. Kevin devoted himself ________ nursing.

Ⓐ in Ⓑ to Ⓒ on Ⓓ for

19. Much ________ our surprise, Matt speaks English fluently.

Ⓐ of Ⓑ from Ⓒ to Ⓓ by

20. Simon is showing ________ his new diamond ring.

Ⓐ off Ⓑ at Ⓒ of Ⓓ around

答案

1. D，主詞是 price，是房子的，所以空格動詞用 of。
2. A，dedicated…to：投身於…。
3. C，up to date：最新的。
4. B，be short of：缺乏。
5. A，with：具備。
6. A，in leisure time：空閒時間。
7. C，in charge of：掌管。
8. D，be bound to：肯定。
9. A，be in time for sth.：及時做某事。
10. C，for 對某人來說。
11. A，for + Ving 表原因。
12. D，At the sight of：看到。
13. A，At a loss：迷茫。
14. A，concentrate on：注意力集中在…。
15. A，in time：及時。
16. B，At the height of：在…的高度，頂點。
17. A，have trouble in doing sth：在…上有麻煩/問題。
18. B，devoted oneself to：致力於。
19. C，to one's surprise：令某人大吃一驚。
20. A，show off：炫耀；show around：參觀。

第十六章：連接詞

對等連接詞

說明	例句
由 and/ both...and 兩邊的單字、片語、子句，可表順序、結果、因果、連接的動作等	1. Tom went fishing yesterday **and** he'll be back tomorrow. 湯姆昨天去釣魚，他要明天才回來。 連接兩個子句。 2. Kevin opened the envelope, read the letter **and** burst into tears. 凱文打開信封，讀了以後就哭了起來。 連接三個動作。
由 or 或 either ... or...連接兩邊，表示「或者，否則」的意思	1. Helen is **either** drunk **or** mad. 海倫不是醉了就是瘋了。 2. Are you going to eat in **or** eat out? 你打算在家吃飯還是在飯館吃飯？
用 but/ not only... but (also) 來表兩者互相對立/ 不但…而且	1. **Not only** you **but also** I am to blame. 不僅你，連我都要受責難。 2. John is famous **not only** for his talent **but also** for his curiosity. 約翰不僅以才能出名，而且是出名的好奇心。
表示否定的連接詞 nor / neither A nor B	1. **Neither** father **nor** mother would agree to your plan. 爸爸和媽媽都不會同意你的計畫。 2. In my opinion, **neither** you **nor** he is smart. 在我看來，你跟他都不聰明。
表示前後剛好相反的連接詞 whereas, while	1. Some people love to eat meat, **whereas** others are vegetarians. 有些人喜歡吃肉，有些人是素食者。 2. Those children are well bred, **whereas** those are very naughty. 這些孩子很有教養，但那些孩子卻很調皮。

說明	例句
反義連接詞 however, nevertheless, nonetheless 的用法，表「然而…」	注意 如果兩個句子中間的這些反義連接詞用小寫，則兩句之間要用分號。 仔細看看以下例句： 1. I don't think he is right. **Nevertheless**, we don't have evidence to prove he is wrong. = I don't think he is right; **nevertheless**, we don't have evidence to prove he is wrong. 我不認為他是對的，但沒有證據証明他是錯的。 2. She looks smart; **however**, she has made many mistakes. 她看起來聰明，然而，她已經犯下很多錯誤。
推理連接詞 therefore, hence, consequently, accordingly，表「因此…」	注意 如果兩個句子中間的這些反義連接詞用小寫，則兩句之間要用分號。 The mistake was ours; **therefore**, we will make compensation for you. 錯誤在我們，因此，我們將補償您。

從屬子句

說明	例句
名詞子句：在主要子句裡，當名詞作用的子句，叫做名詞子句	**That the earth is round** is true. 地球是圓的是真的。
形容詞子句：修飾主要子句裡的名詞(或代名詞)的從屬子句，叫做為形容詞子句	1. A man **who is gentle and generous** can easily win a woman's heart. 溫和慷慨的男人容易得到女人的心。 2. No one will help those **who don't cherish friendship**. 沒有人會幫助那些不珍惜友誼的人。

說明	例句
副詞子句：充當副詞作用的從屬子句即稱為副詞子句	1. A movement against smoking is held **because smoking is bad for your health.** 因為吸煙有害健康，於是展開禁煙運動。 2. **In order that we might get there on time**, we should set out early. 為了及時趕到那裡，我們應該早些出發。
引導名詞子句從屬連接詞 that 的用法→that + S + V	1. **That** Mr. Brown was invited to Texas to give a speech on gun control is really strange. 布朗先生能被邀請到德州做關於槍枝管制方面的演講真是奇怪。 2. **That** a roundtrip from Taipei to Taichung would take more than six hours is the usual approximation. = **It is** the usual approximation **that** a roundtrip from Taipei to Taichung would take more than six hours. 據估計，臺北臺中來回大概要六個小時。
引導名詞子句從屬連接詞 whether...(or not) / if 是否；注意 whether 可以放在句首或句中；但 if 只能放在句中，不能放在句首	1. It doesn't matter **whether** you go or stay. 你要走或留下來都不重要。 2. It won't make much difference **whether** you go today or tomorrow. 你今天走或明天走沒有多大差別。 3. **Whether** it rains or not makes no difference to me. 下不下雨對我來說都一樣。 這裡不能用 if。 4. **Whether** I go or not has nothing to do with you. 我去與否跟你無關。 這裡不能用 if。

說明	例句
用來表示時間的從屬連接詞： when, while, before, after, until, as soon as, by the time	1. We were watching DVD **when** the phone rang. 我們在看 DVD，這時電話鈴響了。 2. Tom went home **after** he finished reading the report. 湯姆看完報告後就回家了。 3. He called me **as soon as** he arrived in Taipei. 他一到臺北就打電話給我。 4. He hung on **until** the rope broke. 他緊緊抓住繩子，直到繩子斷掉。 5. The draft was revised several times **before** it was finalized. 稿子幾經刪改才定下來。
用來表示目的/結果的從屬連接詞： that, so that, in order that, for fear that, in case, such that	1. I run fast **so that** I may catch the train. 我快跑為的是要趕上火車。 2. I study hard, **so that** I may not fail in the examinations. 我用功讀書，以免考試沒過。 3. **In order that** we might get there on time, we should set out early. 為了及時趕到那裡，我們應該早些出發。 4. Please give me your telephone number **in case** I need your help. 請把你的電話號碼給我，我也許會需要你的幫助。
用來表示條件的從屬連接詞： if, unless, supposing, provided, if only, granted	1. **If only** he had been here. 要是他當時在這兒就好了。 2. **If** you violate the laws, you'll be punished some day. 如果你犯法，總有一天你會被處罰的。 3. I shall go **provided** that it doesn't rain. 假如不下雨我就去。 4. **Unless** you change your mind, I won't be able to help you. 除非你改變你的想法，否則我不能幫助你。

說明	例句
though, although「雖然」，是表讓步轉折的從屬子句，本字跟 but 不可同時出現在一句話	1. Love is valuable **though** it cannot be bought. 愛很有價值，卻是買不到的。 2. **Although** she is poor, it doesn't follow that she is dishonest. 雖然她窮，卻未必不誠實。 3. He will come **even though** it rains. 即使下雨，他還是會來的。 even though 即使。
because 表示「因為、原因、理由」的從屬子句；as 也可以表示「因為」；for 也可以表「原因」；since 表示「既然」	1. Much has been written about flowers, **because** they are so much-loved. 關於花的描述已經很多了，因為它們如此被深愛著。 2. Any new source of energy will be welcome, **as** there is a shortage of petroleum. 由於石油短缺，任何一種新能源都會受歡迎。 3. I was not surprised, **for** I had expected as much. 我不吃驚，因為我早已料到會有那樣的事。 4. **Since** she is seriously ill, we have to send her to the hospital at once. 既然她病得厲害，我們要馬上送她到醫院。

EXERCISE

1. ________ born in Europe, the author is most famous for stories about Africa.
   Ⓐ Although Ⓑ Since Ⓒ As Ⓓ When
2. My mother will continue working ________ she has the will power.
   Ⓐ as soon as Ⓑ only when Ⓒ as long as Ⓓ while
3. Wood furniture does not lose value ________ it is properly cared for and protected.
   Ⓐ if Ⓑ has Ⓒ and Ⓓ that
4. The government introduced a price freeze ________ inflation could be brought under control.
   Ⓐ so that Ⓑ although Ⓒ while Ⓓ because
5. ________ the precise qualities of the hero in movies may vary over time, the basic function of the hero seems to remain the same.
   Ⓐ Whatever Ⓑ Even though Ⓒ In spite of Ⓓ Regardless
6. During an economic depression, those most affected include ________ workers and their families, but also the shopkeepers.
   Ⓐ when Ⓑ both Ⓒ not only Ⓓ without them
7. Dr. Smith's speech was well received, ________ as for the statistics he referred to, I don't think all of them were up-to-date.
   Ⓐ and Ⓑ or Ⓒ so Ⓓ but
8. I don't know why he is staring at me ________ he knew me. I've never seen him before.
   Ⓐ as Ⓑ as if Ⓒ even if Ⓓ although
9. ________ technically good, it also explains political questions.
   Ⓐ Not only is Astman's artwork Ⓑ Not only Astman's artwork
   Ⓒ Astman's artwork,which is not only Ⓓ Astman's artwork not only
10. He had no sooner finished his report ________ loud cheers broke out.
    Ⓐ when Ⓑ than Ⓒ before Ⓓ then
11. Mercury is different from other metals ________ it is a liquid.

Ⓐ whereas Ⓑ in that Ⓒ because of Ⓓ consequently

12. ________ advantageous geographical location, New York became important in its history.

Ⓐ Because of its Ⓑ That its Ⓒ Its Ⓓ Since its

13. ________ Joan an excellent speaker but she was also among the first members of the Green Party.

Ⓐ Not only Ⓑ If only Ⓒ Only was Ⓓ Not only was

答案

1.Ⓐ，句中 Europe 和 Africa 是兩個完全不同的地方，根據句意，表示轉折，所以選 Ⓐ。

2.Ⓒ，空格前後是兩個完整的句子，所以這裡要填連接詞，as long as 只要。

3.Ⓐ，if 意思是：如果…。

4.Ⓐ，so that 的意思是「以便」，後面接表目的的子句。

5.Ⓑ，四個選項只有 even though 有轉折的意思，且能接子句。

6.Ⓒ，not only...but also...：不但…而且…。

7.Ⓓ，but 有相對，相反味道。

8.Ⓑ，as if 的意思是：好像…。

9.Ⓐ，連詞 not only 放於句首，後面的句子要倒裝。

10.Ⓑ，no sooner...than：一…就…。

11.Ⓑ，這裡空格要求填連接詞，連接前後兩個句子，in that = because。

12.Ⓐ，because of + 受詞。

13.Ⓓ，連詞 not only 後面的句子要倒裝，先加動詞，再加主詞。

第十七章：假設語氣

一般而言，假設語氣會有兩個不同的子句：

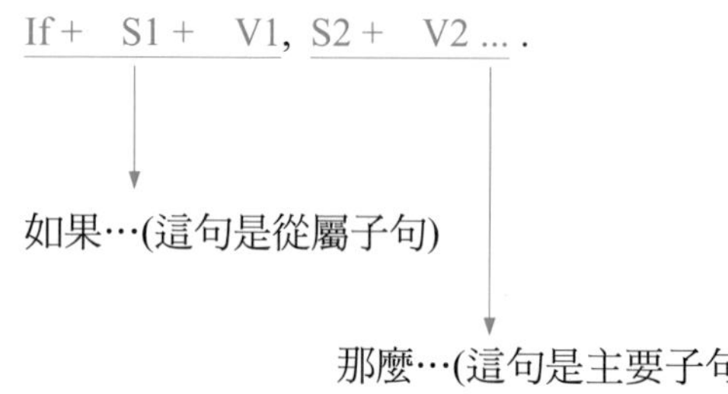

說明	例句
從屬子句談到未來的時間，以現在式代替未來式；而主要子句仍然用原來時式	1. If he **is** not at home, you can just leave. 如果他不在家，你就只能離開。 2. If you **are** patient, I think you can solve this math question. 如果你有耐心，我想你能解出這道數學題。 3. If you **practice** hard, you'll get a gold medal. 如果你刻苦練習，一定能夠得金牌。 4. If you **don't follow** the directions, you will easily get hurt. 如果你不遵守指示，你會很容易受傷。
如果要表示發生機率很小，則可用should(萬一)	1. If there **should** be any trouble, the alarm system would notify us. 萬一出問題的話，警報系統會通知我們。 2. If you **should** see him, please give him my regards. 如果你見到他，請代我向他致意。
如果說的是「和現在事實相反」，也就是「不是真的」，那麼從屬子句就用過去式	1. If you **were** in my shoes, what would you do? 如果你站在我的立場，你會怎麼做？ 2. If I **knew** what happened, I would help him. 如果我知道發生什麼事的話，我就會幫助他。 但不知道發生什麼事，所以就沒幫助他。

說明	例句
如果說的是和「過去事實相反」，那麼從屬子句用過去完成式，而主要子句要用「助動詞 + have + P.P.」，表示兩邊都和過去事實相反	1. If I **had known** of your coming, I should have met you at the train station. 如果我早知道你要來，我會去火車站接你。 表示在過去時間，不知你要來，所以沒去接你。 2. She would have eaten outside if she **hadn't been** so busy. 如果她不是那麼忙，她會外出用餐。 表示在過去時間那麼忙，所以沒有外出用餐。
如果從屬子句說的是與過去事實相反，用過去完成式，「had + P.P.」而其主要子句結果是與現在事實相反，用「助動詞 + 動詞原形」	1. If you **had followed** my advice in the past, you wouldn't be in a terrible situation now. 要是你過去聽了我的勸告，現在就不會處於慘境。 in the past 是過去，所以是與過去事實相反；now 是現在，所以是與現在事實相反。 2. If he **had studied** more diligently, he might have a chance at this job. 如果他更勤奮學習的話，他現在就可能有機會得到這工作。 過去沒有勤奮學習，所以現在沒有機會得到這工作。
對未來的動作做可能的猜測，或未來不太可能實現的事	1. If I **were to** be born again, I would like to be a tiger. 我要是再出生一次，我想當老虎。 2. If the sun **were to** rise in the west, he would pass the exam. 要是太陽從西邊出來，他就會通過考試。 不可能通過考試。

說明	例句
在假設語氣中，可把if省略，並把助動詞調到主詞前面	1. **Should** you happen to see him, please give him my regards. 如果你碰巧見到他，請代我向他致意。 2. **Should** vapor not be changed into raindrops, rain will not fall. 如果水蒸氣不能變成雨滴，那麼就不會下雨。 3. **Had** the earthquake occurred, the damage would have been incalculable. 如果發生地震的話，損失將不計其數。 4. **Had** she not been given some hints, she could not have known the answer. 要不是給了她一些提示，她不可能知道答案。
假設語氣的另一子句若出現 but，那麼 but 後面的時式表示事實，則用正確的時式，不用假設時式	I wish I could have slept longer, **but** I had to get up at six. 真希望能睡久一點，但我必須六點起床。 前面是假設語氣，而 but 後面用簡單過去式 had to，則表示事實。

說明	例句
其他假設法的例句	1. Suppose (= **Supposing**) you won the lottery, what would you do? 若你中了樂透，你怎麼做？ 2. She agreed to work abroad **provided** the salary was higher. 如果薪水較高，她同意出國工作。 3. **Were it not for** Professor Bell, I wouldn't have learned a lot. 要不是貝爾教授，我就無法學很多。 4. **Had it not been for** your help, I might have got lost in the mountains. . 要不是你的幫助，我可能就在山中迷路了。 5. **But for** your advice, I should have failed. 要不是你的忠告，我會失敗的。 6. **But that** he came to help me, I could not have finished my work earlier. 要不是他來幫助我，我就無法早點完成工作。

EXERCISE

1. Jane, look at your examination results. It is high time you ________ your toys away.
   Ⓐ put Ⓑ puts Ⓒ has put Ⓓ is put
2. He looked so pale and so weak, as if he ________ ill for a long time.
   Ⓐ is really Ⓑ has been Ⓒ were Ⓓ had been
3. Jack, you are making a lot of noise here! If only you ________ down.
   Ⓐ will quiet Ⓑ have quiet Ⓒ would quiet Ⓓ should quiet
4. I ________ Professor Smith had taught me how to fix a flat, or I wouldn't be stranded now.
   Ⓐ believe Ⓑ wish Ⓒ deeply think Ⓓ am guessing
5. ________ I realized the consequences, I would never have intended to get involved.
   Ⓐ When Ⓑ If Ⓒ Had Ⓓ Unless
6. If you ________ with your partner, your project will fail.
   Ⓐ will not cooperate Ⓑ don't cooperate Ⓒ haven't cooperated
   Ⓓ will cooperate
7. If we ________ hard in the past five years, things wouldn't be going so smoothly.
   Ⓐ hadn't been working Ⓑ had worked Ⓒ were working
   Ⓓ didn't work
8. Your examination results were quite satisfactory, but ________ if you had spent less time in playing football?
   Ⓐ wouldn't they be better Ⓑ won't they be better
   Ⓒ wouldn't they have been better Ⓓ won't have been better
9. If you ________ in Taiwan, I would invite you to my wedding reception.
   Ⓐ was Ⓑ were Ⓒ would Ⓓ had been
10. I know it will be difficult to pick her out in a crowd, but if you ________ see her, say hello for me.
    Ⓐ might Ⓑ could Ⓒ should Ⓓ would

答案

1.Ⓐ，「It's high time...」結構中，動詞應用過去式，put 三態都是 put。

2.Ⓓ，由 looked 得知時間是過去時間，由 for a long time 判斷，用過去完成式。

3.Ⓒ，if only 應用假設語氣，if only 表示一種期望，後面應接 would 而不是 should。

4.Ⓑ，後半句 or I wouldn't be stranded now 的意思顯示，Professor Smith 沒有教我，所以本句爲假設語氣，應選 Ⓑ。

5.Ⓒ，由句子的後半部分可看出，此句爲假設句，Ⓐ 不符，若選Ⓑ、Ⓓ，時式不符，選 Ⓒ 正確，表示對過去事實假設 If I had realized 的省略 if 的倒裝句。

6.Ⓑ，主句為未來式，則 If 子句用現在簡單式；cooperate with sb.與某人合作。

7.Ⓐ，本句的意思爲「如果我們過去不…，那現在也就不會…」是與過去事實相反，所以選 Ⓐ。

8.Ⓒ，「成績出來」已是過去發生的事了，故此句應爲對過去事實的假設，應選 Ⓒ。

9.Ⓑ，由 would invite 判斷，對方未在臺灣，和現在事實相反所以選 were。

10.Ⓒ，由第一句的 difficult 得知，困難性大，所以是未來可能性很小，應選 should。

Hi
Love

Hi
Love

Hi
Love

Hi
Love

Hi
Love

Hi
Love

國家圖書館出版品預行編目資料

高職英文一定要會的單字片語文法／李冠潔著.--二版.--臺北市：書泉，2014.11

面； 公分

ISBN 978-986-121-957-8（平裝）

1.英語 2.讀本

805.18 103017590

3AW2

高職英文一定要會的單字片語文法

作　　者— 李冠潔(96.5)

發 行 人— 楊榮川

總 編 輯— 王翠華

主　　編— 溫小瑩、朱曉蘋

文字編輯— 溫小瑩、吳雨潔

封面設計— 吳佳臻

內文版型— 吳佳臻

出 版 者— 書泉出版社

地　　址：106台北市大安區和平東路二段339號4樓

電　　話：(02)2705-5066　　傳　　真：(02)2706-6100

網　　址：http://www.wunan.com.tw

電子郵件：shuchuan@shuchuan.com.tw

劃撥帳號：01303853

戶　　名：書泉出版社

經 銷 商：朝日文化

進退貨地址：新北市中和區橋安街15巷1號7樓

TEL：(02)2249-7714　　FAX：(02)2249-8715

法律顧問　林勝安律師事務所　林勝安律師

出版日期　2013年3月初版一刷

　　　　　2014年11月二版一刷

定　　價　新臺幣350元

原書名：高職英文單字片語文法一本通，由文字復興出版。